徳間文庫

失踪トロピカル

七尾与史

徳間書店

目次

第一章 5
第二章 35
第三章 64
第四章 101
第五章 113
第六章 175
第七章 215
第八章 221
第九章 228
第十章 304
あとがき 313

第一章

七月一日（木）

「……ミタクナイカ？」

突然、運転手がふりかえって言った。国分隆史《こくぶたかし》は埃《ほこり》っぽい顔を向けるタイ人の言葉がよく聞き取れず「はあ？」と耳に手のひらをかざして返した。隣では若槻奈美《わかつきなみ》が観光パンフレットを団扇《うちわ》にしてけだるそうに扇《あお》いでいる。通った鼻筋にそって玉の汗が浮かんでいた。

国分たちの乗っているバンコク名物の小型三輪――トゥクトゥクはこれまた名物の渋滞に固められてかれこれ五分近く動いていない。五車線もある広い道路は路面が見えないほどに乗り物で塗りつぶされている。その排気ガスは塵埃《じんあい》をふきあげ熱帯の空気に広がり、それはまるで腐ったフルーツのような臭《にお》いになる。肌を炙《あぶ》るような日射しも乗り物の屋根が防いでくれるが、それでも意識が遠くなるような暑さだった。おかげで最初ははしゃいでいた奈美もずいぶんとおとなしくなった。

時間を持て余したのか運転手は国分たちに話しかけてきたのだ。

「ダルマオンナ……ダヨ」

男が妙に真っ白い犬歯《けんし》を見せつけながら安っぽい笑みを浮かべる。浅黒くやせこけた頬に細い皺《しわ》がよった。

「日本語が分かるのか？」

国分は意外な思いで運転手を見た。埃が染みついたような顔によれよれのTシャツと色あせた短パン。このみすぼらしい風貌《ふうぼう》からしてこの国でも底辺層に生きる人間だろう。

「スコシ……スコシダケネ」

男は虚空を指先でつまむジェスチャーをして笑った。高度経済成長をとげたとはいえ、まだまだこの国の庶民は豊かとはいえない。観光客の出入りが多いこの国で商売をやっていくには、外国語を習得する勤勉さは必要なのだろう。

「ねえ、ダルマオンナってなに？」

シートにぐったりと体を預けていた奈美が背中を起こす。埃っぽいビニールの背もたれには彼女の汗粒のあとが広がっていた。

「テアシ……ナイナイ」

男は手先を包丁に見立てて自身の両手両足を切断する仕草をしてみせた。それを見て奈美は初めて性教育を受けた小学生のようにアーモンド状の瞳をぱちくりとさせた。

「手足ナイナイって……なんなのよ、それ」

「ははは。ばかばかしいこと言ってるよ」

国分は肩をすくめて笑った。この旅行も、もう三日目。異国の風情《ふぜい》を満喫しようと移動はなるべくクーラーのきいたタクシーを使わずトゥクトゥクを選んだ。しかし乗るたびにずる賢い運転手たちと値段交渉しないといけないし、目的地を告げてもこちらの望んでいないタイシルクやマッサージの店へ勝手に連れ込もうとする。そうすることで店から幾ばくかのマージンを受け取る腹なのだろう。

「ねえ、タカ。本当だと思う？」

奈美がパンフレットの団扇で風を送ってくる。なま熱い風が体をなでるだけで少しも涼しくならない。彼女は国分のことをタカと呼ぶ。最初は「国分さん」と呼んでいたはずなのに、いつからそうなったのだろう。

「何がさ？」

「ダルマ女。手足がないんでしょ」

「香港だかマカオだかの見世物小屋で手足のない女が陳列されていたっていう、くだらない都市伝説だよ。だいたい手足を切断されて生きていられるわけがないだろ」

ダルマ女の話は高校時代、数学の教師から聞いたことがある。なんでも知り合いの知り合いの知り合いの女性が、香港の九龍城の見世物小屋でダルマ女にされていたという話だ。

「でも、それなりの処置を施《ほどこ》せば可能かもしれないわよ」

「それだったら医者が必要だろ。いちいちそんなことをしてくれる病院がどこにあるんだよ」

四肢《しし》を切断して生きながらえさせるのだから、相当の技術と設備が必要だろう。

「まっ、そりゃそうだけどさ」

渋滞が緩和したのか突然、車体が動き始めた。奈美は気怠《けだる》い表情に戻って団扇を扇いでいる。運転席後部に貼ってある、国王らしき人物の小さな肖像画が国分たちを見つめていた。国分は額の汗をぬぐった。砂の混じった汗粒がぬぐった手のひらにざらついた。ドブと排気ガスとドリアンの臭気が口と鼻孔《びこう》を刺激する。そこへもって生煮えにさせられているような湿度の高い熱気に燻《いぶ》されている。不快指数の針が振り切れそうだ。

「だけど運転手さんの言うダルマ女って本物かもよ」

奈美が運転手の背後をそっと指さした。

「まさかぁ。そうやってくだらない土産物屋に連れて行く作戦だよ。こいつらの言うことはホント信用できない」

トゥクトゥクに乗るのはこれで最後にしようと考えた。移動のたびにこれでは疲れてしまう。メータータクシーやモノレールならこういう煩《わずら》わしさはない。それでいてトゥクトゥクはそれらに比べて料金も高い。彼らは日本人観光客値段としてふっかけてくる。それでも日本のタクシー料金に比べれば圧倒的に安いので、多くの日本人はありがたく思ってしまうだろう。

「まあ、そうカッカしないの。ここはアジアでしょ。もっとおおらかに生きなくちゃ。それより、タカ」

「うん？」

「誕生日おめでとう」

奈美は国分に向けて小さな拍手を送った。

「覚えておいてくれたのか。うれしいね」

「もう二十七か。そろそろおじさんね。はい、これ」

奈美はバッグから長細い箱を取り出しそれを国分に手渡した。箱は花柄の包装紙にきれいにラッピングされている。

「開けてみてよ」

国分は花結びにされている紐《ひも》をそっとほどいて丁寧に包装紙をはがした。中は年代を感じさせる木箱だった。表面はほどよく色あせてそれがレトロな風格を漂わせている。蝶《ちょう》番《つがい》のついた蓋には洒脱《しゃだつ》に崩されたアルファベットがならんでいて、それはどうやらフランス語のようだ。蓋を開けるとシルクの下地の上に腕時計が寝かされていた。

「うわぁ、お洒落《しゃれ》な時計だな」

革ベルトは色やけしていて使い込まれたあとがある。文字盤にはところどころに小さな天使が刻まれており、秒針ひとつとっても精緻《せいち》な彫刻が施されている。文字盤中心の下部はスケルトンになっており小さな歯車やバネたちが精密に踊っている。その部品まで細やかなデザインが施されてあってかなりの腕を持った職人によるものであることが分かる。

「毎時刻オルゴールが鳴るのよ」

国分は針を動かして合わせてみた。文字盤の天使が手に持った金槌をふって鐘を鳴らしている。それに合わせて西洋の民謡を思わせるオルゴールメロディが奏《かな》でられる。メロディも一音だけの単調なものでなく和音が複雑に重なりながら心地よく流れていく。遠くから聞こえてくるような、控えめな音量もいい。国分は時計を耳に当てて聞き入った。

「どう？　気に入ってくれた？」

「うん。だけどこれ高かったろ」

国分は遠慮がちに言った。手のひらに乗せてみるとずしりとした重量感もある。

「うーん、ちょっとだけね。古いけど一目見て気に入っちゃったの。細工が見事だしデザインもかわいいでしょ。文字盤のカバーも今のような安っぽいプラスティックじゃない。ちゃんとしたガラスよ。ちょっと曇《くも》っているけどそこがまたアンティークの風格を感じさせていいじゃない。天下の逸品っていうのは年代物になっても色あせないものよ。タカにもそんな男性にぜひなってほしいって思ったわけ。ついでに言わせてもらえば、これで遅刻は許さないわよ」

奈美が斜め下からイタズラっぽい目つきで見上げる。

「厳しいなぁ……。でもありがとう。大切にするよ」

国分は革ベルトを腕に巻いた。金色の長針に太陽の光が反射した。奈美から誕生日を祝ってもらえるということだけで幸せだ。自分が奈美の恋人であるということを実感できる。奈美と交際していることは疑いようのない事実だけど、やはりそれを実感できるイベントは嬉しい。

「映画やドラマなんかであるじゃない。恋人からもらったプレゼントが主人公の命を救っちゃうみたいなシーンが」

「そんなのあったっけ？」

「悪人に撃たれたらペンダントが弾を防いでくれたとか」

「うわぁ、ベタだなあ」

「分かんないわよ。もしかしたらこの時計がタカの命を救うかも知れない」

「それっていったいどういうシチュエーションだよ」

「ここは言葉の通じない異国の地だもん。何が起こるか分かんないわよ」

そう言って奈美はケラケラと笑った。彼女といるとこんなたわいのないやりとりすら幸福に思える。

しばらくするとタイとは異質な風景が広がり始めた。店の看板から知恵の輪を並べたようなタイ語が見られなくなった。その代わり派手なデザインの看板が多くなっている。それらはすべて漢字である。金細工や漢方を扱っている店が目立つ。歩道を歩いている人たちもタイ人に見えない人が多い。街の雰囲気もどことなく上海や北京を思わせる。

「ヤワラー（中華街）ね」

奈美が日本から持ってきた旅行雑誌を広げた。たしかに誰がどう見ても中華街だ。

「ねえ、タカ。あそこに入ってみる？」

奈美は「冷気茶屋」という看板を掲《かか》げた薄汚い建物を指さした。

「冷気茶屋？　クーラーの効いた喫茶店という意味かな」

奈美はいたずらっぽい笑いをうかべてつきだした人差し指を左右にふった。

「チャイナタウンの売春宿だって。安いよぉ。一回五十バーツからあるってさ」

「マジかよ。五十バーツって缶ジュースみたいな値段じゃん」

奈美に「よだれ垂れてるよ」と指摘されて慌てて口元を拭う。

「そ、それよりさ、僕に会わせたい人って誰だよ？　そろそろ教えてくれたっていいじゃないか」

「ダメ。まだ内緒」

奈美は耳たぶを弄《もてあそ》びながら言った。これはいつもの彼女の癖である。そんな仕草がどことなく子供っぽくて国分はよくからかった。

「なんだよ。もったいつけるなよ」

そもそもバンコクへ行きたいと言い出したのは奈美の方だ。知り合いに会いに行くという。その人物はバンコクにいて、どこかで待ち合わせをしているらしい。奈美がトゥクトゥクの運転手にマップを見せてこそっと行き先を告げたので、国分は今どこに向かっているのか分からない。行き先も内緒なのだ。

「そいつってその……男なのか？」

「そうよ。どちらかといえばイケメンね」

奈美があっけらかんと答えた。国分の胸にさざ波がたつ。

「まさか、元カレとか言うんじゃないだろうな」

「気になる？」

「別に」

もちろん嘘。思い切り気になる。

「元カレじゃないけど、わたしにとって大切な人よ」

「なんか微妙な言い回しだな」

それにイケメンというのも気になる。

「とにかく会ってからのお楽しみってことで」

奈美はくすっと笑って前を向いた。周りはすっかり中華街の様相を呈している。バンコクにもこんな所があるのだ。国分はその男性のことが大いに気になったが、すぐに会うのだからと詮索《せんさく》しないことにした。嫉妬心が強いと思われるのも癪《しゃく》だ。卵のような顔にくりっとしたアーモンド状の瞳、長めの睫《まつげ》、通った鼻筋の下には品よく口角《こうかく》が上がった唇……。贔屓《ひいき》目に見なくても奈美は美しい女性だから過去にいろいろあっても不思議ではない。多くの男性が彼女に言い寄っただろう。そのうちどれだけの男が彼女とつき合ったのか知らないが国分も結局、彼女にほとんど一目惚れだったのだ。自分の知らない時間の奈美を知っている男の存在を考えると、穏やかではいられない。

「せっかくだからヤワラーをのぞいてみようか？」

奈美が腕時計を眺めながら言った。その時計もタイの若者たちの流行の発信地マーブンクロンセンターで買ったものだ。時計の文字盤にタイ文字のロゴが敷きつめられて、日本人にとっては斬新《ざんしん》なデザインにみえる。

「待ち合わせはいいのか？」

「うん。それまで少し時間があるから」

「早めに着いておいた方がいいんじゃないか？」

「ううん。むこうも時間を守るような人じゃないから大丈夫よ」

彼女の言い方は相手との親密さをにおわせる。胸の中のざわつきが激しくなる。

「そ、そうか。それにしてもタイに中華街があるなんて知らなかった」

「中国人は世界中どこにでもいるからね」

そう言って奈美が笑う。

「とりあえず面白そうだからのぞいてみるか」

国分はざわつきを紛《まぎ》らわそうと運転手に声をかけて車を止めさせた。思うようにいかない客にふてくされた表情をくずさない運転手にチップを上乗せして支払うと、奈美の手を引いてトゥクトゥクから下りた。

大通りから路地の方へ入っていくと、問屋街が広がっていた。区画ごとに扱っている商品が専門化されているので、雑貨なら雑貨、化粧品なら化粧品の店ばかりが集まっている。ここからバンコク中の店に商品を卸《おろ》している問屋だけあって、狭い店内は床から天井まで商品でふさがれている。

通路は華僑《かきょう》、タイ人などの買い物客でごった返し、ただでさえ狭いのに昼飯時を当て込んだ露天の屋台が並び、得体の知れない麵類やスープの異臭を放っている。旅行雑誌の写真で見ると美味しそうに見えたのだが、現地に来てみると臭いだけで受け付けなかった。

結局、二人はタイに来てから一度も屋台で食事をしていない。

奈美はさきほどの疲れはどこへやら、あふれんばかりの雑貨の数々に目を輝かせている。小柄で華奢《きゃしゃ》な体のどこにそんなバイタリティーがあるのだろう。顔のわりに大きな瞳は、おもちゃ屋で誕生日プレゼントを選ぶ子供のように生き生きとした光を放っている。すっと通った鼻筋に沿って、小粒の汗がちらちらと輝く。ふだんは肩に掛かるストレートの髪を、後ろでしばって纏《まと》め上げているため、卵のような顔の輪郭《りんかく》がはっきりと出る。先月二十四歳になったばかりだが、まだ十代でも通用しそうだ。

「うわ、安っ！」

奈美はアクセサリーの一つを手にとって目を丸くした。こんな商品も東京なら買うのをためらうような値段になる。日本で一個しか買えないものが、ここでは一ダースも買えてしまう。問屋街だからバンコクでも特に安い。彼女は花柄の彫り物を施したイヤリングを楽しそうに眺めている。

途中、国分は思い立って肩に提《さ》げたバッグからデジタルビデオカメラを取りだした。手のひらに収まるサイズで動画映像をパソコンに取り込めるようになっている。今日までに王宮やエメラルド寺院、ワット・アルンなどの風景がこの中に収められている。国分はショッピングに余念がない奈美にカメラを向けた。ファインダーの向こう側では奈美がうれしそうに笑っている。

「あたしって耳たぶが小さいでしょ。だからイヤリングをすぐに落としちゃうのよね。でもここだったら安いから予備をいっぱい買えるわ。これって幸せなことよね」

奈美は自分の耳たぶをつまんでみせた。

「だからいつも耳たぶをいじってんのか」

「そっ。おっぱいと同じで揉《も》めば大きくなるんじゃないかなってね」

奈美はからからと笑いながら、耳のイヤリングを手鏡に写している。国分はイヤリングの揺れる耳をアップにしてカメラに収めた。たしかに彼女の耳たぶは小さい。イヤリングがすぐに落ちてしまうというのも頷《うなず》ける。

突然、奈美の動きが止まった。奈美の視線の方へカメラを向けると、人混みの中から吐き出されるように幼児が現れた。まだ二、三歳だろうか、おぼつかない足取りで奈美の方に近づいてきた。

「きゃっ、かわいい！」

奈美はそっと幼児を抱き上げる。タイの男の子だ。ドングリのように大きな目が可愛らしい。ぷくぷくとした柔らかみのある日本の幼児とは違って、褐色《かっしょく》の体は細くひきしまっている。肌をさわってみるとひやりと冷たい。熱帯に順応した体だ。男の子は人見知りをしないのか、奈美に抱かれたまま無邪気に笑っている。

「この子どうしちゃったのかな？」

「迷子になっちゃったんじゃないの」

国分はファインダーの中に男の子を抱きかかえた奈美をとらえた。

「きっとお母さんが心配してるよ」

奈美は男の子に顔を近づけて優しくささやいた。男の子は奈美の頬をさわりながら無邪気な笑顔をふりまいている。

「ねえ、タカ」

ファインダーの中の奈美は国分の方へ顔を向けて、

「わたしはこのあたり探してみるから、あなたはここで待ってて」

と言った。国分も着いて行こうと思ったが、体が碇《いかり》を降ろしたように重い。この三日間、炎天下の中をさんざん歩き回ったので疲労が澱《おり》のように溜まっている。

「じゃあ、ここで待ってる」

国分は店の脇にある小さなステップにどっこいしょと腰を下ろした。体を支えていた下半身の疲れがこぼれ落ちるように抜けていく。国分は心地よさをかみしめながらカメラを奈美に向けた。

「もう、すっかりおじさんね」

奈美は呆れたように国分を見下ろすと、男の子を抱いたまま人混みの中へ消えていった。

国分はポケットを探る。ライターは出てきたがタバコは切れていた。

＊＊＊＊＊

国分は目を開けた。

熱気と喧噪《けんそう》が体の中で一気に広がる。軽い頭痛をおぼえながら頭を上げた。口からよだれが垂れている。国分は慌てて手のひらで拭った。目の前では買い物客たちが渋滞を作っていた。みな大きな買い物袋を提げて、中身をいっぱいに膨《ふく》らませている。

「やっべえ……」

どうやら待っている間にまどろんでしまったらしい。幸い手元に置いてあったビデオカメラは盗まれずに済んだ。奈美にもらった腕時計がメロディを奏でている。あくびをしながら時計を見ると天使が鐘をたたき鳴らしていた。驚いたことに奈美と別れてから一時間が経過している。

国分はまだ重い腰をゆっくりと上げて周囲を見わたした。しかし近くに奈美は見あたらない。母親は見つかったのだろうか。つい癖でポケットから携帯電話を取り出そうとした。しかし国分たちのケータイは国外で使える契約になっていないので、ホテルに置いてきたスーツケースに放り込んである。

買い物にでも行ったのだろうか?

国分は奈美の向かった方を眺めてみた。人々の流れが幾層にも重なり合っているので、その先を見渡すことが出来ない。突然、その流動する群衆から生み出されるように男の子が姿を現した。さきほどと同じように無邪気な笑顔をふりまいて、こちらに向かってヨタヨタと歩いてくる。国分は足下を通り過ぎようとする男の子を抱き上げた。彼の肌は相変わらずひやりと冷たかった。

「なあ、ボク。お姉ちゃんはどうした?」

タイの幼児に日本語など通じるわけもなく、男の子はただ笑っているだけだ。国分は子供のころの事件を思い出した。犬の散歩に出かけた近所のおばさんが忽然《こつぜん》と姿を消したのだ。そのときもこの幼児のように、犬だけが首縄をつけたまま戻ってきた。十年以上たった今でも彼女の行方は杳《よう》として知れない。男の子の笑顔を見て国分は胸騒ぎをおぼえた。

路地は迷路のように入り組んでいる。似たような商店が並んでいるし、客が大渋滞を起こしているので迷い込んでしまったのかもしれない。考えを巡らせているうちに男の子の母親が現れた。長い時間さがし回った末だろう。彼女の表情には疲労と安堵《あんど》が同居していた。母親はいっとき子供を叱《しか》りつけると、国分に礼を言って連れ帰ってしまった。奈美の手がかりを失って、国分の胸騒ぎはどす黒い不安へと流れていった。

＊＊＊＊＊

どのくらいヤワラーの迷宮をさまよっただろう。日が沈みかけてあたりに残照が広がりはじめている。ほとんどの店がシャッターを閉めてしまい、さきほどの混雑が嘘のように静まっている。昼間は群衆に視界を阻まれて五メートル先も見えなかったのに、今では路地のつきあたりまで見通すことができる。

国分は大通りに出た。夕方の道路はラッシュアワーと重なるのか、ここへ来たときよりもさらに混雑していた。はぐれてしまった場合はホテルで待ち合わせ、というルールを二人の間で決めていた。一刻も早くホテルに戻りたかった。幸い近くにバイクタクシーが止まっていたので、行き先を告げて後部席にまたがりヘルメットをかぶった。チップを多めに前払いしたのが効いたのか、ドライバーは渋滞で立ち往生する車の間を巧みにすり抜けながら疾走した。

やがてチャオプラヤ川沿いにそびえ立つ白亜のホテルが見えてきた。地上三十階以上はあろうその高層ホテルは、周囲に広がる粗末な家々やみすぼらしい屋台を睥睨《へいげい》していた。

川の向う岸にはトウモロコシのような形をした尖塔《せんとう》の寺院が、黄昏《たそがれ》を背に静かに浮かび上がっている。川はほとんどは泥水だが夕焼けに照らされると黄金色に見える。宿泊客たちはそんな景色を眺めながら悠久《ゆうきゅう》の歴史に思いをはせているのだろう。国分は祈るような思いで自分たちの宿泊している上層階を眺めた。

バイクタクシーはホテルの玄関にあざやかに滑り込む。わずか十分ほどで到着することができた。バンコク有数の高級ホテルだけあってそのロビーは豪奢《ごうしゃ》を極めている。国分は運転手に金を投げわたすと釣り銭も気にせずにフロントに駆け込んだ。

タイの民族衣装を纏《まと》った若い女性が手を胸の前で合わせてタイ式のお辞儀をした。国分は片言の英語で奈美からの伝言がないか尋ねた。褐色の肌をした美しいフロント嬢は笑顔を絶やすことなく端末のキーを叩いた。そして「ノー」と控えめな仕草で首を横にふった。

一応、フロントから部屋のカードキーを受け取って部屋に戻った。しかし部屋には誰もいなかった。大きめの部屋にきちんとベッドメイキングされたクィーンサイズのベッドがある。その上に旅行用のスーツケースが二つ、ふたが開いた状態で寝かされていた。窓際のテーブルにはフルーツで彩られた盆が置いてあって、そのはしに落ちているブドウの皮は出がけに国分がつまんだものだ。それらは部屋を出たときの状態のままで、奈美が戻ってきた形跡はない。

とにかく今はさがす当てがない。言葉も通じにくいし土地勘もまったくない。下手にここを動くより部屋で待っていた方が賢明だろうか。

――タカに会わせたい人がいるの。

国分はふと奈美の言葉を思い出した。そうだ、二人はミスターXとの待ち合わせ場所に向かっていたのだ。彼女はその人物を「自分にとって大切な男性」と言っていた。奈美は一人で彼に会いに行ったのではないか。しかし国分はすぐに否定した。やはり彼女が自分を置いて、勝手にその男に会いに行くとは思えない。もしそうだったとすれば彼女は迷子の幼児を置き去りにしたことになる。そんなことはますますありえない。

どうしていいかわからず国分はホテルの外へ出た。ホテル前の道路に出ると、夕飯時の屋台が仕事を始めていた。外はすっかり薄暗くなり、外を走るトゥクトゥクやタクシーも点灯している。熱帯の甘い空気が国分の鼻をくすぐった。むんとするような熱気が肌にからみついてくるが、それでも日中にくらべると過ごしやすくなっている。しかし非日常的な空気が自分は異国にいるんだという実感をもたらす。国分はホテル玄関前のベンチに腰を下ろして頭を抱えた。あたりは闇の濃度を増していった。

日本人観光客の若い女性たちがトゥクトゥクを乗りつけてホテルに帰ってきた。土産の入った大きな買い物袋を抱えて、友人たちと楽しそうにはしゃぎながらホテルに入っていく。

国分の腕時計がオルゴールを奏で始めた。国分は時計に耳を当てて音色を聞きながら、不安と胸騒ぎを紛らわせようとした。

奈美とつき合い始めて一年になる。出会いは親知らずが腫《は》れあがったことがきっかけだった。慌てて駆け込んだ歯科医院の受付嬢が奈美だったのだ。彼女に一目惚れをした国分はその歯科医院に足繁《あししげ》く通い、なんとか電話番号を聞き出して、つき合うようになった。

そして最近、彼女の両親にも会わせてもらった。結婚の約束を交わしたわけではないが、一応紹介という形である。彼女の父親は内科の開業医だった。奈美は全体的に母親似だったが、通った鼻筋と小さな耳たぶは父親由来だ。一見、患者の尊敬を集める温厚そうな医者の顔立ちをしているが、奈美曰《いわ》くかなり厳格な父親らしい。また奈美には由加《ゆか》という高校三年生の妹がいた。まだ育ちの良さが入ったあどけなさが残っているが、一皮むければ姉以上の美人になるだろうと国分は思っている。

もし奈美がこのまま永久に戻ってこなかったら、彼女の家族はどれほど悲しむだろう。ましてや両親に黙っての外国旅行である。彼女の家族だけは絶対に悲しませてはならない。自分の命に代えても彼女を無事、彼らの元へ帰さなければならない。

しかし奈美はどこにいるというのか。国分に会わせたい男性というのはいったい誰で、どこが待ち合わせ場所だったのか。彼女は本当にそいつに会いに行ったのか。しかし、奈美がなんの断りもなくその男の元へ向かったとはどうしても考えられない。

誘拐。

一番考えたくない可能性が国分の頭に浮かび上がってきた。もしそうであれば一分一秒が彼女にとって命取りになってしまう。国分はいてもたってもいられなくなった。そのまま立ち上がりせわしなく周囲を歩き回る。

まず、どうすればいい……警察に行くべきだろうか。いや、タイの警察は日本とは違って信用できない。袖の下がまかり通るような国だと聞く。だいいち、言葉もうまく通じない。もっと信頼できる機関……そうだ、日本大使館はどうだろう。あそこを通して警察に連絡をしてもらえれば、彼らも真剣に捜索してくれるかもしれない。日本大使館なら職員も日本人だろうし、なんといっても心強い。

国分は勢いよく立ち上がると、大使館の場所を聞き出すためにホテルのフロントに走った。

＊＊＊＊＊

「つまりこういうわけですね。中華街でお友達の女性と別れた。彼女はいつまでたっても戻ってこない。だから誘拐された、と」

髪を七三に分けた日本人の大使館職員が国分の申し出に対応した。国分と同年代くらいの青年で、半袖のワイシャツに水玉模様のネクタイをしていた。その応対は親身とはほど遠い。露骨に迷惑そうな顔を向けてくる。国分が状況を説明する間もこれみよがしにため息をついてくる。

「そうです」

国分は苛立《いらだ》ちを抑えながら答えた。こうしている間にも奈美の脈動が遠くなるようで気が気でなかった。国分の答えを聞いて職員はまたもため息をついた。それはつまらない面倒ごとに巻き込まれたという嘆《なげ》きに聞こえた。

「失礼ですが、あなたと彼女の関係は？」

「一応つき合ってます」

「一応？　どのくらいの期間ですか？」

「一年ほどでしょうか」

「ということは別に将来を誓い合ったわけじゃない、と」

職員がわずかに鼻を鳴らした。国分は叫び出したい衝動に駆られたが、ぐっと抑えた。頼るべき場所はここしかない。彼の機嫌を損ねれば重大なタイムロスになりかねない。

「そういわれれば……たしかにそうです」

国分は声にその感情を滲《にじ》ませたが、職員の方は意にも介さない様子だった。

「こちらに奈美さんの友人や親戚、知り合いみたいな人はいませんか？」

「さっきも言ったじゃないですか。だけど、それが誰なのか本人から聞かされてないんですよ。内緒だって」

あまりのもどかしさに握り拳に力が入る。そんな国分を職員は底意地悪そうな目で見た。

「なるほど。ではどうして誘拐だと思われたんですか？　その知り合いのところへ向かったとは考えないんですか？」

「だから……彼女は時間には律儀な女性です。ましてや僕に一言もなく自分勝手に先に行ってしまうなんて不自然なんです。さらに彼女は迷子の子供を抱えていたんですよ。その子を置き去りにしていったなんて絶対にあり得ません！」

国分は「絶対に」を強調させた。職員は薄笑いを浮かべて首肯《しゅこう》してみせた。恋人に逃げられたのに、それを受け入れられない馬鹿な男と思っているのだろう。

「そうですか……。それではこれに必要事項を書いてください。失踪の状況と彼女との関係はなるべく詳しく記入してくださいね」

職員は住民票係のように事務的な口調で説明した。

だめだ。こんなところにいても埒《らち》があかない。

国分は乱暴に用紙を取り上げると、必要項目を記入してさっさと出口に向かった。外に出ると、生温かい湿った空気に包まれる。熱帯植物を思わせる甘いにおいが、ささくれだった国分の気持ちを少しだけ癒してくれた。大使館も警察も当てにはならない。たった一人で奈美を探し出さなければならないのだ。文化も言語も違う異国での捜索。はたして自分にできるだろうか。ここには本当に味方になってくれる人がいないのか。

国分は暗澹《あんたん》たる気持ちで部屋に戻った。ドアを開けるとき、中で待ちわびている奈美の姿を期待したが、部屋の中は暗く閑散としていた。国分はベッドに腰を下ろすと、ケータイの待ち受けに登録してある奈美の画像を眺めた。奈美はにこやかに微笑《ほほえ》みかけている。

「必ず見つけてやるからな」

国分はケータイの表示画面に向かって力強く話しかけた。そうでもしないと絶望で押しつぶされそうになる。一人では広すぎるツインルームは気が滅入《めい》るほどの静寂が横たわっていた。間接照明が柔らかな光でムードを演出するが、国分にとって必要なのはそんなものではない。奈美の顔を見たい。声を聞きたい。体温を感じたい。

そうだ！

国分は床に横たわるバッグを拾い上げてデジタルビデオカメラを取り出した。ここにはたくさんの奈美が収まっている。顔も姿も声も……。

国分はモニタを開き再生ボタンを押した。画面には成田空港のロビーが映し出され、奈美が電光掲示板に表示された出発時間を確認している。次に奈美のアップが映る。

「今からバンコクに行ってきまーす。とても楽しみです。だけどパパとママには内緒なんだよね」

そう言って彼女は耳たぶを弄《いじ》りながら照れくさそうに笑った。それからすぐにタイのスワンナプーム国際空港に場面は移る。「ようこそ微笑みの国へ」と日本語で書かれた垂れ幕の下をゆっくりと歩く奈美。ロビーでは多くの観光客たちが日本円をバーツに両替したり、ショッピングを楽しんでいる。その後も王宮、水上マーケット、エメラルド寺院、ワットポーなど立ち寄ったところが順々に映し出され、いつも奈美は笑顔をふりまいている。そして、ヤワラーの路地が映し出された。奈美は自分の小さな耳たぶを弄りながら「揉めば大きくなるでしょ」と笑っている。次の場面で買い物に熱中していた奈美がふっと立ち止まり、前方に視線を投げかけている。カメラも視線の方向を追う。例の男の子がよちよち歩きでこちらに向かってくる。奈美はその子を抱き上げる。

「わたしはこのあたり探してみるから、あなたはここで待ってて」

カメラに向いてそう言った奈美は男の子を抱きかかえたまま人混みの中へ消えていった。そこで画面が黒くなった。全部で四十分ほどの映像だった。

奈美の声と姿をみているだけで絶望的な孤独を紛らわすことができた。国分は映像を最初に戻した。２・７インチの液晶モニタには再び成田空港の一場面が映し出される。それから国分は何度も何度も数時間前の奈美を見つめていた。

＊＊＊＊

何度映像をくり返しただろうか。国分は充血した目をこすりながらも液晶モニタを食い入るように見つめていた。いつの間にか窓の外は明るくなり、遠くの方から鶏《にわとり》の鳴き声が聞こえてくる。顎《あご》をさすると無精髭《ぶしょうひげ》のざらつきが指先に伝わってきた。

その違和感に気づいたのはついさっきだ。

スワンナプーム国際空港、エメラルド寺院、ヤワラーで奈美の背後に同一人物と思われる男が映っていた。日付は画面に記録されていてそれぞれ異なる。身につけているものも空港では黒いTシャツだが、ヤワラーでは紺色のポロシャツだ。男は痩身体躯《そうしんたいく》で髪は肩まで伸び、鼻の下には八の字の髭が見える。その男が奈美より少し離れた背後でじっと彼女の方を見つめている。眼光鋭い瞳はずっと奈美の動きを追っているので間違いない。褐色の肌と痩《や》せた体格は東南アジア系だろうか。少なくとも欧米や日本人ではない。身に纏っているものはそれぞれ違うが、体つきや身のこなしからして同一人物に違いない。違う日に違う場所で三回も出くわすなんて偶然だろうか。そんなことあるはずがない。この男は間違いなく奈美をつけてきた。そしてすきをみて彼女をさらったのだ。

国分は戦慄《せんりつ》をおぼえた。この男は気が向いて奈美をさらったわけではない。二人が入国した空港からずっとあとをつけ、執念深く奈美が一人になるところを待っていた。そしてそのチャンスが訪れたときには速《すみ》やかに行動をおこし、人混みのど真ん中で誘拐したのだ。そうであれば何日間もチャンスを窺《うかが》うその執着性は尋常《じんじょう》でない。プロの仕事だ。誘拐のプロに違いない。もしそうであるならたやすくしっぽを出すはずがない。おそらくこの映像を大使館や警察に持って行ってもまったく相手にされないだろう。

国分は意を決して電話をとった。国際電話をかける。二時間ほどの時差がある東京ではまだ布団に入っている時間だろうが、そんなことにかまってはいられない。十数回の呼び出しのあと、受話器の向こうから眠気を引きずったような男の声が聞こえた。

「若槻さんですか？　僕です、国分です」

相手は奈美の父親だった。父親は面食らったように「こんなに早く何事だね」と言った。

「おとうさん。落ち着いて聞いてください……」

国分は大きく深呼吸をすると今までの事情を丁寧に説明した。そして最後に内緒で海外旅行をしていたことを詫びた。受話器の向こうの父親の息づかいは徐々に荒くなっていったが、彼は黙って聞いていた。一通り説明が終わると沈黙がしばらく続いた。国分はなぐられることを覚悟するように歯を食いしばり目をきつく閉じた。父親の拳骨《げんこつ》が三千キロをこえてやってくる間の沈黙に思えた。

「隆史くんといったね……」

父親が静かに言った。国分はゆっくりと瞼《まぶた》を開いて「はい」と返事した。名前を覚えてもらえていたことに仄《ほの》かな安堵を感じた。

「私は医者だ。医者になってから今日に至るまで、自分で言うのもなんだが、たくさんの命を救ってきた。それが私の仕事であり使命だからだ」

国分は受話器を握ったまま頷いた。父親の細く息を吸い込む音が聞こえた。

「いいかね。奈美を無事に連れ戻してきなさい。君をなぐり倒すのはそのあとだ。しかし……もしあの子の身に何かあれば、私は自分の使命を捨てることになる。分かるな？」

国分は身を引きしめた。父親の言う意味が理解できた。

「いいか。命がけでやるんだ。金はいくら使ってもいい。娘のためなら全財産をつぎこんだってかまわない。君がどんな手段をとってもすべての責任はわたしが持つ。そのかわり絶対に娘を返してくれ」

国分は受話器を握る腕に力を入れながら頷いた。噴出しそうな感情を無理やり抑え込んだような高い声だった。ああ、この人は奈美の父親なんだと当たり前のことを今さらのように実感した。

受話器の向こうには奈美の母親文子もいるのだろう。「文子、蓮見《はすみ》くんに連絡してくれ」

と小声で伝える父親の声が聞こえた。蓮見という名前に心当たりはなかった。

「それと、隆史くん、聞いてるかね?」

父親があわただしく言った。

「はい、聞いてます」

「カオサンという場所に若槻マモルという男がいる。おそらく奈美がバンコクに行ったのもあいつに会うためだ」

存外な情報に国分は思わず声を上げた。

「若槻マモルって……誰なんですか?」

「私の息子だ。身内の恥を晒《さら》すようだが、今は絶縁状態でね。こちらはともかく向こうは私のことを親だとは思っておらんよ」

「息子さんって……じゃあ、奈美さんの」

「もちろん実兄だ」

父親は咳《せき》払いをしながら答えた。奈美に兄がいるとは本人からも聞かされていなかった。「タカに会わせたい人がいるの」という奈美の言葉が思い出された。彼女のいう男というのは兄のことではなかったのか。その人物がカオサンにいる。急いでガイドマップを確認するとカオサンと書かれた通りがすぐに見つかった。ヤワラーからほど近くにある。やはり国分たちを乗せたトゥクトゥクはカオサンに向かっていたのだ。

「ねえ、タカさん」

受話器の声が変わった。一瞬、奈美の声だと驚いたが妹の由加だった。彼女は国分のことをタカさんと呼ぶ。いつの間にか彼女も電話のそばにいたのだ。そして彼女だけは姉の旅行を知っていた。

「由加ちゃん。こんなことになってしまってすまない……。本当に申し訳ない!」

国分は受話器を耳に当てたまままきつく目を閉じて頭を下げた。

「タカさん、お願い。お姉ちゃんを助けてやって。マモル兄ちゃんなら必ず力になってくれるから。お姉ちゃん……」

由加の声がすすり泣きに変った。国分は電話の声を聞きながら、手の甲で何度も目元を拭った。

第二章

七月二日（金）

カオサンロードは昨夜の余熱を残したまま朝を迎えていた。道の路肩には朝飯の屋台が並び、タイ式のクレープ「カノム・ブアン」や豚肉がタピオカの中で味付けされた「サークー・サイ・ムー」が甘酸《あまず》っぱいにおいを放っている。近くの八百屋に山積みされたドリアンはまるで腐った果物のような臭いがする。

若槻マモルは埃っぽい屋台でいつもより早い朝食をとっていた。しかし今朝はあまり箸《はし》が進まない。昨日という日をずっと心待ちにしていたのに待ち合わせ場所に妹は現れなかった。もう三年以上も父親とは音信不通だが、二人の妹たちとは電子メールで連絡を取っていた。その奈美から数日前からバンコクに来ていると連絡があった。妹は恋人を連れてここへ来るはずだったのに、いつまでたっても姿を見せなかった。メールを見てもなんの連絡もない。奈美は昔から時間には律儀な子だったはずだ。それが気になって昨夜はほとんど眠れなかった。

突然、ポンッと背中をたたかれた。箸を持ったまま振り返ると小太りの日本人男性が立っていた。年齢は四十ほどだろうか。

「若槻くん……若槻マモルくんだよね？　ああ、間違いない。こんなところで会えるなんて奇遇だよね！」

男はマモルの隣の席に腰掛けると、うれしそうな顔を向けて何度もマモルの肩をたたいた。

「渡辺……渡辺さんじゃないっすか！　なんでこんなところにいるんですか？」

「なんでじゃないよ。俺はバンコクの病院に勤務してるんだ」

「まじっすか？　そうか、渡辺さんは放浪者でしたもんねぇ」

渡辺は大学の同級生だった。しかし彼はバックパッカーとして世界中を放浪したため留年をくり返し十二年も大学生活を送っていた。その大学のヌシみたいな彼と最終学年が一緒だった。マモルたちより六年も前に入学した渡辺に最後で追いついた形だ。彼とは卒業以来、会ったことがなかった。

「病院ってどこなんですか？」

「セント・ジョーンズ病院ってところ。トンブリ地区にあるんだ」

「トンブリ地区ですか。あまり行かないから知らないですよ」

トンブリ地区とはチャオプラヤ川の向こう岸である。カオサン周辺を生活圏としているマモルにはあまり縁のない土地だった。

「へえ。この国の医学のレベルってどうなんですか?」

「思ったほど悪くないぜ。こちら独特の風土病の研究については日本よりずっと進んでいるよ。医療後進国だと思っていたけどそれは俺の偏見だったな。ところで君こそこんなところで何をしてるんだい?」

渡辺が顔をのぞきこみながら言う。

「い、いや……。いい年齢《とし》こいてバックパッカーやってますよ」

マモルがあまり聞かれたくない質問に答えると、こちらの心情を察したのか渡辺がばつの悪そうな顔をした。

「そうかそうか。でも、バックパッカーでいることを決して恥じることはないぞ。結婚して子供をもうけて、決まった給料で家族や上司や部下たちのご機嫌を伺いながら、ウサギ小屋みたいな家で汲々《きゅうきゅう》とした生活を送っているヤツらと比べて、どちらが人間らしいか考えてみろよ。ヤツらは本音と建て前に振り回されている人生さ。俺は君みたいな生き方を選んだ人間がうらやましいね。俺なんか医者とバックパッカーのどっちつかずの生活だ。中途半端ときたらありゃしない」

慰《なぐさ》めとも侮蔑《ぶべつ》ともとれない言い回しにマモルは苦笑するしかない。本音を言えば、大学時代の知り合いたちに今の姿を見てもらいたくなかった。

「ところでここへ来てどのくらいになるんですか？」

マモルは話題を変えるため渡辺に質問をふった。

「今の病院に勤務してまだ一年だ。その前はプノンペンにいたからね。君は？」

「そろそろ丸三年です」

「三年か……。日本には帰ってないのかい？」

「ええ。一度も帰ってません。でも妹が来てるんですよ」

マモルはバンコクに妹が彼氏を連れてきていること、しかし彼女は待ち合わせ場所に現れなかったことを説明した。

「そうか。だけど心配はいらないさ。その彼氏との観光に夢中になっちまって、つい忘れたんだよ。若い女の子ならよくある話だろ。心配するこたぁない」

そう言いながら渡辺はマモルの肩を何度も叩いた。学生時代からの鬱陶《うっとう》しい癖だ。マモルは医学生時代を思い出した。渡辺とは出席番号が近かったので一緒に病院実習を回った。

「ところで今でもラグビーはやってるのかい？」

「いや。ラグビーはもう昔の話ですよ」

マモルは自嘲気味に笑った。医学生時代とラグビーの話はしたくなかったし、思い出したくもなかった。それを忘れたくて自分は日本から遠く離れた熱帯都市に身を堕《お》としているのだ。

「さて。俺はこれから診療があるからこれで失礼するよ。こんな日本から遠く離れた街での貴重な同窓生だ。また連絡するよ。俺はいつでもセント・ジョーンズ病院にいるからなんかあったら連絡してくれ。くれぐれも赤痢《せきり》やコレラには気をつけろ。あ、エイズにもな」

渡辺は立ち上がって再度、マモルの肩を叩くと去っていった。懐かしい旧友との出会いはマモルの気分をさらに滅入《めい》らせた。医者である渡辺と、そうでない自分。やはり二人は同じ世界の人間ではない。それを恥とは思わないようになったが、いまだに悔しさはぬぐえない。あまりにふがいない自分自身への悔しさだ。

料理を平らげておばさんに手をふると、彼女は熱帯の住人らしくとろけそうな笑みを送ってくる。マモルはいつものように十バーツを支払うと屋台を出た。通りはタクシーやトゥクトゥクで埋まっている。道の両側には大小さまざまな安宿が櫛比《しっぴ》して世界中からやってくる貧乏旅行者——バックパッカーたちのねぐらとなる。格安航空チケット屋も多く、ここを拠点に彼らはインドやラオスやカンボジアなどアジアを放浪するのだ。全体として白人が多いが、日本人もよく見かける。日本語の通じる店もあって日本語の看板も多い。

特にゲストハウス（安宿）の看板は派手で、建物を埋めてしまうほどにびっしりと並んでいる。これだけあればよほどのことがない限り、予約なしでも宿はとれる。バンコクはホテル天国といわれるだけあってホテル探しに不自由しない。ペニンシュラやオリエンタルホテルのような、世界的にも有名な超高級ホテルから、一泊数百円ほどのゲストハウスまでが星のように散らばっている。さしずめカオサンはゲストハウスの銀河星雲とでもいおうか。底辺層のホテルが密集している地域である。ちなみにカオサンとは地名ではない。チャクラポーング通りとタナオ通りを結ぶ長さにして二百メートルほどの通りの名前である。最近ではレオナルド・ディカプリオ主演の映画『ザ・ビーチ』の冒頭でも舞台となっている。ディカプリオ演じる主人公はマモルたちと同じくバックパッカーだった。八十年代後半あたりからそれまでマレーシアホテル周辺を拠点にしていた白人のバックパッカーたちのあいだで人気が高まり、九十年代にはいると日本人も増えてきた。カオサンは外国人が多いが、最近ではタイ人の若者たちも多く訪れてくる。現地の若者たちにとっても遊びのスポットになってきているらしい。

コンビニやドラッグストアーやインターネットカフェもあって生活するにもこの上なく便利だ。夜になると通りの両側には露店が建ち並び、さらに多くの人たちが押し寄せてきてその熱気は冷めることはない。バーも二十四時間営業でお祭りは一晩中続き、眠らない通りとなる。

マモルはコンビニとドラッグストアーに挟まれた細い路地に入った。薄暗い通路には生ゴミの詰まったバケツが放り出され、埃をかぶった犬が中身をあさっている。客が入っているのをみたことがないタイ式マッサージの店の前を通り過ぎて、さらに奥に進むと車三台分ほどの小さな広場がある。それを取り囲むようにして薄汚い雑居ビルが並んでいる。その中でも特に劣悪な建物がマモルが生活の拠点としているゲストハウス『ハッピーカオサンホテル』だ。

こちらは大通りに並んでいるゲストハウスよりもさらに荒《すさ》んでいる。熱帯の太陽に炙られた壁は真っ黒に煤《すす》けて、ベランダの手すりは赤茶色に錆《さ》びついている。得体の知れないツタが壁面をはい回り、その姿はまるで長い年月をかけて朽ち果てた廃墟だ。日射が強いので日の当たらないホテル内部は洞窟のように真っ暗になる。玄関を通るとき糞尿《ふんにょう》を含んだような饐《す》えたにおいが鼻を突く。バックパッカー初心者は入るのすらためらってしまうだろう。一泊三十バーツ（約九十円）とカオサン界隈《かいわい》でもとびぬけて安い。それだけにクーラーはつかないし、二階にあるシャワールームのシャワーだってお湯は出ない。肝心の水も老人の小水程度にしか出てこない。

「おはよう、マモルくん。夜型の君が今朝は妙に早起きじゃないか。早起きは三バーツの得っていうからな」

ホテルの玄関から出てきた中年男性がマモルに声をかけた。汗じみの目立つよれよれのポロシャツに色あせた短パン。熱帯生活が長いせいか現地人のように痩身だが肌は色白だ。鼻下から顎にかけてもっさりとした髭を蓄えていて、それを指先で撫《な》でながら話すのが特徴である。度の強い黒縁のメガネをかけているので瞳が魚のように小さく見える。彼の名は鳥越研二郎《とりごえけんじろう》、通称研さん。年齢は四捨五入すると還暦になると言っていた。いまだ独身だ。

そんな研さんは実はフリーライターで、主に旅行関係の記事を書いてそのわずかな原稿料で糊口《ここう》をしのいでいる。著作も数冊あって伊勢丹バンコク支店に入っている紀伊國屋書店に行けば旅行コーナーの片隅にひっそりと積まれている。

「早いといっても十一時ですよ」

「君にしては早いという意味さ。起床はいつも昼過ぎじゃないか」

「まあ、そうなんですけど。そんなことより取材の調子はどうなんです?」

「今朝はちょっと変わったパン屋を取材に行ってきたんだ。これ食ってみなよ」

研さんはマモルに紙袋を投げて寄こした。パンが入っているのだろう。中身を検《あらた》める。

「うわっ!」

マモルは中から出てきた肉の塊を思わず投げ出してしまった。手だ。手首から切り取られた人間の手が入ってる!

「あははは。びっくりした?　よく見てごらんよ」

研さんは地面に落ちた手を拾い上げるとマモルに近づける。マモルは顔をしかめながらそれを眺めてみた。手の甲の所々に青黒い斑点《はんてん》が浮かび、切り口は血が滲んで骨やちぎれた血管が浮き上がっている。しかし甘く焼けたような香ばしい臭いが漂う。

「もしかして、これってパンですか？」

「そう。名付けて死体パン。なかなかリアルだろ」

そう言って研さんは数枚の写真を差し出した。それらには切断された首や胴体、手足が写っている。いずれも本物の死体特有の生々しい質感を伴っていた。調理台の上の猟奇じみた光景はホラー映画のワンシーンを思わせる。

「こんなのが本当に売れるんですか？　不謹慎だなあ」

「タイ人にとって魂の抜けた死体はただの容器に過ぎないからね。コンビニに行けば死体写真満載の雑誌が並んでいるだろ」

そうなのだ。日本で死体の写真を目にすることはまずない。しかしこの国ではテレビや雑誌で惨殺や交通事故でグチャグチャになった死体が当たり前のように晒《さら》される。ＯＬたちがランチを食べながらそんな雑誌を眺めているのだ。これも日本人とタイ人の死生観の違いだろう。

マモルは死体パンを研さんに返した。さすがに食う気になれない。

ホテルの玄関をくぐるとフロントが見える。昼間なのに窓がないから、奥の方は穴蔵のように薄暗い。カウンターにはラーおばさんが立っていて「サワディ」と顔をほころばせる。ラーおばさんは四十後半のタイ人中年女性だがふくよかな唇、大きく潤んだような瞳、細身で小柄なわりに豊満なバストと男を欲情させるフェロモンを放っている。彼女はこのホテルのフロント係兼娼婦で宿泊客の部屋を訪ねては臨時収入を稼ぐ。バンコクではこのようなゲストハウスの従業員が娼婦を兼ねることは別に珍しいことではない。マモルもラーおばさんには二度三度お世話になったことがある。

カウンター左脇には階段があって二階へと続く。二階には常にカビくさいシャワールームと物置、そして客部屋が三つほどある。二階には一人だけ入居している。一階にも四つほど部屋があるが研さんとマモルが入居しているだけであとは空室だ。現在、このホテルには三人が投宿している。以前はもっとたくさん住んでいたのだが、あまりの劣悪な環境に一人二人と出ていってしまった。

「おふぁようございます」

階段から小柄な青年が降りてきた。広末孝太郎《ひろすえこうたろう》だ。ここの住人たちは彼をコウと呼ぶ。彼は住人の中で最年少の二十二歳だ。コウはただ一人、二階の住人である。階段を上がってすぐ目の前にあるシャワールームを過ぎて、廊下の一番奥が彼の部屋である。

コウは黄ばんだランニングの上から胸元を掻《か》きむしりながら、だるそうな表情で降りてくる。ラーおばさんが「ハイ、コウ」と意味ありげにウィンクした。孝太郎も照れくさそうにしてウィンクを返す。ラーおばさんの昨夜の客はコウだったのだ。

「おはよう、コウ。若いだけあってお盛んだな」

「いやあ。やられちゃいましたよ。昨夜、ナンパして部屋に連れ込んだ子が、実はオカマちゃんだったんですよ。ムチャクチャかわいい子がですよ。もう人間不信ですわ。さすがにやるわけにはいかず、でもムラムラは治まらないじゃないですか。だから……仕方なかったんです」

コウはラーおばさんを買った釈明を気恥ずかしそうに開陳《かいちん》した。

「そりゃたしかに仕方ないな。うん、たしかに仕方ない」

マモルは顔を真っ赤にしているコウを茶化した。もっともマモルも同じような経験をしたことがあるので人のことは言えない。それほどに全身整形を施されたバンコクのカトゥーイ（おかま）は性別の鑑別が難しい。

「それはそうと妹さんには会えたんですか？」

コウは咳払いをしながら話を変えた。いっとき忘れかけていた胸騒ぎがマモルの中にさざ波を立てる。

「いや、ずっと待ってたんだけどな。宿泊先を聞いておけばよかったよ」

妹も彼氏を連れてきていることで警戒したのだろうか。滞在先をメールで知らせてこなかった。

「なあんだ。奈美さんでしたっけ？　マモルさんの妹さん、見るのを楽しみにしてたのに」

コウは肩まで伸びたつやのない髪の毛をかき上げた。もわっと埃のようにフケが舞う。頬とあごにはマモルと同じく無精ひげが広がっている。若いだけあって褐色に焼けた肌は色つやがいい。しかし彼の瞳には若者特有の輝きがない。働くわけでもなく、自らを研鑽《けんさん》するわけでもない毎日をこんなホテルで過ごしていては無理もないことだろう。ふとマモルは自分はどうなんだろうと思った。親の期待に背《そむ》いて自分の夢も叶えられず日本を飛び出してから三年。三十にもなって惰眠《だみん》をむさぼるような不毛な毎日を送っている。

「マモルさんの妹だから、きっとこうレスラーみたいに骨格がよくて男なんて軽々投げ飛ばしちゃうんでしょうね」

コウが体に筋肉を盛り足していくような仕草をする。

「ばかやろう。妹に一目惚れしたって絶対許してやらねえからな」

マモルは高校大学とラグビー部だったので体格には自信があった。バンコクに来て以来、怠惰な日々を過ごしているが、それでも一日三回の筋トレは欠かさない。ラガーマン時代を引きずっているのか、自分の肉体が萎《な》えていくのは許せなかった。取り柄といえば今のところこの頑強《がんきょう》な体しか心当たりがない。

「妹さん、彼氏連れなんでしょ。どうせ兄貴のことなんて忘れちゃってるんですよ。兄貴なんて妹にとっては人生の冒頭を一緒に過ごす存在に過ぎないでしょ。人生の大半は血のつながってないどこかの男と一緒なんだから」

「おい、コウ。悲しいこと言うなよ。涙が出てきちゃうだろ」

マモルは目元を拭うふりをしてコウから笑いをとった。しかし寂しさを感じるのも事実だ。その奈美の彼氏という人物を恨めしく思った。

マモルは自分の部屋にはいるとベッドに身を投げ出した。くたびれたマットレスを包むシーツは南京虫のすみかとなっている枕と同じように黄ばんでいる。天井からつり下がっている裸電球が陰鬱《いんうつ》な点滅をくりかえす。壁はむき出しのコンクリートで得体の知れないシミと亀裂《きれつ》が不可思議な模様を描いている。スコールになるとそこから水がしみ出してきて模様はそのたびに大きくなり形を変える。家具はベッドだけで他には小さな窓が一つあるだけだ。当然クーラーもなく、泥棒市場で買ってきた扇風機が生ぬるい空気を攪拌《かくはん》している。

高校時代のマモルはラグビー部のエースで花園でも活躍を見せていた。大学からもその方面でスカウトが来ていたし、本人もそれを強く望んでいたのだが父親が許さなかった。マモルは小さい頃から両親から「将来は立派なお医者さんになるんだよ」と言われて育ってきた。しかしどうしてもその期待に自分の将来を重ね合わすことができなかった。自分はやはり大好きなラグビーで生きていきたかったのだ。

しかし父親の医院を継承《けいしょう》すべく半ば無理やりに医学部へ入れられた。高校時代はラグビー一辺倒だったので勉学の方はからきしダメだったが、それでも入学できたのは父親が相当な寄付金を大学に支払ったからである。しかしどうしてもラグビーの夢は捨てられず、大学も迷わずラグビー部を選んだ。それからアマチュアの社会人ラグビーにも参加して活躍し、大手企業のラグビー部から注目を集めた。当然スカウトも来たが、そこでもやはり父親が許さなかった。

結局、ラグビーはあきらめて医者としての道を進まざるを得なかったが、こればかりは父親の力をもってしても実現しなかった。医師国家試験に受からなかったのである。もともと学力が低い上に、ラグビーに打ち込んで勉強をおろそかにしてきたのだ。大学時代の試験は父親の口利きでなんとか切り抜けることができたが、国家試験は甘くなかった。結局、予備校に通って三度まで挑戦したが、結果を出せず断念することとなった。ラグビーに転身しようにも受験浪人のブランクは埋められず、また年齢的なこともあってこちらもあきらめざるを得なかった。大学の医学部を出ても、医師の免許が取れなければ人並み以下である。

残ったのは父親の失望とマモルの怒りだった。父親はマモルを強く責めた。マモルはマモルで父親の一方的な願望のために人生を棒に振らなければならないことを強く憎んだ。

やがてマモルは日本を飛び出して、ここカオサンに身を堕とした。それからは安酒と大麻と娼婦におぼれる毎日だった。そのうち気力も覇気も失い、堕落から抜けられなくなった。わずかな金ではあるが心配した母親が父親に内緒でこっそりと送金してくれる。その金でなんとか生計を立てていた。あれから一度も日本には戻ってない。妹たちとはメールを通して連絡をとっているが、両親に対しては声すら聞かせてない。多くの金を使わせたのに父親の期待に応えられなかった負い目はあるが、それ以上にラグビーという夢を奪われた怒りは大きかった。今になっても父親を許す気にはなれない。おそらくあの厳格な父親も息子を許していないとは思う。もっとも和解が成立したとしても、もうあのせせこましい日本で真っ当な社会生活を送ることはできそうにもない。自分は廃人同然なのだ。

「奈美のやつ、どうしてんだろうなあ……」

奈美の顔が浮かんでくるがそれは三年前の記憶だ。日本を飛び出してから一度も家族の顔を見ていない。親に反抗してばかりいる長兄とわがまま放題で要領だけはいい妹にはさまれ、さらには面倒見の良い性格も手伝って奈美はいつも損な役回りだった。喧嘩の絶えなかった父親とマモルの仲裁役《ちゅうさい》をつとめたり、末っ子として甘やかされてきて譲歩するということを知らない妹のために姉としての我慢も強いられた。しかしマモルの一番の理解者であったのも奈美である。父親は一方的だったし母親も基本的に父親の意向を尊重していた。

マモルが高校三年生のときだ。奈美は息子に跡を継がせるため、医学部進学を譲ろうとしない父親に、マモルの希望を尊重するよう直談判して紛糾したことがある。さして反抗期らしいものもなく、どちらかといえば穏やかな気性で過ごしてきた妹が、激しく父親に詰め寄る様子にはマモルを含め家族全員が驚いた。

「そんなにラグビーがしたいんだったら家を出ればいいよ。このままお医者になったとしても、お兄ちゃんはきっと後悔すると思う。お父さんの夢はあたしがかなえてあげるから、お兄ちゃんは大好きなラグビーをやればいい」

その夜、二人で頭を冷やしに訪れた夜の公園でまだ中学生だった奈美はそう言った。

「親父の夢をかなえるって、お前が医者になるつもりなのか？」

奈美は耳たぶを弄りながら、小さく首を横にふった。耳たぶを弄るのは小さい頃からの癖だ。親から何度も注意されているが、結局直らなかった。

「きっとそれは無理ね。医学部って理系でしょ。英語と歴史は得意だけど肝心の理科と数学がからきしだもん。あれはきっとお母さんの遺伝よ」

公園のブランコを揺らしながら奈美は笑った。

「じゃあ、どうやってうちを継ぐんだよ」

「お医者さんと結婚しようと思う。そうすればその人にうちの医院を継いでもらえるでしょ？」

妹の言葉は胸を衝《つ》くものがあった。いつも我慢を強いられ、甘んじてそれを受け続けてきた奈美が、またもや家族のために犠牲になろうとしている。自分の意思が尊重されない結婚など高校生のマモルには人身売買に等しく思えた。

「バカ言うな！　お前がそんな結婚する方が兄ちゃんにとってずっと後悔だ」

「あたしはね……。お兄ちゃんにラグビーをやめてもらいたくないの。お兄ちゃんからラグビーを取ったら何も残らないじゃん」

静まった夜空に奈美の揺らすブランコの音だけが静かに広がる。今でもあのブランコの音は忘れることができない。

「ありがとな、奈美。兄ちゃんな、やっぱり医者になって跡を継ぐわ。なんだか急に医者になりたくなったんだよ。親父みたいに病気で苦しむ多くの人を救ってやるのも悪くないかなあって思ってさ」

医者になりたいというのは本心ではなかった。ただ自分が跡を継がないと奈美が犠牲になりそうで、それだけが耐えられなかった。

「お兄ちゃん……。きっと無理してるね。強がったって分かるよ」

「バカ。いつも我慢してるのはお前の方じゃねえか。そういうのは本当は兄貴の役目なんだよ」

奈美と二人きりで会話した夜のことは今でも時々思い出す。

それから数年がたち結局、マモルは医師免許を取得できなかった。父親には責められて、母親もその間でおろおろするばかりだった。末っ子の由加は兄の気持ちを少しでもほぐそうと努力はしてくれるが、それでは足りない絶望と虚脱がマモルにのしかかっていた。食事もろくにとらず部屋に引きこもる毎日。二十代後半にもなりながら学生以下の身分だった。

ある夜、奈美にあの公園に連れられた。ブランコもジャングルジムもあのときとまるで変わっていなかったが、当時中学生だった奈美は二十歳の美しい女性に変貌していた。彼女は数年前と同じようにブランコに乗って揺らしはじめた。

「奈美……。全然分かんねえんだよ。俺はどうすればいい？　どうすりゃいいんだよ？」

コートを纏わなければ寒い冬の夜空には、オリオン座が光っている。しかしマモルにはその星座が滲《にじ》んで見えた。しばらく奈美の乗っているブランコの音だけが続いた。

「お兄ちゃん……。家を出た方がいい。家を出て今度は本当に自分の好きなことを探すのよ」

「探すったって……俺の取り柄はラグビーだけだ。そのラグビーだってもうアウトさ。お前、昔言ったよな。俺からラグビー取ったら何も残らないって。その通りなんだよ」

「そんなこと言ったっけ？」

「言った」

奈美がブランコを揺らしながら苦笑する。

「そう……。言ったかもしんないね。でもあれから歳月は流れてる。人って数年で変わるものよ。ましてやあの時のあたしたちはまだ子供だったじゃない」

奈美が中学生、マモルが高校生。たしかに子供だった。

「お兄ちゃん。あたしだって変わったよ。あのとき家を継ぐためにお医者さんと結婚するって言ったよね。でも今はそんなバカなことするつもりない。そんな結婚は幸せになれないし、そんなあたしの人生でお父さんたちが幸せになれるわけないから」

「そうか。それはよかった。でも俺はあん時からちっとも変わってねえんだよ。俺にとってラグビーはすべてだった」

マモルは地面を蹴飛《けと》ばしながら言った。自分が子供であることも変わってないと思った。

「結局のところ、お兄ちゃんは視野が狭すぎるんだよ。ラグビーと医学の勉強しかしてこなかったんでしょ。それ以外の世界を知らないいんだよ。あたしはお兄ちゃんの天職はラグビーだけじゃないと思う。じゃあ、他に何があるって聞かれるとそれは答えられないわ。でも世界は広いんだもの。必ずお兄ちゃんが打ち込めることってあると思う。お兄ちゃんは狭い世界でしか生きてこれなかったからそれを知らないだけなんだよ。だからもう狭い世界に閉じこもってちゃだめ。家を出なさい。もっと視野を広げるの。それでも見つからないのなら日本を出るのよ」

奈美は突然単調な振幅《しんぷく》をくり返すブランコから飛び降りた。

「これを役立てて」

奈美はふくらんだ茶封筒をダッフルコートのポケットから取り出すとマモルに差し出した。マモルは茶封筒を受け取り中身を検めた。束になった一万円札が押し込まれている。

「どういうつもりだよ、これ」

茶封筒に押し込まれた一万円はざっと百枚以上はありそうだ。小さい頃から貯めてきた妹の全財産なのだろう。飴玉一個すら我慢して貯めてきた金をマモルに手渡したのだ。

「今のお兄ちゃんは自分自身を見失ってる。だからそれを見つけてほしいの。世界は広いんだからきっとどこかに落ちているわ」

その夜、マモルは荷物をまとめた。両親には何も告げずに家を出た。奈美一人だけ見送ってくれた。家族も寝静まった深夜だった。

「さがしものが見つかるまで帰ってきちゃだめよ。でも必ず見つけてきて。お父さんとお母さんにはあたしからちゃんと説明しておくから」

手を振る奈美は笑っていたのか、泣いていたのかよく分からなかった。マモルの視界もこみ上げてくる熱いもので滲んでいたからだ。

マモルは次の日には日本を出た。しばらく各地を放浪したが、やがてこのカオサンに流れ着いた。アジアのゆったりと流れる時間、とろけるように甘い空気、そしてどんな怠惰も受け入れてしまうこの街の風土にすっかりはまってしまい居着いてしまった。

「こんなんじゃ、奈美にあわせる顔ってねえよなあ……」

マモルは点滅する裸電球に嫌気がさして目を閉じた。

＊＊＊＊＊

不快な音が頭の中に響いた。目を開くと霞《かすみ》がかった視界に、ぼんやりとした光が明滅《めいめつ》をくり返している。おぼろげだった風景の輪郭が徐々に整っていく。明滅が天井の裸電球だと分かるのにいっときを要した。ベッドから起きあがると軽い頭痛がした。

「若槻マモルさん！　若槻さん！」

誰かが名前を連呼しながら部屋のドアを激しく叩いている。その声に心当たりはない。マモルは、ズキリと疼《うず》くこめかみを指で押さえながらドアを開いた。

そこには面識のない男が立っていた。背丈は百八十三センチあるマモルの目元ほどなので、少しだけ見下ろす形となる。中肉中背のその男は体のわりに小さく細い顔をマモルに向けている。真っ赤に充血した目の下にはクマができて、口元には無精髭がほんのりと芽を出している。肌は荒れ気味で、顔色がさえない。ハンサムの範疇《はんちゅう》に入る整った顔立ちだが、たちの悪い借金取りに追われているように憔悴《しょうすい》しきった表情を浮かべていた。しかし飢えたハンターのように眼光だけは鋭かった。

「若槻マモルさんですね？」

マモルはいきなり現れた男の眼光に気圧《けお》されながらも「そうだ」と答えた。男はマモルの返事を聞いて「やっと見つけた」とつぶやいた。マモルを見つけて安堵したのか、表情が少しだけ柔らかくなった。

「あんた、誰？」

「僕は国分隆史といいます。奈美を……奈美さんをご存じですよね？」

「奈美って……妹のことか？」

国分が小刻みに首肯する。その曇りがちな顔を見てマモルの中に胸騒ぎが広がった。

「実は……奈美さんが誘拐されました。お願いですから力を貸してください。お願いです」

国分と名乗った男は苦しそうに顔を歪《ゆが》めて、すがるように言い寄ってきた。誘拐という言葉に実感がわかない。それを受け入れられないもどかしさがかえってマモルを動揺させた。

「おい、お前……誘拐されたってどういうことだよ！」

マモルは思わず国分の胸ぐらを摑《つか》みあげると激しく揺らした。国分は何度も「すみません」と返してきた。いつの間にか彼は目を真っ赤に充血させていた。

マモルが手を離すと、国分は目元を何度も拭いながら、事《こと》のいきさつを説明しはじめた。

マモルに会うためにカオサンに向かっていたこと、その途中でヤワラーに立ち寄ったこと、奈美がいつまでたっても戻ってこなかったこと、日本大使館に相談したこと、ビデオカメラに怪しい人物が映っていたこと、奈美の両親に電話したことなど早口でまくし立てる。ビデオカメラの話に及ぶとマモルは胸をかきむしりたくなるような気持ちに襲われた。行政機関が積極的に動いてくれないと知って、絶望的な思いに打ちのめされそうになった。

「僕が居眠りをしたばっかりに……。本当にすみません」

国分が土下座をしようとしたので、マモルは乱暴に襟《えり》をつかんで引っぱりあげた。

「ばかやろう！　謝ってすむことじゃねえだろ。お前をぶち殺すのは奈美を連れ戻してからだ」

マモルは奈美が彼氏を連れてくると言っていたのを思い出した。

「そうか……。奈美の彼氏ってお前のことだったのか。何でもっと早くここにこなかった？　昨日はずっと待ってたんだぞ。おいっ！」

マモルは拳骨を国分の肩にぶつけた。

「奈美は……彼女はマモルさんのことを内緒にしてたんですよ。ぎりぎりまで内緒にして僕をびっくりさせようと思ったんでしょう」

国分が目も合わさずに答える。まるで小動物のようにおびえている。

「じゃあ、なんで俺がこのホテルにいることが分かったんだ？　奈美はずっと内緒にしてたんだろ？」

「お父さんに聞きました。カオサンにいるって」

それを聞いてマモルは鼻で笑った。

「あの野郎……。興味ないふりしてちゃっかりと調べてやがったんだな。ちくしょう」

国分が毒づくマモルの反応を窺《うかが》うように上目遣《づか》いで見た。

「マモルくんにお客なんて珍しいね」

突然、玄関の方から研さんとコウが揃《そろ》って現れた。コウはコンビニから帰ってきたばかりのようで、商品の入ったビニール袋を提げていた。

「マモルさんのお知り合いっすか？」

コウが訝《いぶか》しげな顔をして目を真っ赤にさせている国分を指さす。

マモルは二人にいきさつを説明した。その間も国分は不安そうな顔を三人に向けていた。

ラーおばさんがカウンターから身を乗り出してこちらを窺っている。

「マモルさん。それやばいっすよ。早く手を打たないと取り返しがつかないことになりますよ」

コウは親指を立てて首を搔《か》き切る仕草をしながら言った。

「だけど、犯人からまだなんの連絡もないみたいなんだ。東京の実家にもいってないらしい。今のところ手がかりなしだ」

「とりあえずは、そのビデオカメラの映像ってのを確認してみたらどうかな。誘拐した男を当たってみるとかさ」

研さんが顎髭《あごひげ》を撫でながら言った。それを聞いた国分が慌ててバッグからカメラを取りだした。しかしこの液晶モニタでは小さすぎる。

「コウ。パソコンを使わせてくれよ。お前のマシンなら鮮明に映るだろ」

四人は二階に上がり、カビ臭いシャワールームの前を過ぎて、一番奥にあるコウの部屋へと移動した。中はマモルの部屋より若干広めになっている。奥の方にデスクが置かれて、その上に大きめの液晶モニタとデスクトップパソコンが設置されていた。電源を入れると陰鬱《いんうつ》な部屋にぼんやりと液晶の明かりが浮かんだ。

「国分さんでしたっけ。ちょっとカメラを貸してください」

コウは国分からビデオカメラを受け取ると、慣れた手つきで配線をはじめた。やがて準備が終わると「じゃあ、再生しますよ」と声をかけてカメラ側面にある再生ボタンを押した。

マモルは三年ぶりに動く奈美の姿を見た。日本を飛び出すときに泣き別れた妹は一段と美しくなっていた。愛おしさがこみ上げてくる。

「こいつです！　この男です」

国分が奈美の背後にいる褐色の男を指さして叫んだ。鼻の下に八の字の髭がある痩身の男だった。少し遠くにいるので顔が小さく映っている。

「なるほど。カメラを警戒しているね。カメラを向けているときは決して近づいてこないし、すぐに画面の外へ出ようとする」

研さんの言うとおり、男はカメラを向けられると、さりげなくその死角へ移動して画面から姿を消す。この男はスワンナプーム国際空港、エメラルド寺院、ヤワラーで数秒ずつ姿を見せている。その視線の先にはいつも奈美がいる。小さく映っているが間違いなく同一人物だ。しかしそれぞれ日付が違う。そんな偶然が三回も重なるとは思えない。国分の言うとおりこの男は奈美をつけてきたのだ。

「くそっ！　もっと顔が大きく鮮明に映ったシーンはないのか？」

マモルは画面に向かって毒づいた。これではおおまかな輪郭と目鼻立ちしか分からない。顔に傷や小さなほくろなどの特徴があったとしてもこれでは分からない。

「画像編集ソフトで拡大してみましょう」

コウは画面上のアイコンをクリックしてソフトを起動させた。そして動画のワンシーンを取り込んで男の上半身を拡大する。HD映像なので拡大しても画像はさほど劣化《れっか》しなかった。八の字の髭はカメラの液晶モニタでも見たとおりだが、瞳の色や額の縫い傷がはっきりすると随分と印象が違う。口元から尖《とが》った犬歯がのぞいていて、瞳の色素は薄く銀色のように見える。

「帝政《ていせい》ロシアにラスプーチンっていう怪僧《かいそう》がいたけど、悪魔的な容貌《ようぼう》がどことなく似てるなあ」

研さんがいつものように顎髭を撫でる。

「僕にはドラキュラのアジア版に見えますよ」

コウがまた違った見方をする。彼には尖った犬歯が印象的だったのだろう。どちらにしても好ましい顔立ちではない。冷えた銀色の瞳からは血の通った人間の体温が感じられない。邪悪で奸悪《かんあく》なイメージしか伝わってこない。

マモルの隣では国分が険《けわ》しい顔をして男を睨《ね》め付けている。モニタの光がぼんやりと彼の顔を青白く浮かび上がらせた。やがてインクジェットプリンタが音を立てて、男の顔写真をプリントアウトした。写真は細部にわたるまで鮮明に描き込まれていた。コウはついでに奈美の写真もプリントしてくれた。

「国分くんといったな。奈美と併行《へいこう》してこの男の所在をつきとめよう。奈美がヤワラーで消えたなら、きっとそこで二人を見た人がいるはずだ。そこからどの方向へ向かったか知るだけでも随分としぼりこめる」

マモルは二人の写真を国分に手渡した。国分は強い決意を込めたようにうなずいた。

「その写真、俺にもくれないかな」

突然、マモルの背後で声がした。ふり向くと部屋の出入り口に見知らぬ男が立っていた。

男は四十代半ばといったところで、半袖のワイシャツにだらしなくネクタイを緩《ゆる》めていた。全体的にひきしまった体型だが、スリムな上半身のわりにがっしりと伸びている太めの脚がアンバランスに見える。

「敬ちゃん……。敬ちゃんだよな。あんた、蓮見敬一《けいいち》だろ?」

研さんが男を指さしながらゆっくりと男に近づいた。男は腕を組んだまま研さんを眺めている。

「へへへ。研さん、十年ぶりかな」

突然、強面《こわもて》の男は突然相好《そうごう》を崩して研さんと抱き合った。

研さんも「びっくりさせるなよ」と嬉しそうな顔をして男の肩を叩いている。

「蓮見……」

国分が男の名前をつぶやいて目を細める。彼には心当たりがあるようだが、マモルには分からない。

「紹介するよ。蓮見敬一、通称敬ちゃんだ。もう二十年くらい前かなあ。今は亡きエイプリルホテルで十年も一緒だったんだ。彼は貧乏旅行者には珍しくムエタイの道場に通っていて、そこのエースだったんだよ。なあ?」

「ああ。東京にも道場はある。今では月に二、三回だけど通ってるよ」

マモルは蓮見の体型に不釣り合いな脚に得心した。腕力には自信がある方だが、この男には勝てる気がしない。それほどまでに彼は攻撃的で尖《とが》った雰囲気を漂わせている。

蓮見は私立探偵だった。マモルの父親から奈美捜索の依頼を受けて、朝一番の飛行機に飛び乗ったそうだ。驚いたことに以前も父親は医師仲間の紹介で蓮見に調査を依頼していたという。その調査とはマモルの所在を突き止めることだった。そのためマモルは初対面だったが、蓮見はマモルのことを知悉《ちしつ》していた。父親は今回も蓮見に捜索を願い出たという。バンコク暮らしの経験のある彼ならうってつけと考えたのだろう。

「あの……。奈美をさがすのを手伝っていただけるんですよね」

国分がすがるように蓮見に歩み寄った。

「いいや。俺は俺のやり方でいかせてもらう。申し訳ないが素人は足手まといだ。もし協力が必要になったら連絡するから、君たちは君たちで好きなようにやってくれ」

蓮見は誘拐犯の写真を受け取ると、そのままホテルを出ていった。マモルは落胆で肩を落としている国分の背中をポンと叩いた。

「これからは奈美にあやかってお前のことをタカって呼ばせてもらうぞ。タイ人の名前はやたらと長いからお互いをニックネームで呼び合うんだ。郷に入っては郷に従えって言うだろ」

マモルはここで初めて国分の笑顔を見た。

第三章

「それにしても私立探偵なんて驚いたよ。バンコクに沈没した敬ちゃんがよくぞここまで立ち直れたもんだ」

研さんが呵々《かか》と笑いながらシンハビールを喉《のど》に流し込んだ。周囲では、扱いの難しい怠《たい》慢《まん》なタイ人従業員に頭を痛めている日本のサラリーマンたちが愚痴《ぐち》をとばしている。店の内装も日本によくある焼き鳥屋と変わらない。

「バンコクに沈没？　やめてくれよ、そんな言い方。あれから十年もたつんだぜ。こう見えても今は蓮見探偵事務所の社長だぞ。といっても社員は俺一人だけど」

蓮見は苦笑しながら焼き鳥に舌鼓《したつづみ》を打つ。タイの牛肉は不味《まず》いが鶏肉は悪くない。ちなみにバンコク沈没とは旅行者たちがバンコクの魅力に墜《お》ちて住み着いてしまうことをいう。この街ではたいていの欲望ははした金で満たされる。特にバンコクは世界三大性都といわれるだけあって、ここで娼婦にはまって沈没する輩《やから》も多い。実は蓮見も沈没のきっかけはそれだった。そうして蓮見も後にバックパッカーたちの間では伝説となるエイプリルホテルの住人となった。

「それはそうとみんなどうしてる?」

蓮見は懐かしい面々を思い浮かべながら聞いた。

「多くは敬ちゃんみたいに日本に帰ったけど、まだ居座っているやつもいるよ。死んだやつも結構いるね。そうそう、『坊ちゃん』なんか今では裏社会でちょっとした顔になっているよ」

「へえ。あのひよっ子の坊ちゃんがかい?」

蓮見の脳裏《のうり》に暗い目をした少年の顔が浮かんだ。蓮見がバックパッカー生活に見切りをつけて帰国を思い立った一年ほど前にエイプリルホテルに流れてきた。高校を中退したと言っていたから当時は十七歳くらいだっただろうか。典型《てんけい》的な不良少年で学校にも家庭にもなじめず、カツアゲしたり親の財布からくすねた金をかき集めて日本を飛び出した。蓮見もそんな少年をエイプリルホテルの住人たちは「坊ちゃん」と呼んで可愛がった。蓮見のことをそんな彼に生活のノウハウを教えてやって弟のように可愛がってやった。彼も蓮見のことを「あんちゃん」と呼んでなついていた。少年の名前は二階堂《にかいどう》きよしといった。

「あれから十年の歳月だ。あの子はもう敬ちゃんの知っている昔の坊ちゃんじゃないよ。ビジネスで人も殺すし、ヤクでも兵器でもなんでもさばく。そうやって闇の世界で成り上がったんだ」

闇の世界に精通する二階堂きよしなら奈美の失踪について何か知っているかもしれない。蓮見は握り拳をそっと開いてみた。掌紋《しょうもん》に沿って汗が滲んでいる。きよしに関わるということは、闇の世界に足を踏み入れるということだ。ただのチンピラならムエタイで片が付く。しかし闇のもっと奥でうごめく連中が相手となるとそうはいかない。

「坊ちゃん——きよしに情報がないか聞いてみるよ」

蓮見はビールをあおった。

「敬ちゃん、本気か？　何度も言うけどもう彼はもう昔の坊ちゃんじゃないんだ。いくら『あんちゃん』でも邪魔になればためらいなく殺すよ。今はそういうヤツなんだ」

研さんが寂しそうに言った。彼にとってもきよしは息子同然だったのだ。

「研さん、俺はプロの探偵でクライアントから金をもらっている。この商売は信用が第一なんだ。国分くんやマモルくんに先を越されたなんてことになったら、クライアントに合わせる顔がない。特に今回は青天井の必要経費と破格の成功報酬が約束されてる。多少の危険は覚悟の上さ」

日本を出国するとき、奈美の父親である若槻惣一郎《そういちろう》は蓮見に分厚い札束を手渡した。当面の経費だという。足りない場合はいくらでも請求してくれとも言った。闇社会に手を回すのならそれなりの資金がいる。

そしてなにより父親の期待は裏切れない。

＊＊＊＊＊

次の日、蓮見はコンクリート打ちっ放しの雑居ビルの前に立っていた。坊ちゃんの所在地は研さんが教えてくれた。壁に走る無数の亀裂《きれつ》やひび割れが建物の年輪を思わせる。入り口には人相の悪いチンピラが見張りに立っている。蓮見が近づくと威圧《いあつ》するように睨め付けてきた。蓮見が自分の名前を名乗ると、男はポケットからケータイを取り出して二、三言会話した。ケータイをポケットに戻すと男は急に礼儀正しくなって、蓮見を建物の中へと案内した。

暗い廊下を進んでいくと突き当たりにドアがあった。そこにはまた別の若い男が立っていて、見張りの男があごで合図すると男は丁重《ていちょう》にドアを開けた。部屋の中はビルの外観と同じく殺風景なものだった。壁は全面コンクリートで壁紙のたぐいは一切なく、ポスター一枚貼られていない。天井の配管はむき出しのままで、窓がなければ地下室を思わせる。二十畳ほどの部屋の窓側に大きなデスクが一つ、蓮見の方に向けて置いてある。その上に足を載《の》せて、革張りのチェアーに体を預けている男がこちらを向いている。男の背後にある、大きな窓ガラスからの逆光が眩しくて男の顔がはっきりしない。デスクの両翼《りょうよく》には強面で体格のいい男が二人、直立不動の姿勢で立っていた。

「ひさしぶりだね、あんちゃん……」

男は立ち上がった。当時華奢《きゃしゃ》だった体型は鍛《きた》え抜かれた軍人のように所々が逞《たくま》しく盛り上がり、スーツの上からでもそれが分かる。

「立派になったもんだな、きよし。十年ぶりか」

二階堂きよしは立ち上がり、蓮見に向かって手を差し出した。顔から逆光がはずれて二階堂の顔がはっきりと見えた。爬虫類《はちゅうるい》を思わせる冷たい目には獰猛《どうもう》な光が見え隠れする。細面《ほそおもて》だった顔は、よほど多くの修羅場をくぐり抜けてきたのだろう、まるで精悍《せいかん》そのものだった。頬には大きな疵《きず》あとが走っているが、それも彼の凄《すご》みを際だたせる小道具になっている。

二人は十年ぶりにデスクを挟んで握手を交わした。二階堂の手は金属のように冷たかった。しかし再び椅子《いす》に腰を下ろした二階堂の表情は彼なりに柔らかくなっていた。蓮見は安堵《あんど》して、しばし思い出話を語り合った。

「あんちゃんは探偵になったんだってな。風の噂には聞いていたよ」

「帰国してすぐに大手探偵事務所に入って五年ほど修業した。それから自分の店をかまえて今年で六年目になる。今回、バンコクに来たのも仕事のためさ」

「仕事？　何だよ？」

「人捜しだよ」

「誰を捜してるんだ？」

二階堂が高そうな葉巻に火をつけながら尋ねてきた。

「依頼人の娘さんだ」

蓮見はポケットから写真を取りだして、二階堂に見せた。

「ほほう。なかなかの別嬪《べっぴん》さんだな。別嬪さんの失踪ともなるといろいろわけがありそうだな」

二階堂は意味ありげに笑った。蓮見は彼女の失踪の状況を詳《つまび》らかに説明した。彼女を誘拐した男の写真も見せた。その間も二階堂は薄ら笑いを浮かべていた。

「で、俺にどうしてほしいわけ？」

「お前なら裏社会に精通しているだろうから、何か知ってるんじゃないか？　何でもいい。情報を持っていないか？」

二階堂は思案《しあん》げな顔をして紫煙《しえん》を吐いた。煙は靄《もや》のように立ちこめて蓮見との間に壁を作った。その壁に向かって二階堂は息を吹きかけた。

「ここはクルンテープ（バンコク）だ。金さえあればどんな欲望も満たされる天使の都さ。世界中からうなるほどの金と時間を持て余しているヤツらが、自分の欲望を実現するためにここへやって来る。当然、中にはとんでもない嗜好《しこう》を持ったクソ野郎も多い。しかも奴らは果てしなくどん欲だ。常人には理解できないことに湯水のごとく大金をはたく。そうなりゃそこにはビジネスがある。やつらのニーズを実現させる連中がいたって至極《しごく》当たり前の話だ。それが資本主義の正しいあり方だろ」

「とんでもない嗜好？」

蓮見が聞き返すと、二階堂はいたずらっぽい笑みを浮かべた。

「クマやウサギを撃っているハンターにしてみれば、そのうち生きている人間を撃ちたくなる。世界中のグルメを制覇した奴らなら人間の肉を食いたくなるさ。セックスにしてもそうだ。いろんな性癖を持ったヤツがいる。ペドフィリア（小児性愛者）、ネクロフィリア（死体愛好家）、相手を拷問にかけて悦びを感じるヤツもいる。当然、そんな欲望は一般社会では実現しない。しかしちょっとした金とコネがあれば、この都では思う存分堪能できる。それを実現してくれる連中が闇の世界で動いているわけだ。つまりその別嬪さんもそういう連中の餌食《えじき》になったんじゃねえの？」

蓮見は二階堂の話を聞いているうちに自分の体温が下がっていくのを感じた。自分は想像を絶する世界に足を踏み入れようとしているのかもしれない。

「そいつらは何者なんだ？」

「さあな。連中に関しては都市伝説レベルでしかない。ようするにヤツらの存在など噂でしかないわけだ。裏の世界にいる俺ですら実体はつかんでない。闇の奥底で蠢《うごめ》いてる連中だ」

「そいつらは本当に存在するのか？」

「どうだかな」

二階堂は薄ら笑いを向けながら葉巻を灰皿にねじつけた。

「連中はなにをやってるんだ？」

「いろいろやってるみたいだぞ。マンハンティングとかさ」

「マンハンティング？」

「人間狩りだよ。インドネシアには何千って島があんだろ。その中には警察の自治《じち》も行き届かないところがあるんだよ。やつらはそこに誘拐した人間たちをつれてきて放し飼いにする。後は簡単だ。獣に飽きた金持ちハンターどもをそこへ連れていって撃ち放題させるのさ。おもしろいぞ。獣と違って人間だからな。知恵もある。反撃をしてくるヤツ、諦めて自殺するヤツ、命乞《ご》いするヤツ。いろいろだ」

「そ、そんなのは作り話だろ。マンガの世界の話だよ。いくらなんでも荒唐無稽《こうとうむけい》すぎる」

「あるいはな。もちろん聞いた話だぜ」

二階堂は蓮見の反応を楽しむように微笑《ほほえ》んだ。もしかしたら二階堂はそのハンティングに参加したことがあるのかもしれない、と思った。

「以前、組織の仲介役と名乗る男から仕事を依頼されたことがある。日本の若い女を調達してほしいってな。理由を聞いたらヤマトナデシコは金になるんだと答えたよ。もちろん断ったさ。そんな蛮行《ばんこう》は俺の仕事じゃねえ。俺はこう見えてもヤングエグゼクティブだ」

二階堂はわざとらしくネクタイを正しながら言った。

「若槻奈美をそいつらがさらったと思うか？」

「どうだろうな。だが、誘拐となれば闇社会の人間が絡《から》んでる可能性は高い。もし何か情報が入ったら伝えてやるよ。写真の男の方もな」

二階堂は写真を指で叩きながら言った。

「恩に着るよ。それともう一つ。その仲介役という男と話がしたい。さらってきたヤマトナデシコをどうするつもりなのか聞きたいし、その幽霊みたいな組織のことを何か知っているかもしれない」

蓮見の言葉に二階堂の顔がわずかに曇った。

「ブローカーといってもどうせ末端《まったん》だよ。チンケなクズ野郎さ」

蓮見は奈美を誘拐した写真の男を思い浮かべた。人間の姿をしているが血のぬくもりを感じない。伝わってくるのは邪悪な波動だけだ。この男が二階堂の言う闇の組織とつながっているような予感がする。組織を追っていけばその男に、そして奈美にたどり着くかもしれない。

「それでもかまわない。脈がありそうなところは全部押さえておきたいんだ」

突然、二階堂は頬をひきしめて薄ら笑いを消した。

「あんちゃん……。いくら仕事でも連中と関わるのはやめておけ。この世界に身を置く俺ですら雲をつかむような存在なんだ。下手に関わるとあっという間に消されるぞ」

蓮見は二階堂の獰猛な瞳が一瞬揺れたのを見逃さなかった。坊ちゃんは畏《おそ》れているのだ。

だから組織のことを知ろうともしないし、関わろうともしない。

「場末の探偵とはいえ俺もプロだ。多少の危険は覚悟の上さ。お前の方から何とか連絡をとってくれんか。俺がそいつと直接話す」

二階堂は顎《あご》をさすりながらじっと蓮見を見つめた。しかしその顔はほころんでいった。昔の坊ちゃんを取り戻したような表情だった。

「相変わらず頑固だな。分かったよ。あんちゃんには世話になった恩義がある。俺の方からそいつに話をつけよう。俺の紹介なら少しは信用するだろう」

「コップンカップ（ありがとう）、きよし。助かるよ」

蓮見は胸の前で手を合わせてタイ式のお辞儀をした。

「だけどな、くれぐれも言っておくぞ。闇の世界にはあんたらの想像を遥かにこえた組織が蠢《うごめ》いてる。あんちゃん、もしこの別嬪さんの失踪にヤツらが絡んでいたらあきらめろ。けっして連中のことを知ろうとするな。すぐに手を引け。いいな」

今度は厳しい目で蓮見を見据《みす》えながら言った。その瞳の色はどこか蓮見に対する懇願《こんがん》を思わせた。

「わ、分かった。俺は闇組織になんて興味はない。この娘さんさえ取り戻せればそれでいい」

声がかすれた。喉がひりつくようだ。

「ウェイって男だ。パッポンでぼったくりのゴーゴーバーを経営していて、いつもそこにいる。商談も主にそこのバーでやっている。俺の名前を言えば通してくれるはずだ」

二階堂は大きなデスクの引き出しを開けると、中から黒い塊を取りだして「これを持って行け」と蓮見に差し出した。手に取るとずしりとした重みと金属の冷たさが伝わってくる。オートマティック製の拳銃だった。

「使い方は分かるな？」

「もちろんだ」

蓮見は生ぬるい唾《つば》を飲み込んだ。

＊＊＊＊＊

幅十メートル、長さ二百メートルほどのパッポン通りの両端には、「キング」や「キャッスル」などの看板を掲《かか》げたゴーゴーバーが並んで、ピンクやオレンジのネオンが猥雑《わいざつ》な光を放っている。

どの店も屋内からは大音量のユーロビートが噴き出し、観光客の肌をふるわせている。開放された扉の奥では全裸に近い女たちがテーブルステージの上で腰をくねらせながら踊り、その下では男たちがどの娘を連れ出そうかと品定めをしている。幅十メートルの通りの中央には露店が軒《のき》を連ね、コピーブランドのバッグやTシャツ、テレビゲームやパソコンの海賊版ソフトが陳列されて、その中を観光客たちが泳ぐように行き交っている。日はとっくに落ちたというのにネオンや商店の電気がパチンコ屋のようにきらめいて、その一区画だけがくっきりと浮かび上がっていた。汗ばんだ肌によぎる熱帯の甘い風が人々の気分を開放的にさせている。

蓮見は渇いた喉を生唾でごまかしサングラスをはめた。ウェイという闇商人が経営する店「マイペンライ」は建物の二階にある。階段を上がるとすぐに店は見つかった。蓮見は店の扉の前で大きく深呼吸をした。

坊ちゃんはウェイに蓮見のことを日本のヤクザと吹き込んでくれたようだ。名前も鈴木とした。日本の金持ちに依頼されてヤバいブツを調達しにやって来たという設定だ。とはいえ「ヤバいブツ」が何であるのかまだ決めてない。ここはアドリブだ。適当にウェイの話に合わせて、彼に仕事を依頼して前金を渡す。十万バーツも渡せば懐柔《かいじゅう》できるだろう。それから奈美の情報を引き出す。彼が何も知らなければそれで終わり。以後、会うことはない。

蓮見は「ＯＰＥＮ」と札のかけられた扉を荒っぽく開けた。店内は安っぽい場末のキャバレーのように、天井ではミラーボールが回り、ピンク色のライトをまき散らしていた。客は一人もいないようだ。椅子に座ってさぼっていた女たちがあわててステージに上がって踊り始める。黒服のウェイターがやって来て、蓮見をバーカウンターへ案内しようとした。

「遊びに来たわけじゃない。ウェイはどこだ？」

蓮見がタイ語で尋ねるとウェイターの目の色が変わった。突然、手品を見ているように彼の右手からナイフが飛び出した。店員は刃先を蓮見の頬に押しつけながら「何者だ？」と聞き返した。蓮見は瞬間的にナイフを払い、拳を店員の顔面にたたき込んだ。彼がひるむと今度は膝蹴《ひざげ》りを腹にヒットさせた。店員は派手な音を立てて、テーブルを倒しながらひっくり返った。ステージの女たちはいつの間にか踊りをやめて固まっている。騒ぎを聞きつけた四人の用心棒が奥の部屋から飛び出てきた。蓮見は戦闘準備の構えをとった。新宿でチンピラ六人を撃退したことがある。四人なら楽勝だ。

「よさないか！　ここはムエタイのリングじゃない」

突然、男の声が場内に響いた。用心棒たちは声のした方に向かって頭を下げると、おとなしく奥の部屋へ戻っていった。今まで気づかなかったが、部屋の一番奥の暗がりに男が座っていた。たばこのオレンジの炎が小さく揺れている。男は立ち上がると蓮見の方へ近づいてきた。派手なアロハシャツを着た小太りの男だった。

「タイ語にムエタイとは、日本のヤクザもバカにできないものだな」

男はスポーツ刈りの頭をなでながら近くの椅子に腰掛けた。ふくよかな耳たぶには多くのピアスが光っている。肌はタイ人らしく浅黒い。

「まあ、座れ。ニカイドウから話は聞いている」

蓮見は椅子を荒々しく持ち上げて男の前に叩きつけるように置いた。背もたれを彼の方に向けてドカッと座る。腕を背もたれに置いて椅子を男の方へ傾《かたむ》けた。多少のハッタリも必要だ。

「お前がウェイか」

蓮見はタイ語で話しかけた。

「ハジメマシテ、スズキサン」

男は妙な発音の日本語で応えた。

「上手な日本語だな。本物の日本人かと思ったぞ」

「ドウモ、ドウモ、マジデスカ？」

ウェイは小太りな体を揺らせて人なつこく笑った。裏社会で生きているわりには憎めないキャラクターだ。

「あんたならどんなブツでも調達できるって二階堂から聞いたものでな。お前さんと取引がしたい」

蓮見はタイ語に戻した。東京にもタイ人の友人たちは多いので、ほとんど母国語のように扱うことができる。

「調達？　なんのことだ？　俺は真っ当なビジネスマンだ。このバーの経営者だし、税金だって納めている。養護施設に寄付だってする慈善家《じぜんか》でもあるんだ」

ウェイは涼しい顔をして言った。ステージでは女たちが踊りを始めている。階下《かいか》のバーと違って全員下着一枚つけていない。よく見ると年端のいかない子供もいる。

「おいおい、こっちはガキの使いで来てるわけじゃないんだ。日本のいかれた成金オヤジどもから『ヤバいブツ』の調達を依頼されている。いいか、金には糸目をつけねえ連中だ。

ただ清潔な日本では入手できなくてな。二階堂に相談したらお前さんならミサイルでも宇宙船でもなんでも揃えられるって聞いたもんでな……」

さりげなく男を持ち上げてみた。しかし「ヤバいブツ」を何にするかまだ決めてない。ここからはアドリブだ。なんとか奈美の情報に話を近づけたい。

「たしかに俺に揃えられないものはないけどな。なんなら国王のコンドームでも調達するか」

ウェイもまんざらでもなさそうにジョークを飛ばして笑った。この男は本当に憎めない。

「さっきも言ったが俺は真っ当なビジネスマンだ」

ウェイはステージの方へ顎をしゃくった。女がヴァギナからピンポン玉を発射させていた。パッポン名物「ピンポンショー」だ。

「はるばるジャパンから来たんだ。お前の話くらい聞いてやってもいい。そのオヤジたちはいくら出すつもりなんだ？」

蓮見は手応えを感じた。大金話はウェイの興味を引いたようだ。

「やつらは欲望にはどん欲な連中だ。お前のウデがたしかなら言い値でいけると思うぜ」

蓮見の言葉を聞いてウェイの目の色が変化した。頭の中では大型のソロバンをはじいていることだろう。

「よかろう。それで何をお望みなんだ？」

ウェイの顔はいつの間にか商売人モードに切り替わっていた。ここからは慎重に話を進めなければならない。

「なんだって用意できるんだな?」

「さあな。だが皆そう言う」

本当は失踪した若槻奈美をここへ連れてきてほしいと言いたいところだ。蓮見はもどかしげな笑みを向けた。

「ウェイさんよ。お前、二階堂に日本人の若い女性をどうこう言ってたろ。ヤマトナデシコは金になるとかどうとか」

「記憶にねえな」

ウェイは大げさに肩をすくめた。明らかにシラを切っている。

「つまり、俺がさがしているのはヤマトナデシコ絡みの『ヤバいブツ』だ」

蓮見が本題を切り出すと、ウェイはもともと細い目をさらに細めた。

「なんのことだ? ヤマトナデシコ絡みって……」

蓮見は賭《かけ》に出た。十万バーツの札束をテーブルの上に叩きつけた。ウェイは札束を一瞥《いちべつ》すると鼻で笑った。しかし喉仏《のどぼとけ》が上下に動くのを蓮見は見逃さなかった。すかさずもう五万上乗せした。

「スズキさんよ。お前さんの言うことはさっぱり分からねえな」

「そうか。それなら仕方ない。俺の見込み違いだ」

蓮見がテーブルの札束を戻そうとしたその瞬間、ウェイの手がそれを遮《さえぎ》った。

「ちょっと待ってくれ……。そうそう思い出してきた。ヤマトナデシコものだよな。最近新しいブツが入ったそうだ。たしかにアレは値が張るからなあ」

ウェイは札束に覆《おお》い被さるようにして早口にまくし立てた。二階堂が「チンケな野郎」と言うのも分かる気がした。

「そうだ。ヤマトナデシコのアレだよ」

アレというのが何を意味するのか見当がつかなかったが、蓮見は満足げに頷いてみせた。

「兵器やクスリなら何とでもなるが、アレは俺が扱っている中でも最上級にヤバいブツだ。なんたって『死の腕』の連中が絡んでるからな」

「死の腕？」

「名前なんて知らねえよ。俺が勝手に名付けてそう呼んでるだけさ。アメリカだかにそんな名前の殺人カルトがあるだろ。それから拝借《はいしゃく》しただけだ」

死の腕とは、アメリカで三百人以上殺した殺人鬼ヘンリー・リー・ルーカスが所属していたという殺人カルトだ。このカルト集団の存在についてはヘンリーの虚言だとされている。そんな話を本で読んだことがあった。それはともかく『死の腕』とは、二階堂の言う闇の組織と同一だろう。蓮見は手がかりの脈を感じた。

「その死の腕って……どんな連中なんだ？」

「さあな。俺たちの世界でその話はタブーなんだ。『長生きしたければ知ろうとするな』さ。でもな、そんな連中が本当に存在するのか疑問に思うこともある。本当は俺たちの妄想じゃないかってね。俺たちは妄想を畏《おそ》れながら、その妄想と仕事をしている。もしそうならただのマヌケさ。どちらにしても俺には窺い知れない連中だ。俺もヤツらの末端の仲介役に過ぎんからな」

ウェイは急に弱気なことを言い出した。二階堂と同じで姿の見えない連中のことを畏れているらしい。これ以上『死の腕』のことにふれると相手に警戒心を抱かせてしまうのではないかと蓮見は考えた。それにウェイの言う「最近入った新しいブツ」が気になる。それは奈美につながることではないだろうか。

「よし。お前を信用しよう。何度も言うが俺の依頼人は金に糸目をつけない。アレが上等なら売値《うりね》も期待できるぞ。特に新鮮なモノなら言うことなしだ」

「分かった。三日間待ってくれ。三日後にまたここに来てくれ」

蓮見はウェイと握手を交わした。店を出ると張りつめていた緊張感で喉がカラカラに渇いていることに気づいた。蓮見はサングラスを外すと、娼婦がたむろしている階下のバーに入っていった。

＊＊＊＊

七月六日（火）

スカイトレインは宗教と文明が混在したバンコクの街並みを見下ろしながら静かに進む。一九九九年に開業したが思うように客足が伸びず、負債を返済できない状態が続いているらしい。車体は三両編成でデザインにはタイ国旗を思わせる白・赤・青が使われている。高架上《こうかじょう》を走って目につきやすいためか、広告を貼った車体もよく見かける。蓮見がバックパッカーをしていた頃にはなかった乗り物だ。

蓮見は車窓《しゃそう》を眺めた。車体はスクンビット通りを進んでいる。日本人が多く在住するこの界隈には近代的な高層マンションやホテル、デパートが並ぶ。住宅街にはプール付きの豪邸も目につく。企業や行政機関の駐在員《ちゅうざいいん》たちが住むエリアだ。

ウェイが指定した三日後の今朝、再び彼の店「マイペンライ」を訪れた。しかしウェイは約束した「アレ」はここにないと言った。蓮見はウェイの胸ぐらをつかんで問いつめた。

「落ち着け。今日の午後、あんたは『アレ』を見ることができる。ある場所で愛好者の集会があるんだ。あんたがそこへ入れるよう手配しておいた。アレを見て気に入ったら、そこにいるトックという男に声をかけろ。あとはあんたとヤツの商談次第だ。何度も言うがヤマトナデシコは特に値が張るからな。取引はキャッシュだ。円でもドルでもバーツでもいい。できるだけたくさん持って行け」

蓮見が手を離すと、ウェイは襟の皺《しわ》を伸ばしながらメモを手渡した。そこにはバンコク市内の住所が書き込まれていた。

「ああ、それとヤツらは領収書なんて切ってくれないからな」

ウェイはジョークを飛ばしながら無邪気に笑った。

「その、トックという男は『死の腕』のメンバーなのか？」

「だから何度も言ったろ。連中のことは詮索するなって。いいか。そのことは絶対に口にするな。生きて帰りたかったらな」

スカイトレインはビルの間を縫《ぬ》うようにしてレールの上を静かに滑っていく。空調の効いた車内で蓮見はウェイから渡されたメモを確認した。スクンビット付近の住所が書き込まれている。十二階とあるから高層ビルだろう。乱交パーティーだろうか。ここでヤマトナデシコの『アレ』を愛好する者たちの集まりがあるという。その中に若槻奈美がいればこれほど楽なことはない。坊ちゃんから受け取った胸ポケットに忍ばせてある拳銃をつきつけて、ジェームズ・ボンドのように彼女を救い出せばいい。美人のキスくらいおまけで付いてくるかもしれない。

やがてモノレールは神経質なほど丁寧に停車した。地図を確認するとここの駅が一番近い。閑散としたプラットホームに降り立つと、背後のモノレールが音も立てずに去っていく。下に降りると相変わらずの喧騒に包まれた。

目的の建物はそこから五分ほど歩いた所に見つかった。バベルの塔を思わせる円筒《えんとう》形の壁面には鏡面のような大理石がはめ込まれて、高層ビルが並ぶ周囲の景色を写し出していた。現代建築専門誌の表紙を飾りそうな瀟洒《しょうしゃ》なマンションだった。大きな玄関は近代美術館のロビーを思わせる。天井を見上げると五階部分まで吹き抜けになっていて開放感があった。蓮見はエレベーターの前に立ってボタンを押す。ガラス張りのエレベーターが蓮見を静かに迎え入れた。

十二階の一二一五号室。メモに記された部屋は、エレベーターからフカフカの絨毯《じゅうたん》が敷き詰められている廊下を真っ直ぐに進んで、一番奥の突き当たりだった。蓮見は髪型を整えてサングラスをかけた。一度深呼吸してから部屋のチャイムを鳴らす。

しばらく待っているとドアロックが外れる音がして、門扉《もんぴ》のようなドアがゆっくりと開いた。どんなチンピラが出てくるかと身構えていたが、中から現れたのは亜麻色《あまいろ》の髪が軽くカールした華奢な青年だった。タイのファッション雑誌の表紙を飾るモデルのように、肌はきめ細かく色白で、熱帯の住人であることを思わせない。女性的な美しさと男性の凜々《りり》しさを備《そな》えた顔だちは妖艶《ようえん》でさえあった。

「僕の顔に何かついてる？」

「い、いや……俺はスズキ。ウェイの紹介だ」

蓮見があわてて取り繕《つくろ》うと、青年はその心を見透かしたように微笑んだ。

「カモン」

と青年は手招きをしながら蓮見を中に迎え入れた。彼の右手の甲には赤いサソリのタトゥーが入っていた。それを眺めながら玄関をくぐると、青年は紫のアイマスクを蓮見に手渡した。仮面舞踏会で使われる、蝶々《ちょうちょう》のような形をしたマスクだ。青年はここで今すぐそれをつけるよう指示してきた。蓮見はサングラスを外して代わりにそのアイマスクをつけた。玄関先にある鏡に写してみる。まさかこれからSMショーでも始まるというのか。

廊下を進むと、突き当たりに大きなリビングルームが広がっていた。おそらく五十畳以上あろう。リビングボードの上には大画面のプラズマテレビがしつらえてあった。カーテンは閉め切ってあって完全に遮光《しゃこう》されている。その代わりに間接照明が柔らかく灯っていた。部屋の中には先客が五名ほどいて、各自思い思いのソファに腰掛けてくつろいでいる。部屋の中央のテーブルには飲み物やおつまみが並べてあって、各自セルフサービスということだろう。客は全員、蓮見と同じようにアイマスクで目元を隠していた。髪や肌の色から蓮見以外は欧米人のようだ。彼らはそれが暗黙のルールであるかのように互いにコミュニケーションを持つことなく、映画館で上映時間を待つ客のようにおとなしく座っている。お互いの素性は詮索しないということか。やがてまた二人、欧米人風の男がアイマスクをつけて部屋に入ってきた。

どうやら参加者全員が集まったらしい。先ほどの美青年がリビングルームに入ってきた。乱交パーティーやＳＭショーの類《たぐい》だと思っていたが、女の姿はない。青年はプラズマテレビの方に向かうと提げていたバッグから一本のビデオテープを取りだした。テープを持つ手に赤いサソリの入れ墨が見えた。それを合図に男たちは黙ってテレビの近くに席を移す。蓮見も慌ててそれに倣《なら》った。客の一人が勝手を知っているのか部屋の電気を消した。仄暗《ほのぐら》かった室内は闇に包まれた。テレビの方からモーターが作動するような音が聞こえた。青年がビデオデッキにカセットテープを挿入したのだ。

「今どきＶＨＳかよ」

蓮見がつぶやくと、前方でモニターの画面がほんのりと浮かび上がった。先ほど室内灯を消した客が小さく拍手をはじめた。それにつられてけだるい拍手が客たちの間で広がる。蓮見はグラスに残ったウィスキーを喉に流し込んだ。

しばらく画面の中には闇が広がっていた。やがて徐々に仄かな輪郭が浮かび上がる。どうやらどこかの部屋の中らしい。それもそう広い部屋ではない。倉庫か地下室か。時々見える壁はシミと錆《さび》が広がっていて、もう何年も陽の当たってない場所のように思えた。誰かがすすり泣いている。女だ。それも若い。

突然、画面が明るくなった。照明が焚《た》かれたのだ。四方は汚れた壁に囲まれて窓一つない。地下牢のような陰鬱さに支配された部屋だった。部屋の中央には粗末なベッドが置かれている。一応マットレスとシーツが敷かれているが、黄ばみと赤茶色のシミに侵されていた。その上にスリップ一枚の姿の若い女が縛りつけられている。両手は手錠でベッドに固定され、白くなまめかしく伸びた両足はロープで縛られていた。女の口にはガムテープがまかれ、大きく見開かれた瞳からは涙が溢れている。カメラが向けられるたびに体をくねらせながら、カメラの死角へ逃れようとするが無駄な努力だった。カメラマン以外にも男が一人いるらしい。無骨な腕が画面に現れた。その手の甲にはあの青年と同じ赤いサソリの入れ墨が施されていた。サソリの入った手は女の口にまかれたガムテープを荒々しく引きちぎった。テープは唾液の糸を引きながら、粘膜を破るような音を立てて剝《は》がれ、女は制限されていた呼吸をむさぼりはじめた。涙と唾液でびしょ濡れだが、美しく整った顔立ちをしていた。

「お願い、タスケテ……」

女は紛れもなく日本人だった。二十歳前後といったところか。女は顔を歪《ゆが》めて必死にもがいている。蓮見はまだ状況を把握できなかった。

カメラはベッドの脇にあるテーブルを映した。それを見て蓮見は顔をしかめた。テーブルの上にはメス、注射器、小型ハンマー、ペンチ、ノミ、アイスピック、小型電気ノコギリ、電動ドリルそして各種ナイフと、見るだけで痛覚を刺激されそうな道具の数々が冷たい光を放っている。

「どうしてこんなひどいことするのよぉ。あたしが何をしたっていうのぉ……」

女は泣き叫ぶ力も残っていないのか、かすれた声でささやいた。腫《は》れぼったい目の下には大きなクマが広がっている。かなり長い時間監禁されていたのだろう。肌は荒れ、髪は乱れて疲労が顔ににじみ出ている。着衣にも汚れが目立つ。蓮見は画面を食い入るように見つめた。画面の女は若く美人には違いないが、若槻奈美ではない。

画面に見え隠れしていた両手が女の首をしめ上げる。女は目を見開きながら全身でもがきはじめた。しかしロープや手錠で束縛されているためそれもままならない。顔が青白く変わり、口を大きく開け舌を突き出す。男は突然、しめ上げている手の力を緩《ゆる》めた。女は急激な酸素吸入にむせかえった。咳をまき散らしながら口角《こうかく》からよだれを垂らしている。女の瞳は恐怖に絶望と、目まぐるしく表情を変え、まばたき一つできないでいた。

やがて男の腕はテーブルの上からメスを取り上げた。照明の光がまぶしく反射して、絶望に顔を歪める女の表情を一瞬かき消した。蓮見は思わず彼女に向かって身を乗り出した。

やがて男のメスは女の肌の上を滑り始めた。

蓮見は思わずうめき声を漏らした。画面から目を逸《そ》らそうにも、異様な吸引力が視線を引きつけたまま放そうとしない。

それから一時間にわたって女の解体シーンが続く。女は生きたまま捌《さば》かれた。男はテーブル上の道具を駆使《くし》して外科医のような手さばきで肉を切り開いていく。血管や神経組織を傷つけることのないようきれいに剝がして骨を外していく。

しかし女は撮影の最後まで絶命しなかった。瞳は解体されている間も輝きを失わず、虚空をさまよっていた。唇は般若心経を唱えるように絶えず何かをつぶやいていた。体内が開かれたときは、色つやのある若い内臓が生き生きと脈打っていた。朱色の鮮血は料理を彩るソースのように女の体に模様をつけていた。淡々と解体が進む中で、女のパーツは生ゴミのように黒いナイロン袋に詰められていく。最後にパンパンに膨らんだナイロン袋の口が結ばれて照明が落ち、画面が暗くなった。

蓮見は凍りついていた。全身が麻痺《まひ》してしまったように力が入らない。立ち上がろうにも腰が上がらなかった。頭の中ではフィルムがくり返しプレイバックされて、目を閉じても瞼《まぶた》の裏に映像がよみがえってくる。暗い部屋の冷たい空気や、血の臭い、そして彼女の体温までもが伝わってくる。女のうめきが耳朶《じだ》にこびりついて離れない。意識を現実に戻すまでにかなりの時間が必要だった。それは他の客たちも同じだったようだ。電気がつけられたしばらく後も室内に静寂が続いていた。アイマスクをつけた客たちは、満足げな笑みを浮かべながらも、ぐったりとソファに体を預けていた。その顔はどれも汗ばんでいた。

スナッフフィルムだ……。

噂には聞いたことがある。人を殺すシーンを撮影したフィルム。偶然死の現場に立ち会ったものではなくて、撮影のために人を殺す。しかし実際にフィルムを見たことがなかったし、新聞記事やニュースになったこともない。スナッフなんて口裂け女と同じ都市伝説のたぐいだと思っていた。

果たしてそうだろうか？

噂の存在もそれを見たいという欲望の裏返しではないだろうか。見たいという人間がいればそれはニーズになる。ニーズはビジネスを生む。監督もいればカメラマンもいる。殺す俳優や殺される女優もいる。要はそれがトリックなのか、本物なのか。

先ほどの映像を見る限り、トリックには思えなかった。粘液が糸をひく肉や内臓の生々しさ、メスを入れてから一呼吸おいてあふれ出す粘着性を帯びた鮮血、収縮する筋肉の切り口、骨と筋肉をつなぐ繊維組織、弾力あふれる脂肪組織……どれをとっても完璧な解剖に見えた。しかし現代の特殊撮影技術は目を見張るものがある。これくらいの映像を作り出すことは可能かもしれない。

その一方で、あの映像は紛れもなく本物だという思いも強かった。むしろそちらの方が確信に近い。あの映像からは作り物ではない本物独特の空気が伝わってくる。地味さとでも言おうか。血肉が飛び散ることもなく、女がわめき続けることもない。鮮血は地下水が土から滲み出るように静かにあふれ、女は虫歯の疼痛《とうつう》を耐えるような小さなうめきを上げる。そしてなにより、映像の中盤あたりから見せ始める恍惚感《こうこつかん》を漂わせる女の表情だ。限界を超えた疼痛がかえって麻酔効果をもたらしているのかもしれない。そして意識が今にも消えそうなとき、彼女は一瞬うっすらと笑みを浮かべた。それは昔を懐かしむような表情だった。人間は死ぬ瞬間にすべての思い出が走馬灯《そうまとう》のように駆け巡るという。彼女の笑みはそれを思わせた。そのどれもが自然で演技と思えない。いや、演技でないからこそその自然さであった。

蓮見は確信した。スナッフフィルムは存在する。闇の世界には撮影するために人を惨殺して潤《うるお》う人間がいる。そしてそれに大金をはたく人間も。蓮見は氷で背中を撫でられたように身をすくめた。自分はタブーに足を踏み入れようとしているのかもしれない。坊ちゃんの忠告が耳朶に響く。

——決してヤツらのことを知ろうとするな。ヤツらが関わっていたら諦めろ。

「ミスタースズキ?」

突然、背後から声をかけられた。蓮見はのけ反りそうになりながらもふり返った。

「あなたスズキさんでしょ?」

蓮見の後ろには先ほどの美青年が立っていた。白磁《はくじ》の肌を持つアジア系の青年は魅惑《みわく》的な笑みを浮かべていた。

「イ、イエス」

　青年が英語だったので蓮見も英語で返事した。少女が同居したようなルックスに母性をくすぐられる女性も少なくないだろう。こんな美しい青年がスナッフに関与しているとは。この男はウェイの言う『死の腕』のメンバーなのだろうか。

「僕の名前はトック。ウェイからあなたのことは聞いた」

　長い睫《まつげ》に覆われた青年の艶やかな瞳には蓮見が写っていた。蓮見は、この青年の中性的な色気に性欲すらおぼえた。

「なかなかすごいフィルムだ。フェイクじゃないのか？」

　それを聞いてトックがうっすらと微笑む。

「フェイクとは心外だね。考えてみてよ。特撮をやるにはノウハウもいるし、人も金も時間もかかる。それなら本物の人間をやっちまう方が手っ取り早いし簡単さ。なんといっても本物に勝るものはない。それに特撮なんかマニアはすぐに見抜いてしまうよ。いいかげんな仕事は信用を失う。値段は張るけど僕は最上級品しか扱わない」

　蓮見は納得してうなずいた。たしかに特撮は本物を撮影するより困難かもしれない。しかし金のためにそれを実行してしまう男が目の前にいる。

「悪かった。別に疑っているわけではないんだが……。スナッフフィルムなんて噂でしか聞いたことがないからな」

「それはそうだろう。すべては闇の奥底で流通しているからね。これを見たければ確固としたコネとルートがいる。そしてそのルールに従ってもらわなければならない」

「他にもフィルムはあるのか？」

「もちろんさ。ただ、なんでも人が死ねばいいというわけじゃない。たとえばネットに流れているテロリストによる捕虜の首切り映像なんてのはつまらない。戦争や暴動などで人が殺されるのは当たり前だからね。それじゃダメなんだ。陽の当たる平和な街が舞台で、どこにでもいる善良な市民が素材であることが優れたスナッフフィルムの条件だ。そこには怨恨《えんこん》も利害もない。ただ撮影するがために殺す。理不尽で不条理で残酷なのがスナッフフィルムの醍醐味《だいごみ》さ」

トックはフィルムに対する思いを熱く語りだした。聞いていてさらに気分が悪くなる。

「素材によっても価値は変わる。娼婦や浮浪者は安いよ。しかし一般人になると少し高くなる。男だったら社会的地位、女だったら容姿端麗《ようしたんれい》であればあるほど価値は上がる。これが芸能人みたいな有名人になると青天井になる。たまに蒸発したまま出てこなくなる女優がいるでしょ。そういうのは破格の値段がつく。そうそう、人肉料理教室なんてのもあったぞ。奥さんに一本いかがかな」

トックの黒いジョークに蓮見は指を鳴らした。そろそろ核心に入る頃合いだ。ここからは慎重に奈美の情報に話を近づけたい。

「俺の依頼人が欲しがっているのはヤマトナデシコだ」

「ヤマトナデシコ？　日本の女のことか？」

「そうだ。それも新作がいい」

新作ならつい最近誘拐された奈美が絡んでいる可能性が高い。

「なるほど。たしかに日本の女はマーケットでも人気が高い。豊かな国に生きる日本人は何かと守られているからね。女なら尚更だ。それだけにヤマトナデシコは稀少価値《きしょうかち》が高い。スナッフというと東ヨーロッパやアフリカが多いからな」

「撮影はどうなってる？」

「近日、ヤマトナデシコの撮影がクランクインするらしいよ。マニアの皆さん、乞うご期待ってところだ」

「お前さんが撮影するわけではないのか？」

「まさか。僕はただのブローカーだ。撮影スタッフはヤバい連中さ。仕事以外では関わりになりたくないね」

「その『ヤバい連中』ってのはどんなヤツらなんだ？」

蓮見が『死の腕』にふれるとトックは顔をこわばらせた。

「おいおい。それ以上は知ろうとするな。いいか。この世界では黙ってフィルムを見て沈黙するのが鉄則だ。下手にヤツらのことを知ろうとすれば必ず消される。どこに逃げようと必ずだ。ヤツらは疲れを知らないし、決してあきらめない。どこまでも追いかけてくる。信じられんことだが警察や軍の幹部にまで息がかかっているという噂も聞く。あんたとこんな話をしていることすら危険なことなんだ。それに僕は連中についてそれほど詳しくない。その方がいいんだ。長生きしたければね」

その話をしている間、トックの目は子犬のように怯《おび》えていた。やはり彼もウェイや坊ちゃんと同じく組織の実体をつかんでいないようだ。『死の腕』は彼らの妄想なのか、それとも実在の組織なのか。トックの話はあまりに荒唐無稽でにわかには信じがたいが、スナッフフィルムは厳然《げんぜん》と存在した。少なくともそれを作り出す人間がいるということだ。

さらにトックは話を続けた。

「だけどあんたは優良顧客だとウェイから聞いている。あの二階堂からの紹介ってこともね。だから危険を承知での取引だ。今見せたフィルムを売ってやってもいい。その代わり値段は張るぞ」

「できたら最新作を見たい。依頼人は大金を投じてる。納得できる作品でないと金は出せない」

蓮見にとって奈美の映っていないフィルムなど何の価値もない。しかし近日撮影されるという作品のモデルこそが奈美かも知れない。まずは彼女の安否の確認が先決だ。

「今の作品もかなりのクオリティだ。ヤマトナデシコがあそこまで派手に解体される作品はなかなかお目にかかれるものではないよ。僕もかなりのリスクを冒《おか》してあんたと向かい合ってるんだ。冷やかしならこの話はなかったことにさせてもらうよ」

トックもそろそろしびれを切らしたようだ。しかしここで彼との関係を終わらせてしまうのは得策ではない。今のところ新作を確認するには彼のコネがなければ実現は難しい。

「分かった。じゃあ、こうしよう。先ほどの作品も買い取るが最新作も確認したい。これは前金だ」

蓮見はそう言ってトックに前金の札束を渡した。日本円にして百万円以上はある。経費が青天井だからできることだが、トックの信頼を勝ち得るためにはインパクトのある金額だ。案の定、トックの目の色が変わった。

「この仕事は僕に任せてくれ。必ずあんたと依頼人を満足させるよ。他に頼みたいことがあったら何でも相談してくれ」

大金はプロの嗅覚《きゅうかく》を狂わせてしまうらしい。トックは蓮見を完全に信頼したようだ。彼は外車のセールスマンがするような薄っぺらい笑顔を投げかけている。

――いける。

蓮見は思い切って、

「依頼人と一緒に撮影現場も見学したい」

と申し出た。依頼人役は若槻マモルに演じてもらおう。彼は元エース級のラガーマンだけに強い精神と屈強《くっきょう》な肉体を備えているはずだ。もし奈美を見つけたら心強い味方となる。

「撮影現場を?」

トックの顔から笑みが消えた。

「ああ。俺の依頼人の本当の目的はそれなんだ。ヤマトナデシコのライブが見たいのさ」

蓮見は思いつきで言った。我ながらうまい提案だ。

「あんたの依頼人はクソにも劣る悪趣味野郎だね」

スナッフを扱う青年はあきれ顔で吐き捨てた。

「まあそう言うな、トック。その悪趣味野郎がいるおかげでお前さんは潤っているんだろう」

「たしかにね。まあ、いいさ。あんたの依頼人は金を持っている。そしてここはバンコクだ。金さえあれば大抵のことは実現できる。それをコーディネートするのが僕たちの仕事だ」

トックは薄い唇の間から乳白色《にゅうはくしょく》の歯をのぞかせた。蓮見はそんな青年を見据えながら言った。

「トック。ライブなら依頼人は金に糸目をつけない。どうだ? 俺の依頼人の願いは叶うのか」

「この街では金がすべてだ。金を持つヤツが国王の次に偉い。ヤマトナデシコのライブが近日あるという話は聞いてるよ」

トックが勿体《もったい》ぶった目つきを蓮見にからませる。蓮見は手応えを感じて思わず身を乗り出した。そのライブに奈美が現れるかもしれない。

「それはいつだ？　場所は？　どうすればいい？」

「あわてるな。基本的に身内だけだ。そうでなければ完璧《かんぺき》なコネがいる。そしてそのコネを僕は持ってる」

「なんとかしてくれ」

蓮見はトックに向かって手を合わせた。

「そこに入るためには紹介状とパスワードが必要だ。どちらが欠けてもダメだ。あんたとあんたの依頼人の二人分で二百万バーツだ」

二百万バーツといえば日本円にして五百万を上回る。いくら青天井の経費とはいえクライアントの金だ。もしそのライブが奈美と無関係だったら目も当てられない。しかし奈美が絡んでいるとすれば、そのライブが彼女を救い出せる唯一のチャンスになるだろう。

「ミスタースズキ。高いと思うか。しかしあのライブにはそれだけの価値がある。一生忘れられない思い出になるさ。目の奥に焼きついて夜も眠れなくなる。眠りに落ちても悪夢となって現れてくる。あのライブは一生あんたの脳髄《のうずい》に根づくだろうよ」

蓮見はトックの手に刻まれた赤いサソリを見て考えた。そのライブは奈美とつながりがある。間違いない。ときどき発動する探偵としてのカンがそう告げていた。

「OK。ヤマトナデシコのライブなら依頼人も納得するだろう」

蓮見は賭に出ることにした。これで敵の懐《ふところ》に潜り込む手はずは整った。奈美が失踪したのが五日前。あとは彼女の安否を祈るだけだが……。

第四章

七月十三日（火）

若槻マモルは鏡の塔のような建物を見上げて目を細めた。全面ガラス張りの壁面は熱帯の日射を反射させて灯台のように街を照らしている。バンコクのビジネス街として名高いシーロム通りに面していて、タイ国内外の企業のビルが並ぶ立地なので、ビジネスマンたちにとって非常に便がいい。このホテルでも観光客よりスーツ姿のビジネスマンたちをよく見かける。

「ここだね。敬ちゃんのホテルは」

研さんがエントランスの大きな回転扉をくぐったので、マモルも慌てて後をついていく。

奈美が失踪したのが七月一日だから、そろそろ二週間になろうとしている。マモルと国分は手分けして彼女がいなくなったヤワラー周辺を中心に徹底的に聞き込み捜索をした。奈美と誘拐犯の写真を片っ端から見せて回ったが、これといった情報に行き着かない。痺《しび》れを切らした二人は、捜索範囲をパッポンや王宮寺院など観光地に広げて聞き込みに明け暮れる毎日だった。しかしめぼしい情報を得ることができず、マモルたちの間に絶望的な空気が広がり始めていた時だった。

蓮見敬一がマモルに連絡を取ってきたのだ。

七月八日のその日、マモルと国分は聞き込みに出払っていたので、蓮見は研さんに伝言を残した。内容は奈美失踪の手がかりを得られそうなので、十日に蓮見の部屋を訪ねてほしいということだった。さすがは捜索のプロだけあって、何か進展があったようだ。蓮見からの伝言を聞いてマモルたちは絶望の淵《ふち》から引き上げられたような気持ちだった。どんな手がかりにもすがりつきたいほどに追い込まれていたのだ。しかし約束の日に蓮見の部屋を訪ねても彼はいなかった。それから二日間、何度かホテルを訪れたが彼は姿を見せない。三日目の今日、不審に思ったマモルは研さんについてきてもらったのだ。

「研さん。『ジラフホテル』については何か分かりました？」

「いや。あれからいろいろと手を尽くしたんだが、そんな名前のホテルは出てこないんだ」

ジラフホテルとは最後に蓮見が言い残した言葉である。八日に研さんに伝言を残す際、彼は「ジラフホテルというホテルを知らないか？」と尋ねた。研さんは心当たりがないので「知らない」と答えたそうだ。蓮見もそれ以上はふれてこなかったようだが、このホテルこそ奈美失踪の手がかりではないかとマモルは考えている。ホテルについては研さんとコウが調べてくれているが、今のところそのような名前のホテルはあがってこない。

「ジラフ……きりんのホテルか。そこに妹さんが監禁されているのかな。それとも誘拐犯の隠れ家なのか。せめてどういうホテルなのか分かればなあ。あのとき敬ちゃんに詳しく聞いておけばよかったよ」

そうこうするうちに二人は蓮見の部屋の前にたどり着いた。

「それも蓮見さんを捕まえることができれば分かりますよ」

蓮見の部屋のブザーを押してみるも、やはり何の返事もない。仕方がないので研さんとマモルはフロントに問い合わせてみることにした。研さんがフロント係の男性にタイ語で話しかける。男性は研さんの話を聞いて何度も首を横にふっていた。

「九日からホテルに戻ってないらしい」

「九日からって……。もう四日も前じゃないですか」

マモルと研さんは顔を見合わせた。彼とは十日にここで待ち合わせになっていたはずだ。その約束を忘れたとは思えない。それに四日間もホテルに戻らずどこで何をしているというのだろう。研さんも眉間にしわを寄せてじっと考え込んでいる。心当たりが浮かんだのか、顔を上げた。

「やっぱり坊ちゃんかなあ……」

「坊ちゃん？」

マモルは研さんから二階堂きよしという男のことを聞いた。蓮見とも顔見知りで、今では裏社会の顔にもなっている男らしい。

「その坊ちゃんが蓮見さんに何かしたというんですか?」

「それは分からん。いくら坊ちゃんでも敬ちゃんに危害を加えたりしないと思う。だけど昔の坊ちゃんとは違うからなあ……」

研さんは腕を組んで首をひねった。蓮見が死んでしまっては奈美の手がかりも途絶えてしまう。マモルはいてもたってもいられない気分になった。

「研さん。その二階堂っていう人のところへ連れてってください。直接会って蓮見さんのことを聞きましょうよ!」

「そうだな。それしかないようだ。君の妹さんはもちろん、敬ちゃんのことも心配だ」

研さんは意を決したようにマモルを見た。その顔には坊ちゃんという男に対する恐れが窺えた。

それから二人はクーラーなしのバスを乗り継いで二階堂きよしの事務所が入っている雑居ビルに向かった。雑居ビルはプラトゥナーム市場から細い路地に二区画ほど入ったところにあった。極道というからもっと豪奢《ごうしゃ》な建物を予想していたが、実際は大きさは程々だが古くて簡素な三階建てのビルだった。研さんが入り口の前に立ち、恐る恐る内部を覗き込んだ。建物の中は蔵のように暗くて静まりかえっている。路地には人の気配がまるでなく、ここら界隈が捨てられた街のように思えた。

「おかしいな……。いつもならここに見張りが立っているはずなのに」

研さんが入り口付近を指さしながら言った。二階堂は闇に身を置く人間だけあって常に用心棒をつけているという。

「とにかく入りましょう」

二人は暗い玄関をくぐった。中に入るとカビ臭いにおいが鼻をつく。薄暗い廊下を進むにしたがって空調が効いているわけでもないのに肌寒さを感じた。マモルは得体の知れない不安を飲み込んでゆっくりと先に進んだ。突然、研さんが前方を指さした。

「おい、誰かいるぞ」

突き当たりのドアの前に椅子が置いてあって男が座っている。マモルたちが近づいても男は顔をうつむけたまま上げようとしない。マモルは思い切って男の頭を軽く揺らしてみた。

男は何の手応えも返さないまま、椅子から崩れ落ちるようにして床に転がった。よく見ると顔面が血で染まっている。マモルは腰を落として男の頸動脈《けいどうみゃく》に触れてみた。

「だめだ。死んでます」

「この人は坊ちゃんの用心棒だよ。見たことがある」

研さんがハンカチで男の顔の血を拭いながら言った。

マモルは男の死体を隅にどけるとドアを開けた。中は殺風景な部屋だった。コンクリートの打ち放しで、天井には配管がむき出しで走っている。窓が大きく日差しが入り込んでいるので中は眩《まぶ》しいほどに明るい。しかし部屋は生臭い臭いが充満していた。血の臭いだ。

大きなデスクがこちらに向いている。その両翼では強面の男がそれぞれ倒れていた。デスクの中央に男の姿があった。革張りの大きなチェアーに頑強そうな身を預けてこちらを向いている。

マモルと研さんは息を殺しながらデスクに近づいた。デスクの男は体にも顔にも赤黒い穴が開いていた。男は苦悶《くもん》に顔を大きく歪めながら息絶えている。右頬の肉は大きくえぐり取られて歯と舌がのぞいていた。三人とも拳銃を握っていた。

研さんはじっくりと男たちの死体を検分した。

「坊ちゃん……。変わり果てた姿になっちゃって。ちくしょう、誰がこんなむごいことを……」

どうやらデスクの男が坊ちゃん、二階堂らしい。あとの二人は彼の用心棒だろう。調べてみると死体だけでなく壁やデスクにも弾痕《だんこん》が残っている。おそらく殺人者たちはこの部屋に飛び込んできて、いきなり発砲したのだろう。二階堂たちは不意打ちに応戦しきれず蜂の巣になったに違いない。

「血の状態からしてまだ新しい。ここ数時間といったところだな」

マモルは冷や汗を拭った。その場に出くわしていたらこちらも巻き添えを食ったかもしれない。それにしても蓮見はどこへ行ったのか。二階堂たちの死は蓮見と関係あるのだろうか。どちらにしても奈美に通じる手がかりがまた遠のいてしまった。

「くそ！　蓮見さんを見つけ出さないと奈美が……」

「マモルくん。敬ちゃんは奈美さんの手がかりを知ったがために捕まったのかもしれん。彼の部屋にはその手がかりが残ってるかもしれないよ」

マモルは顔を上げた。そうだ。蓮見のつかんだ手がかりがまだ残っているかもしれない。

二人は坊ちゃんの死体の前にひざまずくと両手を合わせた。気がつくと研さんが肩をふるわせていた。彼の鼻筋を涙が伝っていた。マモルは声がかけられず再び手を合わせて目を閉じた。しかし奈美のことを思うとそれすらももどかしく思えた。

＊＊＊＊

マモルと研さんはハッピーカオサンホテルのマモルの部屋にいた。国分はまだ聞き込みに回っているようで戻っていなかった。マモルは部屋の真ん中にボストンバッグを置いた。

「とりあえず中身を調べてみましょう」

マモルは研さんがうなずく前にファスナーを開けた。

坊ちゃんの雑居ビルを出た後、二人はシーロム通りの蓮見が投宿しているホテルに戻った。そして彼の部屋の近くを歩いていたボーイに幾ばくかの金をつかませて鍵を開けさせた。蓮見の荷物は下着をいれてもボストンバッグ一つだったので、そのまま持ち帰ってきたのだ。

ボストンバッグのファスナーを開ける。衣類には用がないのですべて取り出す。そうするとバッグの中はほとんど空っぽになった。内部にポケットがついているので中身を調べてみた。その中から手のひらよりすこし大きめの手帳が出てきた。カバーに黒の本革が施されている。手帳にはクレジットカードサイズのプラスティックカードが二枚、しおり代わりに挟まれていた。

「スズキ、マイペンライ、ウェイ、トック……。何のことだろう?」

研さんがしおりの挟んであったページを開いて首をかしげた。マモルもメモ帳をのぞきこんだ。スズキ、ウェイ、トックは人名だろう。しかしマイペンライとはどういうことなのか。タイ語で「気にしない」という意味でありタイ人がよく使う言葉だ。レストラン、バー、ゲストハウス……何かの名前なのか?

「それにこのカードはなんですかね？　赤いサソリのマークが入ってる……」

マモルは二枚のカードをすかして眺めてみた。しかしサソリのマーク以外何も記されていない。クレジットカードのように個人情報が書き込まれた磁気コードも入っていないようだ。これはただのしおりに過ぎないのか。

「マモルくん！　ここにもジラフホテルって書いてあるよ」

メモ帳を見るとたしかにページの真ん中に『ジラフホテル』と書き込まれている。さらにそれは何重もの赤丸に囲まれていた。

「やっぱりジラフホテルに何かあるんだよ。もしかすると妹さんと一緒に、敬ちゃんもそのホテルに閉じこめられているのかも知れない」

「だけど肝心のホテルがどこにあるのか分からないじゃないですか。ああ、もう二週間もたってんだぞ！　くそったれ！」

マモルは高ぶる苛立《いらだ》ちを抑えきれず、サソリのカードを床にたたきつけた。二枚のカードはメンコのように音を立ててひっくり返った。蓮見がいなければ分からないことが多すぎる。蓮見敬一はいったい何をつかんだというのか？

「あ、おかえりなさい。どうでした？　蓮見さん」

突然、部屋のドアが開いてコウが顔をのぞかせた。取り乱したマモルの姿を見て目を白黒させている。マモルに気を遣ったのか研さんが静かに首を横にふった。コウが得心《とくしん》したように頷いた。

「コウ。ジラフホテルについて何か分かったかい？」

研さんは緊迫した場を取りなすように穏やかに尋ねた。

「部屋中のパソコンをネットにつないで検索しているんだけど……。世界中どこさがしてもそんなホテル引っかかってこないっすよ」

「お前のやり方が悪いんじゃねえのかっ！」

マモルは一気に噴き上がったやり場のない怒りを抑えることができなかった。しかし暴言を吐き出すと感情が急速に冷えていく。すぐに後悔と自己嫌悪に包まれた。コウは悲しそうな顔を向けて入り口に立ったままだった。

「すまん、コウ……。許してくれ。俺、本当にどうかしてるよ」

「別に気にしてないっすよ。俺にも妹がいるんでマモルさんの気持ち分かるから」

コウの顔が滲んで見えた。マモルはあふれ出てきた涙を拭う。

「手がかりになるかどうか分からないすけど……」

コウがマモルの前に一枚の写真を差し出した。そこに写っているものを見て、涙が一気に乾いた。

「誘拐犯の画像を他の角度から拡大したものです。そうしたらヤツの手の甲にこれが写っていたんです」

写真は男の手を拡大した画像だった。そこには赤いサソリのマークが浮かんでいた。マモルはすぐに床にたたきつけたカードを拾って画像と比べてみる。手の甲に彫り込まれたサソリのタトゥーとカードのそれはまったく同じ図柄だった。

「やっぱり敬ちゃんはやつらに行き着いたんだよ！」

マモルはカードをじっくりと調べてみた。やはりただのプラスティックのカードだ。特殊な細工が施されているようには見えない。先の鋭くとがった尻尾をあげている赤いサソリのマークが描かれているだけで、他には何ひとつ印字されていない。

「このカードはいつどこで何に使うものなんだろう？」

「それも敬ちゃんがいないと分からない」

このカードを手に入れただけでも、昨日までを思えば捜索が進展したといえるが、奈美にたどり着くまでにはほど遠い。頼みの綱だった蓮見も行方不明だ。聞き込みの方も空振りが続いている。マモルは途方に暮れた。次に何をするべきか分からない。時間だけが過ぎていく。それだけ奈美の脈動も遠くなっていく気がした。研さんもコウも険しい顔をして黙り込んでいる。重苦しい静寂が三人を包んだ。

「マモルさん！」

突然、国分が部屋の中に飛び込んできた。外を走ってきたのか、顔や髪を汗でグショグショに濡らしながら肩で息をしている。

「どうした？　タカ」

「と……とにかくついてきてよ。怪しい連中がいるんだ」

国分は息を切らしながら言った。マモルは立ち上がると、蓮見のメモ帳にサソリのカードを挟み込んだ。そしてそれらを携帯バッグに入れた。

「分かった。すぐに行こう。案内してくれ」

マモルと国分は荷物を持ってホテルを飛び出した。マモルは事態の急展開を予感していた。

第五章

七月十七日（土）

国分は窓際に座り、ブラインドの隙間から外を眺めていた。外は路地裏で、通路に面して古い雑居ビルが並んでいる。路地は車が何とか一台通れるほどの幅があるが、露店も屋台も並ぶことなく一日に二、三回ほど乗り物が通行するくらいで、人の姿をほとんど見かけない。建物と建物の間にはロープが通されて、天空の洗濯物干し場になっていた。界隈の住人たちは隠れながら生活しているのか、赤子の泣き声ひとつ聞こえてこなかった。

国分たちのいる部屋から二十メートルほど前方に問題の建物は見えた。国分はコンビニで買ってきたプラスティック製の双眼鏡を取り出すと建物をのぞいてみた。三階建ての雑居ビルで、まわりの建物と比べると容積《ようせき》がかなり大きい。一階より上は居住区《きょじゅうく》になっているようだが、窓は固く閉ざされて誰も住んでいない。一階はテナントになっていてクラブが入っているようだ。大きな観音《かんのん》扉の入り口には『midnight CLUB』とネオン管が掲げられている。入り口のすぐ前には二十四時間態勢で用心棒が交代で立っている。

「タカ、どうだ。動きはあるか？」

マモルがシャワールームから出てきて国分に声をかけた。ランニングシャツに短パン姿で、短い髪をバスタオルでこすっている。元ラガーマンだけあって筋肉の盛り上がりがシャツの上からでも分かる。国分はスリムな自分の体がとてつもなく貧弱に思えた。

「ついさっき用心棒が交代したところだ。レスラーからハゲに変わったよ」

ここに張り込んでから四日目になる。国分たちは四人の用心棒たちにレスラー、ハゲ、ブラック、赤シャツとあだ名を付けて呼んでいた。彼らはおよそ六時間交替で玄関前に立つ。

「どうしても解《げ》せないな。こんな人気《ひとけ》のない路地の隅っこにミッドナイトクラブなんてよ。それにずっと店は閉めたままじゃないか。なのに用心棒は二十四時間態勢だ。あそこには絶対何かあるぜ」

マモルがブラインドの隙間から外をのぞきながら言った。彼の「あそこには絶対に何かある」という台詞《せりふ》はここへ来てから何回聞かされたことだろう。しかし国分も同感だ。

国分たちは『ビレッジフォレスト』というホテルに入っていた。カオサンのゲストハウスに毛の生えた程度のホテルだが、それでもクーラーはついているしシャワーからお湯が出る。ベッドのシーツもお世辞にもきれいとはいえないが、最低限の清潔さは守られている。

四日前、国分は単独でいつものようにヤワラーで聞き込みに回っていた。肌を炙《あぶ》るような日射の下、空振りの毎日に気持ちが萎《な》えそうになっていた。奈美は本当に見つかるのか、自分はいつまでモチベーションを維持できるのか、奈美の失踪に関して自分には落ち度がなかったのではないかと不毛な自問自答をくり返す日々だった。

違和感を覚えたのはそろそろ昼下がりを過ぎた頃だった。後ろをふり返ると視界の端に赤いシャツが引っかかってくる。最初は気にならなかったが、あまりにそれが重なるので不審に思った。店先に置かれた鏡でそっと背後を確認すると、やはり赤シャツを着た小柄な男が写っていた。褐色の肌と痩身《そうしん》体型からして、おそらくタイ人だろう。それから国分は交差点のたびに進行方向を変えてみたが、赤シャツはピタリとついてくる。

間違いない、つけられている。

そう確信した国分は路地の交差点を曲がるとすぐにダッシュした。大通りに出て近くの中華系ホテルに飛び込む。観葉植物に身を隠して、外を眺めた頃に赤シャツが路地からび出してきた。男はせわしなくあたりを見渡している。しかし国分を見失ったと悟ったのか、近くの電柱を蹴飛ばすと諦めたように歩道を歩き始めた。今度は立場が逆転したようだ。国分はホテルを出て、男の背後をそっとつける。

やがて男は道脇に止めてあったワンボックスカーの扉を開ける。赤シャツが後部席に乗り込むと車はウィンカーを出して発車した。中には赤シャツ以外に数人の男が乗っている。国分は慌ててタクシーをさがした。しかしすぐにその必要がないことに気づいた。道路はラッシュアワーを迎えていたのだ。バス移動がメインの国分にとってバンコクの渋滞は何かと不便が多いが、今回ばかりは彼に味方した。国分は徒歩でワンボックスカーを追跡した。車は二キロ足らずの道を三十分以上かけて進んだ。それから路地に入ってさらに奥深く進んでいった。路地は渋滞がなかったので一度は置いていかれてしまったが、国分が再びワンボックスカーを見つけたのはそれから二十分後だった。車は『midnight CLUB』とネオンの掲げられた雑居ビルの前に止められていたが、中は無人になっていた。物陰に隠れてしばらく見張っていると、クラブの観音扉が開いて中から赤シャツが現れた。どうやら彼は見張り番のようだ。国分はひとまずその場を立ち去ると、ハッピーカオサンホテルに戻った。走ってみて分かったことだがクラブはカオサンからそれほど離れていなかった。すぐにマモルを連れ出して事情を説明した。そこで二人はビレッジフォレストに部屋をとって張り込みをはじめたのだ。ここからなら窓ごし二十メートルほど先にクラブの玄関が見渡せる。

マモルと交代しながら二十四時間態勢で監視を続けた。向こうも用心棒を立てているので、なるべくブラインドは下げたままでその隙間から窺うことにした。その際、クラブへの人の出入りも丹念にチェックして記録を取った。出入りする人間の顔や特徴、時間などである。クラブに入る人間と出る人間の数を照合するとあの中には常時四、五人詰めていることが分かった。

なにより不思議なのは、見張りまで立たせているのにいっこうにクラブが開店しないことである。張り込みをはじめて四日間、あのネオンサインが灯ったことは一度もない。また立地も疑問だった。ここは昼夜問わず人通りがほとんどない路地の奥だ。こんな場所に客が来るのだろうか。街灯も少なく夜になると濃厚な闇に包まれる。

部屋の中にオルゴールの音色が小さく響いた。腕時計を見ると天使が鐘を叩いている。針は午後六時を指し示していた。

「なあ、タカ。それってアンティークか？　お前にしてはお洒落《しゃれ》な時計してるな」

「お前にしてはって失礼な。これは奈美が誕生日にプレゼントしてくれたものだよ」

「そうか……。どうりでセンスがいいわけだ」

一時間に一度奏でられるメロディが彼女への思いを奮《ふる》い立たせる。いっそのことこの時計が彼女の所在を指し示す羅針盤《らしんばん》であってくれたらと何度思ったことか。

「なあ、ヤツらはどうしてお前をつけたんだろうな」

マモルが電動の髭剃《ひげそ》りを顎《あご》に当てながら言った。ホテルに来て四日目にして初めてひげを剃る姿を見た。

「おそらく僕が写真の男のことを嗅《か》ぎ回ってるからだね。そのことを知った彼らはきっと蓮見さんのように僕を拉致《らち》ろうとしたんだよ」

国分たちはヤワラーで奈美と、彼女を誘拐した男の行方も探った。彼の写真を多くの通行人に見せて回った。

「ということはあの連中は誘拐犯の仲間ってことだ。あのクラブに奈美や蓮見さんが監禁されてるかもしれないぞ。なんとか中に入る方法はないか」

「中には数人詰めているし、見張りも立っているし厳しいね……」

「結局、ジラフホテルって何だったんだろうな？」

「さあ……」

国分は双眼鏡で建物の輪郭をつぶさに調べてみた。窓は板で完全に封鎖されているので、内部の様子は窺い知れない。近づこうにも常時見張りがいるから、すぐに警戒心を与えてしまう。建物の屋根を伝って中に入り込むことができないだろうか。しかし建物の高さはまちまちだし、建物同士の隙間もあるので現実的には難しそうだ。クラブの屋根にたどり着いたとしても、中に入り込めるかどうかはここからでは確認できない。

「やはり店の営業を待つしかねえか……」

マモルがそうつぶやきながらベッドに身を投げ出した。店が営業を始めれば客を装って中に入ることができる。この四日間、ずっとその機会を窺ってきた。奈美が失踪して今日でもう十七日だ。それを思うと国分はナイフを持ってあのクラブの中に突撃したい衝動にかられる。しかし今は根気よく待つしかない。

それから数時間が過ぎ、外では闇がおちてきた。街灯が点灯を始めたが、その光をも飲み込んでしまいそうなほどに暗い路地だった。クラブの玄関先にある街灯がぼんやりとハゲ頭の姿を照らし出している。用心棒の吐き出すタバコの煙が退屈そうに闇に向かって流れている。相変わらず人通りもないしクラブのネオンも灯らない。

「タカ……」

ベッドの方からマモルの呼ぶ声がした。てっきり寝ていると思ったがマモルは寝そべったままぼんやりした瞳を天井に向けていた。

「マモルさん。交代までまだ一時間ある。寝られるときに寝ておかないと大変だよ」

ここ数日、国分もほとんど睡眠をとっていない。ベッドには入るのだが眠れないのだ。奈美を見つけられない不安や焦りや苛立《いらだ》ちが頭の中で渦を巻く。疲労はたまっていく一方なのに浅い眠りをむさぼることしかできない。鏡をのぞくと日に日に自分の顔が険しくなっていくのが分かる。

「俺さ……お前に謝っておきたいことがあるんだよ」

マモルは天井を見つめたまま言った。

「なんのこと？」

「俺、お前のことをぶち殺すって言ったよな。奈美がこんなことになったのはお前のせいだって思ってた」

「俺のせいだよ。俺が奈美を一人にして居眠りなんかしたからだ。あのときどうして一人で行かせてしまったのか。もし一緒についていればってそればかりを考えてる。一緒に旅行に行こうと提案したのは俺なんだ。それで奈美はバンコクに行きたいと言い出した。俺が旅行なんて言い出さなきゃこんなことにはならなかったんだ。それも両親に黙ってさ。そもそも俺なんかと付き合わなければこんなことにはならなかった」

そう言いながら国分はため息を吐いた。このままいつまでも自分自身をなじりたくなる。

「それは違うぞ。奈美がバンコクに来たのは俺に会うためだ。医者になれなかったのも、真っ当な社会人になれなかったのも、俺自身が不甲斐ない男だからだ。なのに俺はすべてを親父のせいにして恨んだ。挙げ句の果てには家族に当てつけるように日本を出た。もっと俺がしっかりしていれば自分の生きる道を見つけただろうし、こんなところで落ちぶれちゃいなかった。俺のせいなんだ。俺がバンコクに来なけりゃ、奈美もこんなことにはならなかった」

国分は弱気に陥《おちい》っているマモルを初めて見た。いつもは強気で頼りがいに満ちた男なのに、今は弱々しい瞳を国分に向けている。報われない捜索と絶望の日々が彼の気力を萎えさせてしまったのだろうか。

「やめようよ、マモルさん。いくら自分を責めたって、気持ちは楽になるかも知れないけど彼女は戻ってこないんだ。今はあの中に入ることだけを考えようよ」

突然、マモルの目が鋭い光を放った。マモルは厳しい顔をして国分の方へやって来た。国分はいきなり殴られるのかと身構えた。しかし彼は国分の前を素通りする。

「タカ。見ろ！」

マモルがブラインドの隙間に指を突っ込んだ。国分はマモルの豹変《ひょうへん》ぶりに戸惑《とまど》いながらも外をのぞいた。ぼんやりと明るい。

「ネオンサインが点《つ》いてる……。店が開いたんだ！」

思わず声がほとばしる。国分は口を手で押さえながら腕時計を見た。文字盤の天使は鐘をたたき鳴らしながらメロディを奏でている。時計は午後十時を回ったところだった。

「マモルさん。どうする？」

「中に入り込むチャンスだ。予定通り、客になりすまして入るぞ」

「だけど僕は赤シャツに顔が割れてる」

「そう思って変装グッズは用意してある」

マモルがナイロン袋の中身をベッドの上に広げた。二人分のサングラスとキャップ帽と付け髭があった。昨日の昼間、マモルは食料や飲み物を買い出しに出掛けたが、その時に調達してきたものらしい。

二人は鏡の前で変装を施した。帽子とメガネをつけるだけでかなり印象が変わる。付け髭をすれば一見しただけでは別人だ。おそらく研さんやコウもすぐには分からないだろう。

「見ろ。お客さんだぞ」

国分が自分の変装ぶりに満足して鏡を眺めていたら、マモルが双眼鏡を渡してきた。双眼鏡を受け取り、焦点をクラブの玄関に合わせる。そこではアロハシャツ姿の欧米人がハゲ頭の用心棒に何かを話しかけていた。さすがにここからでは話の内容までは分からない。数十秒ほどの会話が続き、アロハシャツの男は尻のポケットから折りたたみの財布を取り出した。財布を開くと中から何かを出してハゲ頭に見せている。国分は双眼鏡の倍率を拡大して男の手元に照準を合わせた。

「カードだ……真っ白いクレジットカードみたいな……。何か赤いマークが見えるぞ」

突然、マモルが国分から双眼鏡を奪い取ってのぞき込んだ。やがて用心棒のハゲはゆっくりと扉を開くとアロハの男を中に招き入れた。それを見てマモルが嬉しそうに顔を綻《ほころ》ばせた。そして蓮見のメモ帳に挟んであった二枚のカードを取り出した。そのカードにはサソリのマークが描かれていた。

「このカードが招待状だったんだ！　カードを見せれば堂々と中に入れるぞ」

マモルは興奮を隠しきれないようだった。国分も思わぬ急展開に気持ちが高ぶった。

「それもうまい具合に二枚ある。おそらく蓮見さんが俺とあのクラブに乗り込むために手配してくれたんだ。これでやっと蓮見さんに追いついたな」

「マモルさん。喜ぶのはまだ早い。あの中に奈美や蓮見さんがいると決まったわけじゃないんだ。はやる気持ちも分かるけど、ここは慎重に行こう。危険な相手なんだ」

相手だけでなく自分自身に対する戒《いまし》めの言葉だった。

「そうだな。だけどできれば今夜決着をつけたい。やっとつかんだチャンスなんだ。ここまできたら当たって砕けろだ」

それから約一時間。二人は息を潜《ひそ》めてクラブを見張った。その間に何人もの客がクラブを訪れた。欧米人が多かったが、中にはアラブや東洋人らしき人物もいた。その誰もが玄関先で用心棒にカードを差し出す。用心棒がカードを眺めながら何やら客たちに話しかける。客たちがそれに答えると用心棒は扉を開けて中に招き入れる。途中、用心棒がハゲ頭からレスラーに代わった。

「もう二十人以上入ってるだろう。それだけ収容できるとなると思ったより広いな、あの建物は」

「ああ。それにしてもあそこで何があるんだろう？」

「それは入ってみれば分かることだ。よし、俺たちもそろそろ出陣しようぜ」

そう言ってマモルは帽子と付け髭を整えた。

二人はホテルを出た。ホテルからクラブのネオンまで漆黒《しっこく》の闇が充満している。距離にして二十数メートルほどしかない。マモルを先頭にして国分はその後ろを進んだ。闇からにじみ出てくる生ぬるい風が冷や汗で濡れた体をそっと撫でた。レスラーは扉の前で太い腕を組みながら守護神のように立ちはだかっている。

「サワディカップ（こんばんは）」

マモルは愛想笑いを浮かべて男に声をかけた。国分も慌ててマモルに倣《なら》う。レスラーがこちらに向かって顎をつきだしたので、マモルと国分はそれぞれカードを差し出した。レスラーはカードを受け取ると表情を変えずにそれらを眺めた。国分の心臓は激しく胸を叩きだした。本当にそのカードで大丈夫なのかという不安が風船のように膨らんでいく。カードを慎重に眺めていた男は二人の方へ視線を移し、一人一人じっくりと見回す。国分の額から冷たい汗が伝ってきた。マモルの荒い息づかいがかすかに聞こえる。男は税関職員のような目でカードを眺め、刑事のような目つきでこちらを観察する。国分は心の動揺を悟られるのが怖くて、男の目から視線を外すことができなかった。

「What hotel do you stay?」

突然、レスラーが国分に話しかけてきた。突然の英語での質問を聞き取ることができなかった。

「い、今なんて言った?」

国分は小声でマモルに尋ねた。

「どこのホテルに宿泊してるか? ってよ。こんなの中学生だって分かるぜ」

マモルは呆れたような顔をして言った。

国分は正直に答えていいものかどうか迷った。このクラブの中には赤シャツがいる。奈美や蓮見を誘拐した連中に自分の投宿先を伝えるのは危険だ。ここは適当なホテルの名前を言ってしまおう。どうせなら見栄を張って高級ホテルがいい。

て、国分が「オリエンタルホテル」と答えようとすると、突然マモルがそれを遮った。そし

「ジラフホテル」と答えた。

「ジラフホテル？」

思わず国分はマモルに聞き返す。マモルはそれを制して、ここは任せろと言わんばかり
にウィンクを送ってきた。

やがてレスラーは無言のまま頷くと、入り口の扉を開いた。そして国分たちに中に入る
よう促《うなが》す。

「そうか……。ジラフホテルはここに入るためのパスワードだったんだ。どうりで研さん
やコウが一生懸命さがしても見つからなかったわけだ」

国分は得心した。

「ああ。俺も思いつきで答えてみたんだけど当たってたみたいだな。カードとパスワード
が揃わないと中には入れない二重のセキュリティってことか。ますますうさんくさいぞ」

観音扉を通りぬけると、入ってすぐ左手に小さな廊下がのびている。先に進むと突き当
たりの右手に大きな観音開きの扉がある。扉の前には男が一人立っていて、二人にアイマ
スクを差し出した。仮面舞踏会に使われるようなアイマスクだ。国分は変装用のサングラ

スを外してアイマスクを着用した。鏡で見ると個性が打ち消されてさらに誰だか分かりにくくなっている。気味悪い趣向だが変装には都合がいい。

「SMショーでも始まるんかな？」

扉を開けると遮断されていた大音響のユーロビートがいきなり噴き出てきた。国分もマモルも思わず耳をふさぐ。中はピンクやブルーのけばけばしいライトビームが飛び交い、まるでライブハウスやディスコを思わせた。広さはテニスコートの半面ほどで思ったより広い。部屋の一番奥には簡単なステージが設置されて、天井にはミラーボールが妖しい輝きをふりまいている。その奥には部屋があるようだが、扉で閉ざされていた。壁に沿ってソファが並べられ、会場のあちらこちらにテーブルがセッティングされていて、飲み物やおつまみ類が並んでいる。

会場には国分たちと同じように、アイマスクで素顔を隠した男たちが散らばっている。ざっと数えてみると二十数人が入っている。男たちは順番待ちの患者のように、おとなしく思い思いのソファに腰を落ち着けている。

「どういうことだ？　カードだのパスワードだのアイマスクだのやたらと謎めいているわりにただのディスコじゃないか」

「それも脂ぎった野郎ばっかりだ。もしかしたらゲイのお見合いパーティーかもね。それだったらマモルさんモテそうだ」

「僕のアニキになってくださいってか？　自慢じゃないがラグビー部の後輩にコクられたことがあるぞ。勘弁してくれよぉ」

「なんだかその人の気持ち分かる気がするな」

「おいおい。キモいこと言うな」

二人は他の客たちに倣ってソファに腰掛けた。国分は周囲をざっと見渡す。奈美も蓮見も写真の男も見あたらなかったが、ステージの方に知っている男がいた。彼だけはアイマスクをしていても見分けがつく。

「マモルさん。俺をつけた赤シャツ野郎がいる。ステージの近くに立っている小柄な男」

男はこの四日間ずっと赤いシャツだった。その色に強いこだわりを持っているのだろうか。そのおかげでオレンジ園に紛れ込んだリンゴのようにわかりやすい。国分には気づいていないようだ。

「タカ。あまりジロジロ見るな。ばれたらヤバいぞ」

「本当にここの連中は奈美の誘拐に関係してるのかな？」

「それは間違いない。カードのサソリは奈美を誘拐した男のタトゥーとまったく同じだ。そのカードを使ってここに入ったんだぞ。奈美の手がかりは絶対にここにある。なきゃ困るんだ」

マモルがテーブルからビールを取り上げ一本を国分に渡した。国分は受け取ると生ぬるくなったシンハビールを口に含んだ。大音量のミュージックが肌をふるわせる。

「それにしてもここは何だろうね？　ディスコやキャバレーにしては女が一人もいない」

客たちはおとなしくソファに座りビールをあおっている。マスクをしているので人種や年齢など大まかな情報しか得られない。ソファは壁際に散らばっているので、会場の中央は広々としている。踊り子のダンスでもあれば華やかになるだろうが、それすらもない。

「レディス　アンド　ジェントルメーン！」

突然、音楽が止まり場内にアナウンスが響いた。それと同時に今まで静かに座っていた客たちがソファから立ち上がりステージの前に集まっていく。

「なんだ？　何が始まるんだ？」

国分とマモルはビールを置いて席を立った。先ほどまで広々としていたステージ前の踊り場には人だかりができていた。皆、アイマスクから覗かせる瞳を獣のようにぎらつかせている。近づくと饐《す》えたような体臭が鼻を突いた。国分は彼らに熱気とも殺気ともつかない空気を感じた。

やがて遊園地のメリーゴーランドで流れるような間の抜けたマーチとともに、ステージ上にはピエロの格好をした男が現れた。おしろいを塗りたくった顔に赤い鼻、頬まで伸びた大きな口紅と典型的なピエロメイクだった。ピエロは客たちに大げさにお辞儀をすると、まず手初めに曲芸を始めた。一輪車に乗ったままボウリングのピンを使ってお手玉をやってみせた。なげるピンは三個四個と増えていき最終的には七個になった。

「決死の覚悟で乗り込んできたら、大道芸かよ……」

国分は脱力のあまり思わず笑ってしまった。

この四日間の張り込みはいったい何だったのか。サソリもジラフホテルもすべては思わせぶりのジョークに過ぎなかったというのか。マモルも何も答えずに唖然《あぜん》といった風情《ふぜい》でステージを見つめている。

「マモルさん。もう出よう。俺たちの勘違いだったんだよ」

そうだ。カードも赤シャツも何もかも自分たちの思いこみだったのだ。ここはただのつまらない場末の酒場に過ぎない。

「ちょっと待て」

ステージに背を向けようとした国分をマモルが制した。ステージに視線を戻すと、奥の小部屋から黒い覆面をかぶった男が二人出てきた。二人とも筋骨隆々《きんこつりゅうりゅう》の肉体に黒いランニングシャツを貼り付けていた。男たちは二人がかりで大きな衝立《ついたて》のようなものをステージ中央に運んできた。木製と思われるそれはマンションなどの玄関扉を二回りほど大きくしたようなもので、真ん中に頭一つ分の穴とその両脇に小さな穴が開いていた。その穴は金属の板のようなもので塞《ふさ》がれている。脚は台になっていて覆面男は電動のボルトで床に固定した。しかしただの衝立には思えない。上部には木の枠がのびていてロープが下がっている。最上部には小さな滑車が施されていてそこにロープが引っかかり、その先端は地面にまで垂れている。

「マモルさん。あれってもしかして……」

「ギロチン台だ……。何が始まるんだ?」

マモルの見立ては正しかった。ピエロがロープを引くと大きな刃が姿を現した。真ん中の穴を塞いでいた金属の板がそれだった。スポットライトに照らされて光がまぶしく反射する。国分は思わず目を細めた。ピエロがポケットからニンジンを取りだした。それをそっと刃先に沿わせてみる。ニンジンはいとも簡単に真っ二つになった。

覆面の男たちが、今度は裏の部屋の中から男性を一人引っ張り出してきた。男性はパンツ一枚の状態で頭には黒い布を被されている。細身の体ながらひきしまった腹筋の凹凸がくっきりと刻まれている。ライトが当たると体中の汗の玉がきれいに輝いた。手は後ろに回されて手錠がかけられていた。覆面男たちは首に巻いた鎖を乱暴に引っ張ってまるで家畜のように扱っていた。視界を遮られている男は抵抗を見せながらも心細い足取りで断頭台の前へと進んだ。

「曲芸の次はマジックショーかよ」

覆面男たちは男性の頭を押さえつけると、首の鎖を外して黒い布を被せたままの状態でギロチンの穴に固定した。さらに手錠を外した両手を左右の穴に突っ込ませる。男性は体をねじりながらもがいているが逃れられない。客たちは静かにその様子を見守っているが、まるで熱源を得たように場内の熱気が徐々に強まっていく。

ピエロはロープをゆっくりと最後まで引き上げた。ギロチンの大きな刃はギラギラと禍々《まがまが》しい姿を見せつけながら一番上まで上りつめた。刃はきれいに研磨《けんま》されていて、マジックだと分かっていても居竦《いすく》んでしまうような迫力がある。国分は迫力に圧倒されてしばしその姿に見入った。

雰囲気を察したように布を被された男は必死に頭をふり回す。ピエロはそんな男の尻を馬にするように蹴飛《けと》ばした。客たちの間から笑いがもれる。

「安全なように細工が施してあるんだよ。マジックショーの定番だね」

「見ろ、タカ。お客さんも盛り上がってきたぞ」

周囲の温度が上がったような気がした。客たちの間でもステージを囃《はや》し立てるように口笛や拍手がわいている。そのうち「Do it!」コールが広がった。

「何なんだ？　こいつらの異様な盛り上がりは」

会場の熱気はさらに上がっている。そんな彼らを眺めながらピエロは断頭台の前に立った。そして男の頭を指さす。布で覆われた頭は苦しそうにもがいている。ピエロはその頭をパチンとはたいた。

「悪趣味な連中だな」

マモルが周囲を見回しながら言った。客たちは異様な熱気を発散させている。場内が、また少し暑くなったような気がした。

ピエロは男の頭に手をかけると、いきなり被せてあった黒い布を引きはがした。額に血管を浮き上がらせて真っ赤になった男の顔が露《あら》わになった。汗と涙と鼻水で髪も顔もグシャグシャになっている。口はガムテープで塞がれていた。しかし目だけは鋭い光を放っている。

国分は目をこらした。男の髪は黒く肌は全体的に青白い。日本人だと思った。それも知っている人物に似ている……。

ピエロは男の口からガムテープを引きはがす。テープは唇を引きちぎるような音を立てながら剝がれていった。男はその痛みに顔を歪《ゆが》めていた。やがて唇を引っぱりながら、パチンと音がしてテープが剝がれた。その顔を見て国分はハンマーで殴られたような衝撃を受けた。

「蓮見……さん……」

マモルの方も気づいたようだ。フラフラと後ずさって近くのソファに腰を崩した。ギロチンにかけられているのは行方不明になっていた蓮見敬一だった。蓮見は首を固定されたまま苦しそうに咳《せき》をまき散らしていた。

「マモルさん、どうしよう」

「そんなのこっちが聞きたい！」

蓮見は自分の置かれている状況を把握したようで、大声で周囲を罵倒《ばとう》しながら必死になって抜け出そうとしている。しかしボルトで固定された断頭台はびくともしない。覆面男の一人はギロチンの刃を支えているロープを、上げ下ろししながら会場の緊迫感を煽《あお》っていた。

「ちくしょう！　放せ！　頼むから放してくれ！」

蓮見の罵倒が懇願《こんがん》に変わった。鋭利《えいり》な光を放っていた瞳は弱々しく揺れている。グシャグシャに崩れた泣き顔を客たちに晒《さら》していた。変わり果てた蓮見の姿だった。国分はステージの奥を眺めた。そこには扉があって蓮見はその中から引っ張り出されてきた。そこには部屋があるようだ。しかしその前にも用心棒が控えている。

「やっぱり蓮見さんはここに監禁されていたんだ。タカ、行くぞ」

マモルがソファから立ち上がった。

「行くってどうするのさ？」

「蓮見さんを助け出す。放っておけないだろ」

「助けるってどうやって。武器もないんだぞ」

「拳銃を持ってる……」

「え？」

マモルがズボンの裾をそっとあげた。ライトに照らされて黒く光るものがちらっとみえた。靴下に拳銃が挟まれていた。

「いつの間に……」

「こんな時のために奈美の捜索を始めてからすぐに調達したんだ。この街なら調達するのはそれほど難しくない」

「本物なのか？」

「当たり前だろ。時間がない。行くぞ！」

国分は慌ててマモルの袖を引っぱった。

「ちょ、ちょっと待ってくれ。奈美を追っていた蓮見さんがここに監禁されていたということは、奈美も監禁されてる可能性が高い。あの部屋の中に彼女がいるかもしれないんだ。騒ぎを起こしたらそのチャンスを逃してしまうことになるんだぞ」

ここで一騒動起こせばクラブのスタッフや用心棒、さらには客たちも敵に回るだろう。出入り口も用心棒たちが固めている。拳銃一丁では太刀打ちできそうもない。彼らもその程度の武器くらい揃えているだろう。救出どころか自分たちも捕まってしまう。

「じゃあ、見捨てろって言うのかよ！」

「そうじゃない。今は奈美を優先するべきだと言ってるんだ」

自分たちが捕まっては奈美の救出どころではなくなってしまう。奈美を救えるのは自分たちしかいない。そしてそのチャンスは今をおいて他にないのだ。

「それにヤツらに捕まったのは蓮見さんの落ち度だ。彼だってプロだろ。それくらいのリスクは考えておくべきだったんだ」

自分でも信じられないくらい非情な言葉が口を衝いて出た。国分はマモルを睨《ね》め付けた。しばらくの間、二人はにらみ合っていたがマモルが「お前の言うとおりだ」とつぶやきながら腰を落とした。

やがて客たちの間から「Kill! Kill!」のコールが上がりはじめた。中には拳骨《げんこつ》をふりあげながら叫ぶ客もいる。彼らの熱気は一気にヒートアップしたようだ。

「手品だろ……ちゃんとタネがあるんだろ……」

マモルがステージにすがるような目を向けた。ピエロはスタッフからサバイバルナイフを受け取ると刃先をロープに当てる。場内は熱い興奮に包まれた。ピエロはナイフの刃をロープに近づけたり離したりして観客たちをじらす。国分はそのたびに胸を搔《か》きむしりたくなった。

「Kill! Kill! Kill! Kill! Kill!」

会場の興奮はピークに達したようだ。ピエロは不敵に笑うとナイフを一気に振り下ろした。ピンと張っていたロープははじけるように二つに分かれた。それと同時に「やめろぉ！」と叫ぶ蓮見の声が吹き飛んだ。

国分とマモルは思わず立ち上がった。

大きな刃は一瞬のうちに滑り落ちた。蓮見の首を通り抜ける瞬間、ライトを反射させてカメラのフラッシュのように眩《まぶ》しく光った。

手品であってほしいという願いは届かなかった。蓮見の首と手首は勢いよく投げ出され、ステージを飛び出して不規則にバウンドしながら転がった。残された胴体は手足をバタバタとさせながら切断面から鮮血を噴き出していた。ピエロがあたふたと転がる首を追いかける。そして髪をつかんで紫に変色した蓮見の顔を高々と持ち上げた。傷口から血液がドボドボとこぼれ落ちる。蓮見は見開かれた瞳を爛々《らんらん》と輝かせながら苦しそうに歯を食いしばっていた。客たちのどよめきは歓声に変った。まるで贔屓《ひいき》にしている野球選手がさよなら満塁ホームランを放ったような興奮ぶりだった。

国分は全身の力が抜けて、崩れるようにソファに腰を下ろした。汗でシャツが肌にはりついている。息をするのもままならない。上下の奥歯がガチガチとぶつかっている。

「猟奇《りょうき》ショーだ。殺人生ライブだよ。蓮見さんがたどり着いたのはこれだったんだ」

マモルが声を震わせた。

「やばい……やばいよ、マモルさん。ここにいるヤツらはマトモじゃない。宗教とか信念でこんなことをしてるんじゃない。純粋に楽しんでる。人を殺すことをみんなで楽しんでいるんだ」

ピエロはバスケットボールのように蓮見の頭をステージ隅に置いてあるポリバケツに投げ入れる。覆面男たちはギロチン台を撤収して、ステージ上に広がった血の掃除を始めた。頭のない胴体も奥の部屋へ片づけられる。掃除が終わるとピエロも覆面男も奥の部屋へ戻っていった。国分はその様子を呆然と見つめていた。蓮見の首も大量の鮮血もまるで現実感がなかった。脳みそが痺《しび》れてしまったように思考が回らない。蓮見の死に対する衝撃すら曖昧模糊《あいまいもこ》としていた。

呼吸も脈拍も思考も復旧するまでに一時《いっとき》を要した。

「ど、どうしよう……。こいつら、ヤバすぎるよ」

「根性見せろ！　とにかく奈美だ。あの子の安否を確認することが大先決だ。蓮見さんがここにいたんだから、少なくとも奈美も近いはずだ」

怯《ひる》む国分にマモルが檄《げき》を飛ばす。しかし彼の声も震えている。

「いるとしたら、ステージ裏の部屋の中だよ。だけどずっと見張りが立ってる」

国分はそっと指さした。ハゲが扉の前に立っている。

「客が二十人。スタッフが外の見張りを入れて十人ってとこか。スキを見て部屋の中に入り込むのは難しいな……」

「ステージに奈美が立たされるかもしれない。そうしたらどうする？」

国分はぬるくなったビールをかすれた喉《のど》に流し込んだ。

「かなり無茶な方法だが……。俺が暴れてみんなの注意を引きつける。その間にタカ、お前が奈美を連れて逃げ出してくれ」

マモルが険しい顔をして言った。

「かなり無茶って……無謀を通り越して自殺行為だよ」

「他に方法があるのかよ?」

「奈美の姿を確認したらできるだけ早くここを抜け出す。そしてすぐに警察を連れてくるんだ。ここから十分ほど走ったところに交番がある。彼らをすぐに連れてくることができればなんとか助け出すことはできると思う」

「タイの警察なんか当てになるかよ。日本の警察とは違うんだぜ。賄賂《わいろ》には弱いし、怠慢な連中だ。だからこそ、この国じゃ売春や人身売買が横行《おうこう》してるんだ。奈美の命をそんな連中に任せておけねえよ」

マモルが言うこともっともだが、他に適当な考えが浮かばない。ただはっきりしていることはこの状況で、二人だけではどうにもならないということだ。奈美はおろか自分たちの安否すら危ういのだから。

突然、会場にわっと歓声が上がった。客たちはステージに向かって口笛を鳴らしたり拍手を送っている。蓮見のギロチンショーで彼らにもエンジンがかかったようだ。ステージにはまたあのピエロが現れた。客たちがわいたのはピエロが現れたからではない。覆面男が次の犠牲者を連れてきたからだ。蓮見と同様、鎖と手錠につながれた状態であるが頭に布は被されてない。歓声がいっそう大きくなった。みな手を叩いたり拳を振り回して熱狂している。蓮見の次は女性だった。それも若い日本人だ。

「マジかよ……」

異様な熱気に思わずつぶやきが漏れる。

ライトは彼女の健康的で若さにあふれた白い肌を照らし出す。女性は美しい顔を恐怖で歪めながらステージに立つ。Tシャツは汗で体にはりついてふくよかな胸を強調している。ホワイトのホットパンツからは乳白色の形のいい生足がすらっとのびていて、こんな状況でも思わず見とれてしまうほどだ。二十代前半といったところだろう。美しく魅力的な女性だった。

ステージの中央には背もたれのついた木製の椅子《いす》がポツンと置かれている。ピエロは女性の鎖と手錠を外し、女性を椅子に座るよう促した。

「いやよ！」

女性は整った眉をつり上げて拒否した。険しい目つきでピエロを睨め付けている。しかしステージ裏の部屋の中に監禁されていたから蓮見がどうなったのか、そして自分がどんな立場にいるのかを把握していないのだろう。ピエロは客たちに向かって肩をすくめた。会場に笑いが起こる。後ろに控えていた覆面男が無理やり彼女を椅子に押さえ込む。

「なにすんのよ！　変態野郎！」

彼女は罵声を浴びせながら、握られた腕をふりほどいて男の横っ面をはたいた。観客たちは手を叩いて喜ぶ。しかしすぐに男に押さえつけられ、もう一人の覆面が縄で彼女を椅子に縛りつけた。女性は足をばたつかせながらも必死に抵抗したが、大男たちにはまるで無力だった。縄はアンダーバストにくい込んでふくよかな胸を浮かび上がらせている。体をよじらせて縄の束縛から逃れようとしている姿が妙になまめかしい。ピエロは彼女の周りを跳ね回りながらふざけている。そのうち彼女は泣き出してしまった。

「もうやめてよぉ……。家に帰らせて。お願い……」

国分は出入り口をみた。出口にはアイマスクの大男が立っている。ステージ奥の部屋にもハゲの用心棒がいる。さらに国分たちは二十人以上の客たちに囲まれている。彼らはこの猟奇ショーのために莫大《ばくだい》な金をつぎ込んでいるはずだ。それ相応の社会的地位についた人間たちだろう。顔を仮面で隠しているが、洋服や腕時計など身につけているものでそれが窺える。このショーが明るみに出れば困る連中である。そんな彼らは間違いなく敵に回る。

奥の部屋から別の覆面が現れた。彼が持っている物を見て国分は慄然《りつぜん》とした。蓮見のギロチンよりもはるかにインパクトが大きい。覆面はそれをピエロに手渡す。泣いていた女性はそれを見て声を失った。会場の客たちの嘲《あざけ》りもぴたりと止んだ。

「冗談だろ……」

マモルが目を見はった。国分もにわかには信じられなかった。覆面がピエロに手渡した物。それはチェーンソーだった。ピエロはチェーンソーを持ち上げるとひもを引いて発動させた。そしてそれを天井高く掲げてステージの上で振り回した。チェーンソーはこちらの骨までも削ってしまいそうなほどにけたたましくがなり始めた。その音を聞いて国分は体温が下がっていくのを感じた。会場に冷えた空気が広がる。女性はこれから起こることを現実として受け入れられないのであろう、うつろな目でピエロの姿を呆然と見つめている。泣くのを忘れてしまったように涙も乾いていた。

「お願い……助けて……何でもするから」

エンジンを止めたピエロに女性はすがるように懇願した。彼女の気力もあの音の迫力に引き裂かれてしまったようだ。ピエロはおどけたような仕草を見せると、彼女のふくよかな胸の谷間にチェーンソーの刃を挟み込んでもてあそぶ。女性は抵抗もしないで哀願《あいがん》しつづけた。あれほど熱気にあふれた客たちも今は静まりかえっている。これからすぐ目の前で起こるであろう衝撃に対して気持ちがついていってないようだ。

「ちくしょう……。悪魔どもめ」

国分は無意識に握りしめていた拳を開いた。爪が肉に食い込んで、皮膚が破れ血がにじんでいた。彼女を助け出したいという思いは強いのに体が動かない。蓮見の断首を目の前で見せつけられて、恐怖が勇気をねじ伏せている。

怖い。

圧倒的に怖い。

もし彼女が奈美だったら自分は動けるだろうか。ステージに乗り込んでいって彼女を助け出すことができるだろうか。それとも自分はすでに怖《お》じ気づいてしまったのか。

国分はかぶりをふった。

それは違う。もし彼女が奈美だったら自分は動く。あの女性が奈美でないから救出を見送っているのだ。ここで自分とマモルが死んでしまったら、そのあとステージに立たされた奈美を誰が助け出すというのだ。これもすべて奈美のためだ。あの女性を見捨てなければならないのも奈美を救うためなのだ。そうだ。全員なんて救えない。奈美だけで精一杯だ。

国分は目を強く閉じながら自分に言い聞かせた。マモルも黙っている。何も話しかけてこない。きっと同じ気持ちでこらえているのだろう。国分は瞼《まぶた》を固く閉じたまま歯を食いしばった。

ステージから再びチェーンソーのエンジン音が聞こえてきた。ピエロが発動させたのだ。聞いているだけで肉が削《そ》がれそうだ。破壊的な音がビリビリと肌をふるわせる。

「やめて！　何でもいうこと聞くから！　なんでもするから！　ヒロシ、タクヤ、ヤスシ、マイケル、たすけてぇ！」

交際してきた男性の名前だろうか。彼女は早口にまくし立てた。

「よせ……やめろ……」

隣にいるマモルの声がふるえた。

国分は手を組み合わせ祈った。祈ることしかできなかった。

神様……これが悪夢で、早く覚めますように。笑って夢のことを奈美に話せますように。

女性の声は聞こえない。チェーンソーの空を裂く音だけが聞こえる。彼女は気絶したのかもしれない。その方がいい。意識があるままではあまりにも惨《むご》すぎる。客たちが囃し立てる声も聞こえなくなった。彼らもチェーンソーの迫力に凍りついてしまったようだ。

チェーンソーの音が変わった。国分は顔を下げたまま瞼に力を入れた。瞼の裏の暗闇の中で音が止まることを必死に念じた。

しかし国分の祈りは届かなかった。

ぎゃァァァァーん！

彼女の叫びとチェーンソーの絶望的な和音が国分の耳の中ではじけた。しかしすぐに彼女の声はチェーンソーに吹き飛ばされた。音が急に甲高くなる。刃と骨が擦《こす》れ合う音だ。

思わず国分は耳を塞いだ。しかしまるで効果がない。チェーンソーのまき散らす波動が直接頭の中に響いてくる。それが痛覚にまで波及《はきゅう》する。疼《うず》きを伴った掻痒《そうよう》がドミノ倒しのように体中に広がる。脳裏《のうり》に、解体される女のイメージが鮮やかに浮かび上がってくる。細切れにちぎれた肉片《にくへん》と、粉々になった骨片《こっぺん》が血煙《ちけむり》と一緒に舞い上がる。女は小刻みにふるえながら、削られていく。そのイメージが、頭からふり払おうとしても根深くからみついて離れない。

しばらく続いた破砕《はさい》音がふっと空を切ったとき、どさっと塊が床に落ちる音が聞こえた。国分の頭の中では右腕が落ちた。しかし音は鳴りやまない。次なる部分をそぎ落としていく。やがて鉄さびに似た生臭いにおいが嗅覚を脅《おびや》かす。

突如、見たいという欲求が沸き上がってきた。とても正視できる光景ではないと分かっているのに、こみ上げてきた好奇心が国分の気持ちをかき乱した。異常を超えた状況に精神が破綻《はたん》を始めているのかも知れない。国分は頭を上げた。目が勝手に開こうとする。見てはだめだという本来の意識が、好奇心を抑えつけようとする。しかし理性に反する力がそれに抵抗する。国分は瞼を強く閉じて、手で頭を押さえ込んだ。自分の中の獣の欲望が目を覚ましそうで怖かった。

見えないはずの飛び散る肉片や噴き出す鮮血を国分は感じ取っていた。視界を遮ることで他の感覚が鋭敏《えいびん》になっている。空気の変化ですべてが分かる。どさりと重い音がして、空気中にとけ込んだ血の濃度が一気に増したような気がした。彼女の体温が血を通して空気に移ったようだ。先ほどまで冷たかった空気が今は生ぬるい。彼女の首が切断されたのだと直感した。

やがてチェーンソーの音が止まった。客たちは息を潜めたように静まりかえっている。ステージでは地獄絵図が広がっているに違いない。国分はいまだに目を開けられないでいる。そっと耳から手を離すとピチャピチャと滴《したた》るような音、カサカサと布をこするような音が聞こえる。ピチャピチャは肉のはじける音、カサカサは原形をとどめない胴体が痙攣《けいれん》している音だと悟った。したくもない想像が頭の中でステージ上の風景をリアルに象《かたど》っていく。国分は息を止めた。息をすると充満した血の味でむせ返ってしまう。

国分は長い時間、自分の想像に脅かされ、いたぶられた。チェーンソーの残響《ざんきょう》が耳から離れない。真冬の湖水《こすい》から上がってきたように手足のふるえを止めることができなかった。国分はゆっくりと目を開けた。硬直した瞼が引きはがされるようにして開く。ステージ上の残骸はすでに片づけられ、刻みの入った椅子だけが残っていた。覆面男たちが赤く染まったモップで床を拭いている。ピエロは奥の部屋に引っ込んだのかすでに見えなかった。国分は止めていた息を一気に吐き出した。咳き込みながら呼吸をむさぼった。

生で見る解体ショーは客たちにとってもショッキングだったのだろう。彼らは疲れ切ったようにソファや椅子に身を投げ出し、汗ばんだ顔に薄笑いを浮かべている。マモルは目に涙を浮かべて、やけ酒をあおるようにビールを流し込んでいた。髪の毛も顔もシャツも汗で濡れそぼっている。たぶん、自分も同じような姿なのだろう。

長い沈黙が続いた。まずは空想の世界をさまよっていた自分の意識を現実に戻す必要があるし、尋常を超えた戦慄に凍りついた心を溶かして戻さなければならない。さらには蓮見と女性を見捨てたという罪の意識とも直面した。だがあの状態で自分たちに何ができたというのだろう。

「タカ、まずいことになったぞ」

マモルが隣でそっとささやいた。声がうわずっている。この期《ご》に及んでまだ何かあるというか。国分は吐き気をおぼえた。

「右前方のステージ端だ。顔を向けるな。赤シャツの男がさっきからずっとお前を見てる」

国分は目の動きだけで右前方を見た。ヤワラーで国分を尾行してきた赤シャツがじっとこちらを見つめている。

「ばれたかな?」

「いや、そうは思わん。お前は変装してるし、ヤツの方も半信半疑だろう。ただヤツがお前に不審を抱いてること自体やばい」

たしかにマモルの言うとおりだ。彼らに捕まれば自分たちも蓮見たちのようにされるだろう。猟奇ショーのイベントが一つ増えるだけだ。

「捕まる前になんとかしないと……」

奈美が出てくるまでここで待つような悠長なことは言っていられなくなった。しかしせめて奈美の安否だけは確認しておきたい。

「奈美はいつ出てくるんだ？」

「分からん。だけどショーはまだまだ続くみたいだ」

ステージでは覆面男たちがテーブルを運んでいた。大きさ的には二人用の丸テーブルだが、その上に何かが置かれている。黒い布が被せてあるので中身は分からない。何かの置物だろうか。

「今度はなんだ？」

覆面たちは二人がかりでテーブルをステージ中央に置く。静まりかえっていた会場がざわつき始めた。ショーの迫力に圧倒されていた彼らも平静を取り戻したようだ。赤シャツは舞台の方には目もくれず国分を見据えている。まだ確信には至っていないようだ。しかしその眼光はさらに鋭さを増している。国分は額をぬぐって目を伏せた。

「マモルさん。かなり危険な状況だ。ヤツにばれるのも時間の問題だと思う」

「ちくしょう……。その前になんとか行動に出るしかないな。しょうがねえ。もうすぐ次のショーが始まる。ピエロが出てきたら照明が落とされてステージにライトが集まるはずだ」

国分はうなずいた。たしかにショーが始まるたびに会場は暗くなってステージが照らされる。

「そのとき客たちの注目がステージに集まる。その隙に俺がこっそりあの部屋へ移動して、ドアの前にいる用心棒に銃を押しつける。脅して部屋のドアを開けさせるんだ。それで中を確認する。どうだ？」

マモルは時間ギリギリで一点差を追うラガーマンのような厳しい顔を向けている。

「そんなの無茶だよ。いくら暗くなってもステージの端を横切らないとあの部屋にはたどり着けないだろ。みんなの注目を集めることは避けられない。焦る気持ちは分かるけど自殺行為だ」

「だったらどうしろと言うんだ？　赤シャツの野郎はだんだん確信に近づいているぞ。俺たちから目を離さねえ」

国分は一瞬だけ視線を赤シャツに移した。赤シャツはこちらを見据えながら、仲間を呼んで何かを耳打ちしている。その仲間の男も赤シャツの言葉に頷きながら国分を眺めている。もう一刻の猶予《ゆうよ》もないようだ。

「やっぱり部屋まで行くのは無理だよ。やつらがずっと僕たちを見張ってる。なんとかここを出てすぐに警察を連れてこよう。今すぐだったら二十分後には戻ってこられる。それだったら次のステージが奈美だとしてもなんとか間に合うと思う」

「警察か……。信用できん連中だぞ」

「だけど蓮見さんの死体やさっきのバラバラ死体が出てくれば、いくらタイの警察だって黙っちゃいないだろ。奈美が見つかれば保護してくれるさ」

「そうか……。それしか手はねえみたいだな」

マモルは苦々しい顔をしながらも納得したようだった。

「よし、タカ。次のショーが始まったらすぐにここを出よう。出口と外で張ってるガードマンは銃で脅せばなんとかなる。外に出たら交番までダッシュだ。かけっこの方は大丈夫か？　捕まったら終わりだぞ」

「うん、こう見えても高校時代は長距離走の選手だったんだ。元ラガーマンなんかには負けないさ」

「オマエが体育会系でよかったよ」

マモルがほんのりと口角《こうかく》を上げた。一か八かだが、いつまでもここにとどまっているわけにもいかない。赤シャツはさらに仲間を呼びつけてこちらをにらんでいる。その仲間たちも国分たちの周囲に陣取って目を光らせる。国分の鼓動が再びテンポを速めてきた。

ステージに目を移すと真ん中にはテーブルが置かれている。テーブルの上には置物らしい物が載せられているようだが、黒い布で完全に覆われているので、中身を窺い知ることができない。

「あれは何だろう？」

「中身は生き物だと思うな。時々、もぞもぞと布が動くだろ」

国分は黒い布に目をこらしてみた。たしかに動いている。大きさから言って大型犬だろうか。

「まさか人間じゃないだろなあ」

とマモルが言った。

「バカな……。人間にしては小さすぎる」

国分はかぶりをふった。

「だけどしゃがみ込めばあのくらいの大きさになるぞ」

「だとしても大人じゃないね。あのサイズでは」

しゃがみ込んだとしても大人ではあのサイズになれない。それに布のふくらみ具合からしてしゃがんでいるようには見えない。

「子供かな……」

マモルがつぶやいた。たしかに小学生ならあのくらいの背丈の子もいるだろう。

「そんな。いくら何でも子供にまで……」

国分は言葉を切った。彼らならやりかねない。ましてやタイには年端《としは》もいかない子供たちを金のために過酷な労働現場へ送り込む親もいる。小学生の娼婦が大人たちの欲望のはけ口にされているのだ。子供がこの猟奇ショーの餌食《えじき》になっても不思議じゃない。彼らは若い女性を平然と切り捌《さば》いたのだ。

メリーゴーランドのマーチに合わせてピエロが奥の部屋から登場した。国分は思わず身をすくめた。これからこの曲を聴くたびにこのステージがよみがえってきそうだ。ピエロはこれだけの猟奇をくり広げておきながら陽気にはしゃいでいる。あの化粧の下にはどんな顔が隠されているのだろう。

彼の手にはピコピコハンマーが握られている。叩くとマヌケで愉快な音を立てるプラスティック製の玩具《がんぐ》だ。今までのギロチンやチェーンソーに比べると妙に和《なご》やかである。身構えていた国分も肩すかしを食らったような気分だ。

ピエロはそのハンマーでテーブルの上の物体を叩いた。ピコッと間の抜けた音がする。それと同時に中のものが身をよじらせた。再び叩く。また動いた。

「まずいな……。ヤツら動き出したぞ」

赤シャツが国分の方を指さしながら仲間たちに合図を送っている。男たちは壁際で国分を取り囲むような形で配置についた。国分たちがアクションを起こしてもすぐに動けるようになっているようだ。

「マモルさん。本格的にやばいよ。どうしよう」

「ばかやろう。落ち着け。動揺を見せればさらに怪しまれるぞ。あの道化野郎が布をめくれば周囲の視線はステージに集中する。それを合図に行動に移ろう」

マモルが足を組んで足首に手を置いた。そこには拳銃が仕込まれている。それを思い出して少しだけ強気が芽生えてきた。

ピエロは何回もハンマーで叩いてはテーブルの周りを飛びはねる。布の下には何があるのだろう? 子供だったら彼らは何をするのだろう?

しかし姿を現したのを合図に自分たちは行動を起こす。すぐにここへ警察を連れてくることができれば、その子供を救うことができるかもしれないし、今はそれに賭《か》けるしかない。国分の背中や腋《わき》の下を汗が伝う。自分のはもちろん、マモルの鼓動までもこちらに伝わってくる。

命をかけた長距離走のスタート地点。二人は息を潜めてピストルの合図を待っているのだ。

ピエロがハンマーを放り投げて布に手をかけた。国分の胸を鼓動が突き破りそうになる。思わず息を止めた。会場が一気に静まった。ピエロは布をつまんだままゆっくりと客たちを見回すと、いやらしく口角をつり上げる。

来るぞ!

国分は椅子から尻を浮かせた。ピエロが大げさに布をまくり上げる。国分には一連の動作がスローモーションのように思えた。布の中身が姿をあらわにした。会場にどよめきがわき起こる。

国分は高校教師の話を思い出した。

「なんと手足がぜーんぶ切断されてダルマみたいにして置かれていたんだよ」

――先生、本当だよ。本当にいたんだよ。本当にいるんだよ。「ダルマ女」が！

人間にしては妙に小さいと思っていたのは四肢《しし》がなかったからだ。切り口はきれいに縫合された痕《あと》がある。身体《からだ》は一糸《いっし》まとわずの状態で、小ぶりながら張りがあって形のいい乳房が彼女の若さを物語っている。体の線は女性特有のなまめかしいカーブを描いている。腰のあたりで大きくくびれ、下半身に向かって膨らんでいく線が太もものつけ根あたりで途切れてしまっている。元もとあった太ももの間からは恥毛《ちもう》がのぞき、透き通るように白い肌とは対照的に艶のある黒い茂みが盛り上がっている。

大きな瞳の下には、それ以上に大きくて青黒いクマが広がっている。覚醒剤を打たれているのか、大きく窪《くぼ》んだ眼窩《がんか》からのぞくうつろな瞳は、虚空に飛び交う何かを追っている。頬はこけ、頬骨が突出していて乏《とぼ》しい表情には頭蓋骨の輪郭が見え隠れする。だらしなく開かれた口唇からはよだれが垂れ落ちて、時々思い出したように何かをつぶやいている。口元から見える歯はところどころ欠けていて、彼女のもたらす異様な雰囲気は四肢の欠損《けっそん》だけではなかった。体は張りがあって若いのに、顔は老婆のようだった。彼女の浮かべる薄ら笑いに国分はぞくりとするものを感じた。髪の色、肌、瞳……。彼女は間違いなく日本人だ。そういえば蓮見もチェーンソーの女の子も日本人だった。今日のショーは日本人特集なのか。

国分は我に返ってステージから顔を背《そむ》けた。いつまでも見とれている場合じゃない。客も赤シャツたちもダルマ女に気を取られている。抜け出すなら今しかない。

国分は立ち上がった。蓮見や女性が解体されるときは足腰が立たなかったくせに逃げようとする今は腰が軽い。しかしマモルはソファに座ったままステージに釘付けになっている。額には血管を浮き上がらせ、拳を握りしめながら体を小刻みに震わせている。赤シャツの方を見ると彼もこちらに視線を戻していた。

「マモルさん、何してる？　急げ！　ここを出るんじゃなかったのか」

国分はマモルを急《せ》かした。しかし彼は動こうとしない。

「今ならまだ間に合う。すぐに警察を連れて来ればあの娘も助けてやれるんだ！」

国分が痺れを切らして怒鳴りつけても、マモルは体を硬直させたままだった。呆然とステージを見つめたまま動かない。

「奈美……」

マモルがつぶやく。

「奈美？」

国分はステージの方を向いた。

大きな瞳、通った鼻筋、小ぶりな乳房……。

国分は体温が下がっていくのを感じた。さらに目をこらしてみる。最後に見た奈美の髪型、透き通るような肌の白さ、体のサイズ。彼女と合致する部分がいくつも見つかる。美しくて愛らしい奈美も変わり果てればあんな姿になるのかもしれない。だけどあれではあまりにも変わりすぎだ。国分は激しくかぶりをふった。

「違う！　あれは奈美なんかじゃない！　断じて奈美とは違う！　似ているけど彼女じゃない！　さあ行こう。行くぞっ！」

しかしマモルは立ち上がる様子もなく首を横にふった。そして国分をうつろな目で見上げた。

「もういいんだ、タカ。あれは奈美だ。兄貴の俺には分かるんだよ。あれは妹の変わり果てた姿だよ……」

マモルの顔には悲しみも絶望も怒りも浮かんでいなかった。ただ能面《のうめん》のような表情をはりつけていた。

絶対に違う、あんなのが奈美であるはずがない……と叫んだつもりだったが声にならなかった。知らないうちに目から涙がこぼれ落ちる。もしあれが奈美だとしたらいくら何でもむごすぎるじゃないか。二週間近くもあんな姿でナメクジみたいに。いや、ナメクジの方がずっとましだ。自分で這《は》って好き勝手に動くことができる。死にもの狂いでさがし出した結果がこれか。この街には神も仏もいないのか！

国分は再びソファに崩れ落ちた。赤シャツの方を見る。彼は相変わらずこちらを監視している。しかしそんなことはどうでもよくなっていた。絶望をこえた虚脱感に全身が包まれた。

ステージの上ではピエロがお笑い芸人のように玩具のハンマーで女の頭を叩いている。客たちはそのたびに下品な嘲笑《ちょうしょう》を立てた。国分は腹の中で熱くて黒い煙が広がっていくのを感じた。

「タカ。俺は奈美を助けに行く。お前は一人でここを出ろ。そしてすぐにこの街から離れるんだ」

マモルはふらりと立ち上がりながら、ズボンの裾から拳銃を取りだした。声に抑揚《よくよう》がなく感情がこもっていない。表情にも瞳にもなにも宿っていなかった。ただ死を恐れていないことだけは分かった。

「マモルさん……」

「これから俺がみんなの注意を引きつける。お前はその隙をついて逃げてくれ。研さんには蓮見さんのことを話さない方がいいと思う。あのおっさんは優しい人だから、友人の死をショックに思うだろう。それと俺の両親には事実を伝えてくれ。何も知らないで期待と絶望にふり回されるより、真実を受け入れて心の整理をつけられた方が親父たちにとっても幸せだろうしな。それから親父には、妹一人救ってやれない出来損ないの息子で申し訳なかったと伝えておいてくれ。何もかも俺が悪かったたって」

「ちょっと待てよ。そんなの自分の口から言えばいいだろ。一人で行くなんて勝手なこと言うなよっ！　なあっ！」

突然、マモルが国分の頭に銃を突きつけてきた。一部の客たちが訝《いぶか》しげな視線を向ける。

「マ、マモルさん！」

「すまんな、タカ。この仕事は俺にやらせてくれ。きれいな顔しやがって。お前はタイマンもはったことないだろ。悪いが足手まといなんだよ。何も二人で死ぬこたぁない。お前は何もかも忘れて自分の人生を生きろ。妹もきっとそれを望んでいると思う」

マモルが銃口を外した。

「バカなこと言うな！　あんた一人で……」

マモルが穏やかに笑って立ち上がろうとする国分を制した。

「タカ……世話になったな。お前が奈美の彼氏でよかったよ。さすが俺の妹だ。男を見る目は悪くない。できればお前とはゆっくり酒でも飲みに行きたかったたな」

「マモルさん……」

国分の声がかすれた。それ以上の言葉が続かない。

「短いあいだだったけどお前と会えてよかったぜ。人生最悪のイベントだったけどな」

「よせよ……」

国分はマモルの袖を摑《つか》もうとしたが振り払われた。

「お前は逃げろ。絶対死ぬんじゃねえぞ」

マモルが銃を天井に向けた。

場内に銃声がとどろいた。客やスタッフたちの注目が一斉にマモルに集まる。マモルは拳銃を握りしめながら、ゆったりとステージに向かう。客たちは銃口を避けるように道を広げた。途中、赤シャツの仲間がマモルに飛びかかったが、マモルは躊躇《ちゅうちょ》することなく引き金を引いた。男は吹き飛び床に転がった。やがてマモルは拳銃を構えたままステージに上がると、自分のアイマスクをはぎ取った。

「お前ら全員、ただじゃおかねえ。ぶっ殺してやるからな」

マモルはピエロに銃口を向けると至近距離で引き金を引いた。強烈な炸裂音とともにピエロの頭はスイカが爆《は》ぜるように吹っ飛んだ。ステージ上に控えていた覆面男たちがマモルに飛びかかる。しかし元ラグビー選手だけあって彼らのタックルにはびくともしない。あっという間に二人の覆面男はステージの外へ投げ飛ばされた。その迫力に圧倒されて国分は動けなかった。

マモルはステージに上がると奈美に向き合い、そっと抱きしめた。

「遅くなってごめんよ、奈美。兄ちゃんが楽にしてやるからな」

彼の声はふるえていた。やがて奈美の体を優しく離すとマモルは銃口を彼女の額に当てる。

「すまん、奈美。兄ちゃんもすぐにいくからな」

拳銃を持つマモルの手は激しくふるえていた。そのふるえを止めるようにマモルは両手で拳銃を支えた。それでもふるえは止まらない。

その時、国分は女の耳に気づいた。

――あたしって耳たぶが小さいでしょ。だからイヤリングをすぐに落としちゃうのよね。

失踪する直前のヤワラーでの奈美の言葉を思い出す。国分は思わず立ち上がってダルマ女の耳たぶに目をこらした。女はやはり福耳だった。耳たぶがふくよかに垂れている。

マモルは三年以上も奈美の姿を直に見ていない。そうだ。どうしてあれが奈美だと言い切れる？　マモルが奈美だと断言するからその先入観で見ていたが、今こうして見ると似ているというだけに過ぎない。それにあの耳は奈美のものではない。そう思うと目鼻立ちも微妙に彼女のものとは違って見える。

紛れもなく別人だ！

「くそ！　なんてこった……」

マモルも気づいたようだった。女の額から銃口を外すと、彼女の顔の凹凸を確かめるように撫ではじめた。

「ちくしょう！　奈美じゃねえ！」

マモルはステージの上で舞台俳優のように声を張り上げて頭を抱え込んだ。しかしすぐに客席から男がステージに飛び出してきた。

「マモルさん、後ろ！」

国分が叫ぶより早く、男の握っていたサバイバルナイフがマモルの脇腹を貫《つらぬ》いた。マモルは呻《うめ》き声を上げながら男を殴り倒した。ナイフは深々と脇腹にめり込んでいた。それから次々と男たちがマモルに襲いかかっていく。マモルはよろめきながらも、力ずくで男たちをはじき飛ばしていった。出口に張っていたガードマンもステージの方へ乗り込んでいく。他の用心棒たちもマモルに飛びかかっていった。マモルは鬼のような形相で彼らをステージに沈めていく。

やがて男たちがひるんだ隙を見て、マモルは持っていた拳銃を出口に向かって投げつけた。

「タカぁぁ！　あとは頼んだぞぉぉ！」

拳銃は弧を描いて宙を舞い、出口の扉に跳ね返って床に落ちた。人々の注目はステージに集まっているし、用心棒たちもマモルに向かっているので出口付近には誰もいない。国分は思わず駆け出して拳銃を拾った。その時、後ろから肩をつかまれた。ふりかえると赤シャツがアイマスクの奥からぎらついた瞳をのぞかせていた。国分は肩の手を払うと、顔面に拳銃を握った拳を叩きつけた。何かが折れるような感触がして赤シャツは吹っ飛んだ。

ステージを見ると客たちも参戦したのだろうか、マモルは人混みの中で暴れていた。近づいてくる者を次から次へと手当たり次第殴り倒している。そんな中、一瞬だけマモルと視線が合った。彼の瞳に悲しみや絶望は見えなかった。まだ奈美が生きているかも知れないという希望の光に満ちあふれていたのだ。そしてその光は国分に向けられていた。

——奈美を救い出してやってくれ！

しかし群衆はあっという間にマモルを押さえつけた。男たちは一斉にステージ上になだれ込む。彼の姿はすぐに見えなくなった。狂った群衆にもみくちゃにされ、いたぶられる音だけが聞こえてきた。

「早ぐ行げぇぇぇぇぇ！」

ステージの方からマモルのくぐもった叫び声が上がった。やがて倒れていた赤シャツが必死に起きあがろうと体を持ち上げてきた。そしてポケットから拳銃を抜き出した。

「マモルさん、ごめんっ！」

国分は意を決して出口の扉を開いた。国分が狭い廊下に出たとき、会場の方から銃声が何発も轟《とどろ》いた。そして廊下を出る頃、チェーンソーのうなりが上がった。その音をふり払って外に飛び出す。しかし外にはレスラーが立ちはだかっていた。国分は拳銃を向けるが、男は薄ら笑いを浮かべている。背後で扉の開く音と足音が聞こえた。会場から仲間が追いかけてきたのだ。後ろをふり返っている余裕はない。早く逃げなければ殺される！

銃声が聞こえて手に強い反動を感じた。国分はいつの間にか引き金を引いていたのだ。レスラーの腹に赤黒い穴が開いて、それと同時に彼の顔がゆがんだ。

「うわあああ！」

国分は叫び声を上げながらレスラーの巨体を思いっきり蹴飛ばした。レスラーはドラム缶のように地面に転がって国分に道をあけた。

会場から聞こえてくるチェーンソーは激しい破砕音に変わり、マモルの断末魔と重なった。

捕まるものか！

国分は暗闇に向かって一気にかけ出した。背後で人の怒鳴る声が聞こえたが振り返らなかった。後ろから何人も追いかけてくる足音が聞こえる。何発かの銃声が国分を逸れて追い越していく。国分は迷路のような路地を全力疾走した。チェーンソーの音が遠くなる。国分は何も考えず、ただひたすらに走った。いくら走っても墨汁《ぼくじゅう》をこぼしたような暗闇が続く。野犬の光る目が夜の空港の滑走路《かっそうろ》に並んでいるランプを思わせる。国分はその間を全力で駆け抜けた。やがて背後から人の気配が消えたが、それでも走るのをやめなかった。

どのくらい走っただろうか。気がつくと路地を抜けて大通りに出ていた。タクシーやトゥクトゥクが猛スピードで行き交っている。歩道にはぽつりぽつりと屋台が出ていた。腕時計を見ると針は夜の一時を指し、天使が鐘をたたいていた。国分は歩道にうずくまってこみ上げてくるものを吐き出した。吐瀉物《としゃぶつ》が喉に引っかかって激痛が走った。吐いたあとには血が混ざっていた。

国分は背後の路地を確認した。もう誰も追いかけてくる様子はない。高校時代は駅伝部だったし、社会人になってからも公園でのジョギングを欠かしたことがない。今でも長距離走には自信がある。日頃のトレーニングが自分の命を救ったのだ。国分は自分の脚《あし》にキスをして立ち上がった。

しかし、さすがにこれ以上は走れそうになかった。足に痺れが走る。脇腹に何かがめり込んだようにずきりと疼く。

しばらく足を引きずると交番を見つけた。ガラス窓越しに三人の警官が待機しているのが見えた。国分はずっと握りしめていた拳銃を、マモルがしていたように靴下に挟んでズボンの裾で隠した。そして遭難者のように手をふりながら、交番に転がり込んだ。

＊＊＊＊

タイ警察の制服に身を固めた警官たちは、飛び込んできた国分の姿を見て目を丸くしている。国分は猛烈な安堵《あんど》感に襲われ、彼らの前で崩れ落ちた。警官たちは国分を抱き起こして椅子に座らせてくれた。しかし警官たちは異様なものを見るような目を国分に向けている。国分の呼吸は乱れたままだ。話をしようにも息が苦しくてろれつが回らない。三人の警官たちは顔をしかめて国分を眺めている。彼らにとって自分はそんなに奇異《きい》に映るのか。国分はドアのガラスに自分の姿を反射させてみた。

なるほど。彼らが訝しがるのも無理はない。クラブを飛び出したあともずっとアイマスクをつけたままだったのだ。この仮面で路地を全力疾走する男。その姿を想像して国分は苦笑を漏らした。

国分はアイマスクを外して、彼らに素顔をさらした。色黒で小太りの警官が面倒ごとはゴメンだという顔を向けている。しかしすぐに彼らをあの場所に連れて行かなければならない。望みは薄いが、あのだるまの女の子だって助けてやれるかもしれない。さらにいえば次のステージには奈美が立たされるかもしれないのだ。あの奥の部屋も確認してみる必要がある。

「ヒトゴロシ！」

国分は声をふりしぼって叫んだ。しかしまだ呼吸は回復していない。声はかすれて、国分は咳き込んだ。ノッポの警官が背中をさすってくれた。小太りの方は首をかしげている。

国分は舌打ちをした。ここはタイだ。タイ人の彼らに日本語が通じるはずがない。

「ジャパニーズ?」

小太りの警官が英語で話しかけてきた。人を小馬鹿にするような薄ら笑いを浮かべている。

「イ、イエス」

国分は答えた。何とか呼吸が整ってきたようだ。

「オーケイ、オーケイ」

痩《や》せた色白のノッポがテーブルの上に腰掛けて何があったのか話してみろ、と手招きで促す。国分は汗で濡れた髪を整えてノッポを見た。ノッポは話せと顎で合図した。

「アイ　アム……。アイ……」

状況を詳しく伝えたいが英語でどういえばいいのか分からない。国分は手話のように身振り手振りだけで状況説明を試みたが、彼らは首をひねるばかりでまるで伝わってないようだ。

「アーユーオーケイ?」

小太りは迷子の子供をあやすような顔をして言った。

だめだ……。ジェスチャーではまったく通じない。通訳が必要だが探している暇なんてない。

「マーダー！」

国分はナイフで人を刺す仕草をしてみせた。突然浮かんできた単語だった。そんな国分を見て小太りは肩をすくめて笑った。

「マーダー？」

しかしノッポの方は真剣な目つきで聞き返してくる。国分は何度もうなずいてジェスチャーをくり返した。小太りの警官は手を左右にふりながら、ノッポに向かってタイ語でなにやらはやし立てている。「こんなイカれた日本人なんか相手にするな」とでも言っているのだろうか。不満げな顔を横に振っている。

しかし生真面目そうなノッポの警官は小太りを制して、紙とペンを国分に差し出した。それに書いてみろ、と促してきた。

なるほど。筆談なら何とかなるかもしれない。国分はペンを取り紙に向かった。しかし学生時代、英語で赤点を連発したことを思い出した。社会人になってから英文を読んだり書いたりする機会は一度もなかった。そんなことだから当然ペンは紙の上をなぞるだけで一向に進まない。それを見て小太りが、「もうお前の相手は飽きた」と言わんばかりに大きくため息をついた。

やはりだめだ。国分は頭をかきむしった。文法は仕方ないにしても単語のスペルすら分からない。殺人が「マーダー」だと知っていたのは国分にとって快挙だが、頭文字のMの次に何がくるのか分からない。時間だけが刻々と過ぎていく。仕方ない。英語はあきらめよう。国分は絵を描くことにした。とはいえ絵の方も自信がない。

国分は真っ白な紙を見つめた。どの場面を描くべきが考える。ピエロが女の子を解体する場面……だめだ。意外に複雑でうまく描けない。国分は紙を丸めた。小太りが鼻で笑う。そんな彼を睨め付けながら、新しい紙をノッポから受け取った。

そうだ。ダルマ女だ。あれなら何とか描けそうだ。

国分はペンを走らせた。しかしうまくいかない。自分のイメージ通りの絵にはほど遠い。何度も何度も修正を重ねていく。そのたびにイメージとはかけ離れていく。最終的に出来上がったものは本物のダルマ女以上に悲惨だった。手足をちょん切られた案山子《かかし》がテーブルの上に乗っている、そんな感じの絵になってしまった。

それを見た小太りが手をたたいて笑っている。今までクールガイを通してきたノッポも吹き出した。国分は顔が熱くなっていくのを感じた。ここが日本だったらどんなに救われるだろう。こんな時、言葉が通じないのは致命的だ。

「ユア　マザー?」

小太りが絵を指さして国分を茶化す。

だめだ。まるで相手にされてない。国分はすがる思いでノッポの方を見た。彼も笑いを浮かべながらもダルマ女の絵から目を離さない。四肢のない女の姿を想像したのか、やがてノッポの表情が強《こわ》ばっていった。

「ミッドナイトクラブ」

国分は言い忘れていた店の名前を付け加えた。小太りが国分を見て目を細めた。彼の顔から嘲るような笑いが消えていた。

「ミッドナイトクラブ？」

ノッポの方も国分に聞き返す。国分は何度もうなずいた。小太りとノッポは部屋の隅に移動してなにやら議論を始めた。ノッポが提案して、それに対して小太りが不満そうに反論している。しかしノッポはかぶりをふって小太りの意見を受け入れない、そんな風に見えた。ノッポが勤勉な先輩で小太りが怠慢気質な後輩、そんな二人だろう。

やがてノッポが国分に向かってついてこいと指招きをする。小太りは不機嫌そうにため息をつくとさっさと建物の外へ出て行った。残りの一人は留守番のようだ。国分も慌てて彼らに続いた。そのまま国分たちは警察車両に乗り込む。どうやら現場に向かってくれるらしい。時計を見ると深夜一時半を過ぎている。あの忌《い》まわしいクラブを飛び出して四十分近く経過していた。

運転手は小太りの方だった。彼は助手席に座った先輩に向かって不満げな口調をぶつけている。しかしノッポは返事もせずに窓の外を眺めていた。小太りは時々、バックミラーを通して国分を睨《にら》みつけてくる。国分はノッポに倣って険悪な視線を無視した。

かなりの距離を走ったつもりだったが、クラブは交番からそれほど離れていなかった。どうやら国分は暗い路地の迷路に翻弄《ほんろう》されていたらしい。あの時は走るのに無我夢中で方向など何も考えていなかった。

車はマモルと宿泊した「ビレッジフォレスト」の前を通過した。建物を見上げると国分たちの部屋のブラインドは下りたままだった。二人の荷物はまだあの中に残っている。それから車は直進してミッドナイトクラブの前に止まった。観音扉は閉められてネオンサインは消えている。扉の前にはだれもいない。外灯の仄《ほの》かな電光が周囲の輪郭をかろうじて浮かび上げていた。建物を見ただけで国分は吐き気を覚えた。

ノッポは車から降りると、懐中電灯でクラブの入り口の回りを照らし出した。それから観音扉のノブに手をかける。何度か揺すってみるが、ガチャガチャと音がするだけで開かない。内側から鍵がかけられているようだ。あきらめたノッポは窓から中を覗き込もうとする。しかし完全に塞がれているため何も見えない。ノッポは国分の方を見て首をふった。小太りは欠伸《あくび》をしながら「もう帰ろう」と親指を車の方へ向けた。

国分は痺れを切らして後部座席に転がっている懐中電灯を持ち出すと、クラブの窓の前に立った。そして大きく振りかぶって懐中電灯を窓ガラスにたたきつけた。ガラスの砕ける音が夜空に響いて窓には穴が開いた。ノッポは目を丸くして国分の姿を見守っている。国分はなおも窓枠に残っているガラスの破片を丁寧にたたき割って排除した。中には板が何枚か打ちつけられている。国分は足を入れて蹴飛ばしてみた。それほど強く固定されていないようで外せそうな手応えを感じた。国分は同じ所を何度も蹴り続けた。板の木目に沿って亀裂が入り、そのうちに釘が浮かび上がってきた。さらに強く蹴り出すと板が一枚はずれた。その隙間から暗闇があふれ出してくる。

突然、眺めていたはずのノッポが隣に立って板を蹴り出した。二人がかりで二枚三枚とはずしていくうちに、五分後には大人一人が通りぬけられるだけのスペースができた。ノッポは懐中電灯で中を照らしながら入っていった。国分もその後に続く。

中は暗闇で満たされている。懐中電灯を当てると天井に吊されているミラーボールが光った。国分は注意深く会場の中を検分する。テーブルやソファはそのままだが人の気配は消されていた。テーブルの上はきれいに片づけられ、ビール瓶一つ見あたらなかった。

音がしたので侵入してきた窓を照らすと、小太りが窓枠に引っかかりながら入ってきた。国分のライトに眩しそうに手をかざしている。ノッポの方は懐中電灯を照らして丹念に会場を調べている。

国分はステージに上がった。ステージにはギロチンも、ダルマ女を載せていたテーブルも見あたらなかった。血痕《けっこん》のシミや肉片の一つでも落ちてないかと丁寧に探ってみたが、床も壁もきれいに拭き取られている。

ノッポはソファやテーブルの一つ一つを下側まで丹念に調べている。小太りは懐中電灯の光をミラーボールに当てて遊んでいた。彼はいかにも怠慢な警官だ。マモルが「タイの警察は信用できない」と言っていたのを思い出す。

さらに国分はステージ奥にあるピエロたちの控え室の中に入った。中は倉庫のようでこちらも窓が板で塞がれている。大人六人が入れるほどの広さで中はがらんどうだ。備え付けの棚には缶詰が数個並んでいるだけで、あとは何も残されていなかった。どうやら敵の方が一枚も二枚も上手だったようだ。ここには猟奇ショーの痕跡《こんせき》がまるで残されていない。数十分で客たちを待避させ、血痕を排除して姿を消したのだ。国分たちの命がけの成果といえば謎の連中たちの存在を知っただけで、蓮見とマモルを失い奈美の安否すら確認できなかった。今度こそ八方塞がりだ。国分は全身の力が抜けてその場にしゃがみこんだ。

「ヘイ！」

突然、会場の方でノッポの呼ぶ声がした。国分は立ち上がって小部屋を出た。小太りがノッポを照らしている。彼はしゃがみ込んでステージに近いソファの下を照らしながら覗き込んでいた。国分は近づいて彼の姿を眺める。やがてノッポは細長い腕をソファの下に入れて何かをつまみ出した。国分はそれを懐中電灯で照らしてみてのけぞった。

肉片に二本の指がぶらさがっている。切り取られた手の一部だ。ノッポがびっくりして落としてしまう。三人の懐中電灯がスポットライトのようにそれに集まった。手入れのいい爪には鮮やかなネイルアートが施されてあった。細くしなやかな指先から見て女性のものだろう。青紫色に変色した二本の指は、くの字に曲がって硬直していた。おそらくチェーンソーで解体された女の子のものだろう。どのような経路をたどってこのソファの下に紛れ込んだのか分からないが、だれも気づかなかったのだ。国分は気持ちが高ぶるのを感じた。ついに連中も綻びを露呈《ろてい》したのだ。

ノッポは携帯していた小型無線機を取りだした。応援を呼ぶつもりなのだろう。彼の息づかいも荒い。重大猟奇事件の予感に興奮しているのだろう。これで警察も本腰を入れて捜査してくれる。それは奈美へたどり着く近道になるはずだ。

興奮が冷めない様子のノッポの背後に、いつの間にか小太りが立っていた。彼はポケットから黒い塊を取り出すと、それをノッポの後頭部にあてがった。

国分の目の前で激しい閃光《せんこう》と轟音《ごうおん》がはじけた。同時に顔に生ぬるいものがとんできた。国分はわけが分からず顔を拭った。粘り気のある液体は生臭いにおいがした。猟奇ショーが脳裏によみがえってくる。暗がりに浮かんだノッポの影は砂の人形のように崩れ落ちた。懐中電灯で照らしてみると、彼の頭部の周りに赤黒い沼が泡を吹きながら広がっていった。

国分は半歩後ずさって、おもむろに小太りに光を向けた。彼は片手で携帯電話を耳に当てて、拳銃をこちらに向けている。電話に向かって二言三言話すとポケットにしまい込んだ。そして嘲るように口元を歪め、挑発的な視線を向けてくる。

「お前……ヤツらの仲間なのか……」

日本語だったが、国分の表情からニュアンスが通じたのか「イエス、イエス、イエス」と銃口を振った。国分はゆっくりと後ずさりした。それに合わせて、小太りは笑いを漏らしながらゆっくりと追ってくる。しかし五メートルも下がると背中は壁に当たった。国分は自分の足下を見た。ズボンの裾をめくれば、靴下に拳銃が挟んである。それを何とか取り出せないものか……。小太りが銃口をぐっと頬肉にめり込ませてくるので動きが取れない。国分はつま先立ちになって背中を壁に密着させる。

この警官も彼らの手先なのだ。携帯で連絡をとっていたのも仲間だろう。電話の相手は国分を始末するよう小太りに伝えたに違いない。それにしてもこんなやつが警官だとは……なんて国だ。

もう、だめだ……。どうしようもない。

国分は観念した。命乞いしようにも言葉が通じない。

「マモルさん、奈美……ごめんな……」

国分は瞼を強く閉じて歯を食いしばった。硬直した頬の肉が銃口を押し返す。銃口が氷のように冷たく感じた。

銃声がとどろいた。目をかたく閉じていたが、激しい閃光が瞼を突き抜けた。視界が明るく瞬《またた》く。頬から銃口の感触が消えた。いつまでたっても苦痛がやってこない。自分は撃たれたのではないのか……。国分は時間をかけてゆっくりと瞼を開いた。

俺は生きている？

目の前には小太りの警官が倒れていた。懐中電灯を向けると、目を見開いたまま口から血を垂らしている。後頭部が赤黒く濡れていた。

小太りの後ろの方で影が動いた。国分はそちらの方向を照らしてみる。そこではノッポが上半身を起こしてこちらを見ていた。その手には銃が握られて、銃口からは硝煙《しょうえん》が流れていた。

「あんた……」

国分が声をかけようとするとノッポは笑顔で「マイペンライ」と言葉を返した。そしてそのまま頭を落として動かなくなった。勤勉実直な警官の見事なリベンジだった。

国分は背を壁に沿わせながらズルズルと腰を落としていった。あたりに小さくオルゴールのメロディが流れた。国分は奈美からもらった腕時計を耳に押し当てる。その優しい旋《せん》律《りつ》を聴くと、自分が生きている実感がじわじわとわいてくる。それから国分は目を閉じて聞き入った。

第六章

七月十八日（日）

国分は街をさまよっていた。昨夜は目《ま》が冴えたまま眠ることはなかった。この数時間でいったい何人の死を目の当たりにしただろう。悪夢のような一夜が国分の気力を削《そ》いでしまったのか、眠くもならず食欲もわかず、ただ呆然と人混みの中を歩き続けている。あれから朝まで、二人の警官の死体が転がったクラブの中で過ごした。一時間に一回だけ奏でられるオルゴールを聴いて、次のメロディを待ちながら朝を迎えた。結局、朝日が窓から差し込んでくるまで体に力が入らず動くことができなかった。外に出ると、遠くから鶏の鳴き声が聞こえた。深い闇が沈殿《ちんでん》していたクラブの路地はくっきりとその姿を露わにしていた。いつもと何ら変わりない朝の風景だった。ビレッジフォレストに戻ると、荷物をまとめて部屋を引き払った。

それから国分は繁華街を歩き続けた。別に当てがあったわけではない。ただ人が多くいるところに身を置きたかったのだ。広場では現地の若者たちがスケートボードに興じていた。

若者たちの流行の発信地マーブンクロンセンターから人の流れに任せてサナーム・ギラー・ヘン・チャート駅方面に向かうとナショナルスタジアムが見える。バンコクの競技場であり、今日はバドミントンの世界選手権が開かれているようだ。
入場も無料なので国分は館内に入り、観客席に腰を落とした。バドミントンの特性なのか猛暑の中、窓もカーテンも閉め切られている。十面あるコートの中ではそれぞれの選手たちが激しく動き回って、シャトルコックを追っていた。

選手たちの放つスマッシュの乾いた破裂音が響く中、国分は日の丸の国旗を掲げたチームを眺めていた。奈美と同じ年代の女子ダブルスが中国を相手に苦戦を強いられていた。彼女たちのくり出すスマッシュがことごとくはじき返されて点差は開くばかりだ。

館内は選手たちのかけ声と観客たちの歓声があふれ、昨夜とはまるで違う健全な熱気に包まれていた。ここに身を置いていると、昨夜の戦慄《せんりつ》が悪夢の中の出来事のように思えてくる。まるで現実感がない。今の国分にとってはその方が都合が良かった。まだ猟奇ショーのことを現実として受け入れることはできない。

しかしその一方で奈美のことも頭から離れなかった。結局、決死の潜入にも拘わらず奈美の姿を確認することができなかった。たどり着いたのは蓮見までで、彼女が本当にどうなってしまったのか、それ以上のことは分かってない。あの謎の連中がきれいに姿を消してしまったため、今となっては手がかりもない。さらには警察にも相談できない。連中の息は警察にもかかっているようだ。

自分たちは唯一のチャンスを逃してしまったのだろうか。

頼りにしていたマモルを失った。出会ってから二週間と少しだが、国分はマモルのことを慕《した》っていた。年齢が三つ上である彼はいつでも国分をリードした。根っからの体育会系で、口の利き方は粗暴だが強い肉体と精神の持ち主だった。実の妹の誘拐に本来は国分よりも衝撃が大きかったに違いない。しかし終始国分を先導し、時には怒鳴り散らして活を入れ、何度もはまった絶望の淵から引き上げた。彼がいなかったらきっと途方に暮れた毎日を無為《むい》に送っていたことだろう。今回はおそらく人生で最悪の経験だが、マモルと過ごした時間はかけがえのないものになった。

しかしそのマモルはもういない。彼の最期の叫びを思い出す。

――タカぁぁ！　あとは頼んだぞぉぉ！

なぜあの時、もっと早くあのダルマ女が奈美でないことに気づかなかったのか。あまりに救いようのない光景が、マモルに絶望的な錯覚《さっかく》を呼び起こしてしまったに違いない。彼は早々に女を自分の妹と決めつけて無謀な行動に出た。あれでは犬死にではないか。今思えば、あの行為が奈美への手がかりを遠ざけてしまったといえる。連中は手がかりとともに姿を消してしまったのだ。しかしマモルの行為を責める気にはならない。それほどまでにあのショーは国分たちに破局的な衝撃を与えたのだ。今もあの光景が頭から離れない。それどころか音や臭い、さらには生ぬるい空気の触感までもが残っている。

――タカぁぁ！　あとは頼んだぞぉぉ！

再びマモルの叫びが耳の奥によみがえる。いったい何をどうしろというのか。プロの探偵である蓮見を失い、頼りのマモルを失った。ノウハウも腕力も度胸もない、一人残された自分に何ができるというのか。ましてや奈美につながる手がかりは完全に消えてしまった。あのクラブ跡地には何も残っていない。あのちぎれた手の一部も、二人の警官の死体も、連中の息のかかった警察が闇に葬《ほうむ》ってしまうだろう。

どうにもならない……。

国分は頭を抱えた。しかし仮にまだ手がかりが残っていたとして、あの連中を追い続けることができただろうか。何の罪もない若い女の子を平気で切り刻む連中だ。彼らに捕まれば自分もステージの上で生きたまま捌かれるだろう。彼らには命乞いも交渉も通用しない。

国分は分かっていた。なんだかんだと自己保身の理由をつけても自分は怖じ気づいているのだ。あのショーを見せつけられて恐怖がすべての感情を抑えつけてしまった。今はただひたすらに怖い。奈美への思いが萎《な》えたわけではない。圧倒的な恐怖がその思いを凌駕《りょうが》しているのだ。

気がつけば熱気溢れる場内の片隅で、両腕で肩を抱いて震えていた。周囲の観客たちの訝《いぶか》しげな視線が国分に向けられている。しかし体の震えが止まらない。昨夜の恐怖と衝撃が自分の生理を狂わせてしまったようだ。額や腕の表面に滲む汗ですら冷たく感じる。

奈美の顔がぼんやりとしか浮かんでこない。さっきから一生懸命思い描こうとしているのにモザイクがかったように曖昧《あいまい》模糊としている。本能が、もう関わるなと警告しているのだろうか。奈美はどう笑うんだったっけ？　笑顔が思い出せない。頭の中に痺《しび》れが広がっている。耳鳴りが大きくなる。暑いのか寒いのかすらもよく分からない。

結局、国分は閉会までそこを動くことができなかった。顔を上げると場内は閑散としており、シャトルコックの弾けるような音も選手たちのシューズが床と擦れあう音も聞こえない。多くの観客は競技場を出てしまったようで中には清掃スタッフしか残っていなかった。

＊＊＊＊＊

ほんの数日の留守だったのにハッピーカオサンホテルに戻ると、なんだか長い旅から帰ってきたような気分だった。ここを出ていくときはマモルと二人だったのに、戻ってきたのは国分一人だけだ。ホテルもどことなく他人行儀で入りづらい空気が漂っている。

蓮見もマモルも見殺しにしてたった一人で戻ってきた。研さんに彼らのことをどう伝えればいいだろう。マモルは研さんには話さない方がいいと言っていたが、やはりそうはいかない。いつまでもごまかしきれるものでもない。蓮見と一緒にマモルまで戻ってこなければ研さんだって不審に思う。それを考えると気が重かった。

カオサンは何事もなかったように若者たちの陽気な熱気に包まれていた。バックパックを背負った若者たちが宿を求めて歩道をさまよい、路上はタクシーやトゥクトゥクがひしめいている。カフェやバーでは昼間から各国の若者たちが時間を持て余している。いつもとまったく変わらない風景だった。

しかしハッピーカオサンホテルだけはどことなく違和感を憶えた。工場の煙突《えんとつ》のように煤《すす》けた壁、赤茶色に錆《さ》び付いた窓ごしの手すり、壁に走る無数の亀裂、洞窟みたいに暗い玄関……と見た目はいつもどおりだが、それでもどこか違う。この時間は研さんが入り口のビーチベッドに寝そべって、タバコを吹かしているはずだが今日は姿を見せない。しかし違和感の原因はそれとは違う気がする。ホテルの気配というか、もっと目に見えない何かだ。

ホテルの入り口に立つと肌寒さを感じた。中は陽が届かないので、玄関を通過するときヒヤリとするものをいつも感じるが、今の感触はそれとはまるで異質のものだ。玄関を抜けるとフロントにぶつかるが、今日はいつも立っているはずのラーおばさんが見えない。カウンターはひっそりと静まっている。少なくとも国分がここに入ってから、この時間にカウンターが不在だったことはない。ふだんからホテルの廊下は静かだが、今日はそれ以上の静謐《せいひつ》が横たわっている。国分はその静寂を破ることが妙に怖くなって、図書館や病院のように音を殺して廊下を進んだ。

マモルの部屋の前を通りかかったとき、ふと思い立って部屋のドアをノックしてみた。期待はしていなかったが、やはり返事はなかった。ノブを回してみるがきちんと鍵がかかっている。日本に戻って彼の家族になんと説明すればよいのだろう。奈美に続いてマモルまで失ってしまったのだ。それを思うと胃のあたりが鉛《なまり》を落としたように重くなる。

国分はマモルの部屋の向かいにある研さんの部屋をノックした。ここ数日のいきさつはともかく、戻ってきたことだけは報告しておきたい。マモルはまだ捜索に奔走《ほんそう》していてしばらく戻ってこない、とでも言っておこう。

しかしノックをしても返事はない。出かけてしまったのだろうか。もう一度ノックしたが、ベコベコと薄いドア板は心細い音を立てるだけだった。国分は一刻も早く誰かの顔を拝みたい思いにかられた。この静寂と違和感が国分の胸騒ぎを煽《あお》り立てる。

国分はノブを回してみた。案に相違《そうい》してドアノブはたやすく回った。国分はドアを開けて中をのぞいた。

「なんだ……。いるじゃないか」

研さんは椅子に座って国分に背を向けてテレビを眺めている。ハッピーカオサンホテルで初めて見る人の姿に国分は少しだけ安堵感を憶えた。

「研さん。ただいま」

国分が声をかけても返事がない。研さんは背中を向けたまま国分の呼びかけに答えない。映りの悪いテレビ画面ではタイ国王がなにやら演説をしている。画面の光が周囲の壁をチカチカと照らし出していた。しかし音声は消されている。どうやら研さんはテレビを付けたまま眠ってしまったようだ。

「テレビは消しておくよ……」

国分は研さんを起こさないよう、そっと中にはいるとテレビの電源を切った。そして研さんの方へふり返る。

研さんの姿を見て国分は気を失いそうになった。

頭から首にかけて細い針金がコイルのように巻き付けられている。針金は強く食い込んでその隙間から鬱血《うっけつ》した肉がソーセージのように押し出されていた。針金の一部は眼球にも深く食い込んでいる。血が滲みあふれてそれが針金に伝っていた。首も研さんの呼吸を奪うには充分すぎるほど強く巻き付いている。手足も同じように針金で椅子に固定されて必死でもがいたのだろう、皮膚が裂けて肉がのぞいている。曲がりくねった指の爪はすべて剝がされて指先は青紫色に変色していた。

「け、研さん……」

国分は思わず後ずさった。彼は明らかに拷問を受けている。国分の所在を尋問されたのだろう。こんな残酷な仕打ちができるのは連中をおいて他にいない。彼らは姿を消したとはいえ国分のことを諦めていなかったのだ。たった一晩でこのホテルを割り出し、国分が戻ってくるより先にここへたどり着いて研さんを拷問にかけた。もし昨夜のうちに戻っていたら自分が殺されていただろう。つまり研さんは身代わりだ。

「研さん……ごめん……なんてことを……」

国分は研さんの体にすがりついた。まだ彼の体温は残っていた。殺されてからそれほど時間がたっていない。すぐにでもここを逃げ出したい気持ちだったが、やはり研さんをこのままにしておけない。せめて顔に巻き付いた針金だけでも取り除いてやりたい。そっと針金に触れてみたが、かなり強く食い込んでいるので、素手では外せそうにない。

国分は部屋の中を探したがペンチは見つからなかった。コウなら持っているだろうか。

国分は部屋を出た。足が絡まりもつれて思うように歩けない。無人のフロントの前で国分は階段を見上げた。二階の一番奥はコウの部屋だ。果たして彼は無事でいるのか……。

国分はフロントの前を通り過ぎて階段の前に立った。深呼吸をくり返しながら階上を見上げる。階段を上りきった踊り場にシャワールームの入り口が見える。国分は手すりに寄りかかりながら呼吸を整えた。胸騒ぎが激しくなる一方だが、コウの安否はやはり確認せずにはいられない。研さんも自分たちが巻き込んだのだ。自分がここへやって来なければ研さんも殺されることはなかった。

国分は手すりをつかみながら一歩一歩階段をふみしめた。無意識のうちに足音を殺していた。一段上がるごとに鼓動が激しく胸を叩く。国分はそれが体が発する警報に思えた。それ以上は進むなと体中の感覚がサイレンを鳴らす。しかし国分は歩みを止めなかった。コウの安否だけでも確認しなければ。そしてペンチを探して研さんの針金を取り除くのだ。自分にはその義務と責任がある。

そうこうするうちに国分は二階の廊下に立っていた。目の前に薄暗いシャワールームが口を開いていて、そこから廊下に沿って三つの部屋が並んでいる。廊下の突き当たりがコウの部屋である。

国分はシャワー室前からコウの部屋を眺めた。シャワー室には窓も電気もないので、周囲は湿気とカビくさい空気が漂っている。ここのシャワーはお湯は出ないし、肝心の水も滴るほどにしか降ってこない。

国分は廊下を進もうとしたが、ふと足を止めた。コウの部屋から音が聞こえた。耳を澄ましてみる。彼の部屋から話し声が聞こえてくる。声は一人ではない。少なくとも三人はいる。やがてコウの呻《うめ》くような声も聞こえてきた。

国分は石膏《せっこう》で固められてしまったように、足を一歩も踏み出すことができない。気がつけば息を殺していた。鼓動が突き破りそうなほどに胸板を叩く。体中の感覚が国分の意思とは関係なく研ぎ澄まされる。今なら普段聞こえない音が聞き取れるような気がした。

そのときだった。

突然、コウの部屋のドアが荒々しく開いた。

国分は反射的にシャワー室の中に飛び込んでいた。まるで誰かに突き飛ばされたような、自分でも信じられないほどに機敏な反応だった。薄暗いシャワー室には三つのシャワーが設置されている。それぞれが防水カーテンで仕切られる形になっているが、一番奥のシャワーだけが閉まっていた。カーテンの表面にはカビの黒い斑点《はんてん》が浮かんでいる。窓も照明もない室内は、不快な湿気と気の滅入るような陰鬱に包まれていた。

「タカ……」

入り口に一番近いシャワーの壁に女が寄りかかるようにしてしゃがみ込んでいた。全裸の体にロープが巻きつき、女は必死になってもがいている。両手は後ろに回されて縛りつけられているようだ。おそらくシャワーを使っている最中に襲われたのだろう。シャワー口から水が滴り落ちて、女の豊満な体を濡らしていた。女はすがるような目で国分を見つめている。

「ラーおばさん？」

国分は女と目を合わせた。間違いなくフロント係のラーおばさんだった。しかし廊下からは人の気配が迫ってくる。国分は自分の口に人差し指を置いて「静かに」のジェスチャーをしながら、入り口から一番遠くにあるカーテンの閉まったシャワーに飛び込んだ。国分はうずくまりながら身を縮めて、カーテンが作り出す狭い死角へと身を隠した。

同時に人の気配がシャワー室に入ってきた。そいつはラーおばさんを力まかせに突き飛ばしたようだ。悲鳴と同時に彼女は国分の隠れているシャワーのすぐ近くまで吹っ飛んできた。カーテンに彼女の体の一部が盛り上がる。国分の隠れている位置からカーテンの隙間を通してラーおばさんの首から上を見渡すことができた。彼女の倒れている位置まで一メートルもない。手を伸ばせば充分に届く距離だ。ラーおばさんは怯《おび》えきった目を国分に向けた。国分は口元においた人差し指に力を入れて、黙っているようジェスチャーを送った。彼女の青黒く腫れた瞼から血の混じった涙があふれ出す。

カーテンに男のシルエットが浮かび上がった。国分は奥の壁に体を押しつける。このカビで汚れたカーテン一枚向こうに男が立っていて、ラーおばさんを見下ろしている。男はラーおばさんの上にまたがった。カーテンに男の身体のふくらみがあらわれる。国分は口を手で覆い、体を壁に強く押しつけながら、そのふくらみから逃れた。しかしカーテン一枚の生み出す死角はあまりも狭い。国分はからだをよじらせながら男の身体との接触をさけた。この男に見つかったらおしまいだ。国分は息を止めて口に手をあてがったままラーおばさんを見守った。

　男のシルエットは彼女を押さえつけている。ラーおばさんはわめき声を上げながら必死に抵抗するが、両手が使えないのでどうにもならない。男は薄ら笑いを上げながら彼女の豊かなバストを弄《もてあそ》んでいる。

　再びカーテンの隙間を通して、ラーおばさんと目が合った。彼女は濡れた瞳を大きく見開いて「ヘルプミー」と弱々しく囁《ささや》きかけてくる。国分は必死にかぶりをふった。やがて国分の視界に男の両手が現れた。青黒い静脈が浮き出た手の甲に例のサソリのタトゥーが彫り込まれている。その手は不器用に彼女の頰をなぞって首筋に向かう。そしてゆっくりと彼女の首を絞めはじめた。ラーおばさんは身をよじらせて、呻きながらも国分から視線を外さない。年齢のわりにきれいな顔を歪《ゆが》めながら、すがるような眼差しを送ってくる。

「へ、ヘルプミー……プリーズ……」

　彼女はよだれを垂らしながら苦しそうに声を漏らす。カーテン越しの男のすすり笑いがさらに大きくなった。やがて彼女は白目をむいて気絶の入り口に立った。すると男は手の力を緩める。ラーおばさんは咳をまき散らしながら呼吸をむさぼった。

　――なんてやつだ。楽しんでる……。

　国分の右足首に硬いものが触った。ゆっくりとズボンの裾を上げてみる。靴下に黒い金属が挟まっていた。

そうだ、拳銃があったんだ！

国分は息を殺しながらそれをゆっくりと取りだした。そしてカーテンに浮かび上がるシルエットの頭部に銃口を向けた。これなら至近距離だ。絶対に外さない。

彼女を見ると首を絞められながらも、口元にかすかな笑みがこぼれている。彼女は「早く撃ち殺して」と虚ろになった瞳で訴えている。

ラーおばさん、今助けてやるからな。

国分は改めて拳銃を構えて銃口をシルエットに向けた。しかし引き金を引こうにも指に力が入らない。もしここでこの男を撃ち殺せば、コウの部屋の中にいる他の仲間がやってくる。果たしてこの拳銃にはあと何発の弾が込められているのだろう。下手をするとこの男を仕留める弾すら入っていないかもしれない。拳銃に関してはずぶの素人だ。もちろん実物を触るのも初めてで、弾があと何発残っているのか確かめるすべを知らない。もし弾が入っていなければ虚しい金属音が響くだけだ。至近距離にいる男はすぐに国分の存在を察知する。部屋から仲間もとんできて逃げることも叶わないだろう。

「タカ……ヘルプ……タカ……」

彼女は一段と大きく目を見開く。先ほどの希望から一転して絶望の眼差しで国分を睨《ね》め付けてくる。喉を鳴らしただけで見つかってしまいそうだ。かろうじて意識を保てるだけの浅い呼吸しかできない。

人を撃ち殺す恐怖、弾が出なかったときの恐れ、薄暗く密閉された空間、切迫した状況……。それらすべてに国分は怖《お》じ気づいてしまった。引き金にかけた指は石化してしまったように固まって動かせない。

やがて男のシルエットが大きく動いた。振りかざした右手には大きく尖った影が浮かんでいる。サバイバルナイフだ。それが分かっても国分は引き金を引くことができなかった。男は左手でラーおばさんの首を押さえながら、右手のナイフを一気に彼女の胸部にふり下ろした。彼女の口からどろどろと赤黒い血があふれ出す。男はそれからも何度も何度もナイフをふり下ろした。そのたびに飛び散った血でカーテンがどす黒く染まっていく。

ラーおばさんの瞳は国分をじっと睨みつけながらその光を失っていった。男が首から手を離すと、彼女の頭は壁にそって落ちて床に転がった。彼女はなおも眼瞼《がんけん》を開いたまま国分を見つめている。半分開いた口元から最期の息が抜ける音がきこえた。傷口からあふれ出した血がタイル床の溝に沿って流れていく。

国分は目を閉じた。蓮見、マモルに続いてラーおばさんまで見捨てた。今のは助けてやれる立場にありながら、圧倒的な恐怖に完全に怖じ気づいてしまったのだ。引き金を引くだけのことだったのにそれができなかった。あくまで自分の安全にこだわり、彼女を見捨てたのだ。きっとマモルだったら命がけで彼女を守っただろう。

しかしそんな思いとは裏腹に、これでよかったんだと思う気持ちも強い。いや、そちらの方が圧倒的と言うべきか。一応、自己嫌悪に陥ってみるのは自分自身への慰めに過ぎない。自分は愚劣《ぐれつ》な人間だと嫌悪することで本質の自分自身はそうではないと否定する。表面上の自分自身に罪を被せ、内面の自分を庇護《ひご》する。国分は声を立てずに苦笑した。そうだ、自分は人のことをかまってやれる余裕も能力も持ち合わせてない。自分自身を守るのに精一杯なのだ！

男のシルエットはしばらくの間、立ち上がったままラーおばさんの死体を見下ろしていた。カーテン越しに潜んでいる国分の存在に気づいていないようだ。男はフンと鼻で笑うとシャワー室の出口へと向かっていった。カーテンから男のシルエットが消えていく。足音が徐々に小さくなり気配も遠のいていく。国分はやっと小さなため息をつくことができた。体中は汗でぐっしょりと濡れていた。

カン、カン、カン、カン……。

突然、シャワー室に鐘の音が鳴った。それとともに聞き慣れたオルゴールの音色の広がる。国分は腕時計を見てのけぞった。時刻は午後六時ジャストを指している。大きな天使が鐘を叩き、その周囲を小さな天使たちがクルクルと回っている。オルゴールの音量自体は小さいが、静寂が漂ってるここシャワー室では唯一の音源だ。音を止めようと手のひらで時計を押さえ込んだが無駄なことだった。

遠のいていた男の気配がシャワー室入り口付近で止まった。国分は慌てて呼吸を止めた。シャワーからしたたる水になりたい。そしてこのまま排水口から流れ去りたい。非現実的な願いが頭の中をかけめぐる。しかし殺意をまとった気配は再び舞い戻ってきた。国分は両手で拳銃を握ってカーテンに向けた。

オルゴールの音は止まった。ふたたび静寂が訪れる。

——映画やドラマなんかであるじゃない。恋人からもらったプレゼントが主人公の命を救っちゃうみたいなシーンが。

腕時計をもらったときの奈美の言葉がよみがえる。

救うどころかピンチだよ、奈美。

しかしシルエットは現れない。シャワー室の中ほどで警戒しているのか。気配だけは確実に感じることができる。だが位置が特定できない。わずかに靴と床がすりあう音だけが間欠的《かんけってき》に届いてくる。男はサバイバルナイフを持っている。しかしこちらは拳銃だ。圧倒的にこちらに分がある。発砲すれば銃声を聞きつけた仲間たちが駆けつけてくるだろう。その前にここを飛び出して階段をかけ下りる。ここから階段まで五メートルほどだ。仲間が音を聞きそれを銃声だと認識するにはいっときの間があるだろう。仲間同士が顔を見合わせるかもしれない。お互いの意思を伝え合うのにさらに一秒かかる。短めに見積もっても三秒。その間に階段までたどり着くことができれば逃げられる。あとは駅伝で鍛えた長距離走だ。本気を出せば彼らもついてはこれまい。それからどこかに身を潜めてヤツらのあとを逆に尾行してやればよい。奈美の居所まで案内してくれるかもしれない。

しかし弾切れだったら……。

弾倉にちゃんと弾が込められているのかどうか自分には分からない。この拳銃の名前さえ知らないのだ。あのショーから逃げ出すとき、出入り口で用心棒を仕留めることができた。引き金を引くだけで弾が出た。しかしそれも弾が入っていたからこそなのだ。マモルもステージ上で数発撃っている。もし弾切れだったら。相手は大きなサバイバルナイフを持っていて、こちらは丸腰だ。相手も十二分に警戒しているだろうから奇襲は通用しないだろう。だいいち丸腰では奇襲も何もない。ましてや他にも仲間がいる。

しかし相手の動きに集中力を総動員しなければならないので、考える余裕もなかった。国分はできるだけ呼吸を浅くして自分の気配を消そうと努めた。弾は込められている。今はそれを信じるしかない。

男の息づかいを感じる。聞こえているわけではないのにそれがはっきりと分かる。カーテンの向こうのどこかにいる。そして少しずつ移動している。男のわずかな動きも空気にぶれを引き起こす。それはシャワー室全体の空気を動かす。その動きが知覚過敏《ちかくかびん》になっている国分の肌に伝わってくる。もう少し近ければ相手の鼓動すら感じ取ることができそうだ。

カーテンの向こうで喉《のど》を鳴らす音が聞こえた。ふだんなら聞き逃してしまうほどの小さな音なのに、今の国分にははっきりと聞こえた。意外と近くに迫っている。

国分は体を壁に沿わせてゆっくりと立ち上がった。そのまま壁に体重をあずけて両手でしっかりと銃を構える。音のした方に照準を合わせて引き金に指をかけた。

足下に目を向けるとラーおばさんの光を失った瞳が虚空を見つめていた。立ち上がることで彼女の視線が国分を追いかけてくることはなかった。彼女の視線から外れると、わずかであるにせよ気持ちが楽になる。

やつに集中しろ、集中しろ。

かすかな咳払いが聞こえた。銃を握る手に力が入る。男はかなり近くまで迫っている。カーテンにはっきりとしたシルエットは現れないが、ぼんやりとした影が見え隠れする。まだだ。一発で仕留めなければならない。

国分の額や頬を何本もの汗が支流《しりゅう》を作り、伝って落ちていく。国分は唾《つば》を飲んだ。カーテンの向こうで気配は停滞している。相手は動きを止めてじっと様子を窺っているようだ。

やがて汗の滴《しずく》が目の中にこぼれ落ちてきた。目がしみる。敵以外に集中力を割《さ》きたくないので無視した。しかしもう片方にも汗が流れ込む。国分は視界を失った。思わず片方の手で目元を拭う。

それから一瞬の出来事だった。

突然、ざっと靴が床を蹴る音が聞こえた。慌てて目を向けるとカーテンにシルエットが現れて、国分に向かってカーテンのふくらみが一気に襲いかかってきた。目の前に浮き出る尖った影がこちらにめがけて突っ込んでくる。ナイフの刃先はカーテンを突き破って飛び出してきた。国分は反射的に体を横に反らしたが、左肩に痺れるような痛みが走った。男はカーテンの向こうから国分を壁に押しつけた。息の止まるような激痛とともに刃先は左肩にめり込んでいく。国分はたまらず銃口をカーテンのふくらみに押しつけた。

国分は引き金を触る指に力を入れた。手に軽い反動を感じる。破裂音がシャワー室に響いた。同時に男の力が弱まった。国分は足でカーテンをかぶった男の身体を突き飛ばした。男はカーテンの向こうに転がって国分の視界から消える。拍動《はくどう》するように痛む肩に目をやると、サバイバルナイフが突き刺さっていた。国分はそれを思い切り引き抜く。あまりの激痛に叫び声を上げた。しかしもう片方の手はカーテンを開けていた。前方に視界が広がった。足下にはラーおばさん、そこから少し離れて、頭がスイカ割りのように爆《は》ぜた男が転がっていた。

時間がない！

国分は一気に階段まで突進する。廊下に出るとコウの部屋のドアが勢いよく開く音がした。同時に数人の気配が飛び出してくる。怒鳴り声が聞こえたが外国語なのでよく分からなかった。彼らとの距離はおよそ五メートルほどだろうか。これならなんとか逃げ切れそうだ！

そう思った頃には階段にたどり着いていた。国分はそのまま勢いを緩めず、手すりに左手をかけて階下に向かって思い切りジャンプをした。体が宙を舞う。そのとき左肩に引き裂かれるような痛みが走った。

しまった、と思ったときには空中でバランスを崩していた。着地したときの体重は前方にかかっていたので、最初に着地した右足は体重を支えることができず体は前に倒れ込んだ。左足を出すより先に顔面が階段にたたきつけられた。それからはなすすべなく階段を転がり落ちた。

やがて大きな衝撃に襲われて落下が止まった。その時にはすでに痛みを感じなくなっていた。顔を上げるとホテルの玄関はすぐ目の前だった。熱帯の日射がさしこんでいるが国分までは届かない。階上から荒々しい足音が近づいてくる。すぐに立ち上がってダッシュをかければ逃げ切れる。そう思ったが体は動かなかった。国分は出口に向かって腕をさしのべた。やがて徐々に視界が暗くなっていく。最後に見えたのは左手首に巻いてある腕時計だった。奈美からのプレゼントはガラス盤にひびが入っていた。

＊＊＊＊

左肩にさしこむような疼《うず》きが走った。国分は目を開く。オレンジ色の強い明かりが目の前に広がった。あまりの眩《まぶ》しさに思わず目を細めた。前方にある強い光源が国分を照らしつけている。光は熱を伴い仄《ほの》温かい。目が痛くなるような眩しさを避けて天井を見上げるが、光の残像が焼きついてその影がとれるのにしばらく時間がかかった。

ここはどこだろう？

体を動かそうとしたが動かない。どうやら椅子に縛りつけられているらしい。両手は後ろに回されてヒモで椅子に固定されているようだ。手に力を入れようとしても細めのヒモが手首に食い込んで痛む。かなり緊密《きんみつ》に縛られているようだ。身体の方も同じように細めのヒモできつく椅子に縛られている。身をよじらせるとヒモが体中に食い込んでやはり痛む。ヒモは宅配便の梱包《こんぽう》などに使うナイロン製のようだ。刃物があれば簡単に切れるが、引っ張り荷重《におも》には強い。結び目も太いロープよりはるかに小さく硬くできるので解くことは難しい。無理に抜け出そうと力を入れると、細いナイロン繊維《せんい》はピアノ線のように肉に食い込んでくる。これほど人を縛りつけておくのに適した素材はないかもしれない。

国分はヒモを引きちぎるのをあきらめてあたりを見回した。目が光に慣れてきたので周囲の様子が窺えるようになってきた。壁はコンクリートのむき出しで天井には配管が何本も通っている。窓はすべて塞がれて、照明の当たっていない部分は闇にとけ込んでいた。おそらく倉庫か何かだろう。長い間、密閉されていたようでカビくさい空気がヒヤリと冷たい。

「アー」

国分は虚空に向けて声を飛ばしてみた。反響の程度からしておそらくバレーコート一面くらいはありそうだ。思ったよりも広い。

強い光源の正体は撮影用のライトだった。その隣にはビデオカメラが三脚にセットされて国分の方を向いている。屋内には国分以外誰もいないようだ。

国分は頭をふって記憶を整理した。シャワールームから飛び出して、階段を飛び降りようとして転げ落ちた。サバイバルナイフでえぐられた左肩がズキンと脈打った。国分は首をひねって患部《かんぶ》を見た。シャツから血がにじみ出ている。肩は鼓動に合わせて痛みのリズムを打ちはじめた。

それを見て国分は理解した。自分は捕まったのだ。パニックが身体の奥からわき上がってきた。下腹部が鷲づかみにされたように縮みこむ。尿意をおぼえたが動けないではどうしようもない。

国分は体中に力を入れて束縛《そくばく》から抜け出そうとしたが無駄なことだった。硬く細いヒモは身体に食い込む一方で、さらに緊密なものとなった。手首も深くまでヒモが食い込み血管や神経を圧迫する。じわじわと手先に痺れが広がりはじめた。

さらに国分は自分の隣に置いてあるステンレス製のテーブルを見て慄然《りつぜん》とした。手を伸ばすことができれば届く距離にある。その上には数種類のナイフ、メス、注射器、ペンチ、アイスピック、五寸釘、ノコギリ、カッターナイフ、ガスバーナー、ノミ、ハンマーなど、見るだけで痛覚を逆なでされそうな道具が整然と並べられていた。強い光がメスに反射してギラギラと輝いている。

「なんなんだよ、これは……」

胸の鼓動がさらに激しくなる。気がつけば過呼吸のように息が乱れていた。落ち着けようと深呼吸してみるが、さらに乱れるばかりだ。冷えた汗が体中を濡らしている。

ここがどこなのか分からないが、これから自分が何をされるのかは想像がつく。肉を切られて釘を刺されて、皮膚を焼かれて骨を削られる。それも生きたままに。その様子を目の前のカメラが克明《こくめい》に記録するのだ。自分はここで猟奇ショーの蓮見たちのように生きたまま解体される。ここはスナッフフィルムのスタジオで、国分は主演のモデルなのだ。

ほんの少し手を伸ばすことができればナイフに届く。何重にも体にからみついたヒモを引きちぎることは人間の力では不可能だろう。しかしちょっとした刃物があれば簡単に切ることができる。なんとかテーブルに手が届かないものか。しかし手首にはひもが食い込んでいる。現実的には無理そうだ。

そのとき、国分の指先は尖ったものに触れた。

国分は慎重に指を伸ばして手首の方へ持って行く。ふたたび鋭利な感触があった。腕時計のガラス盤だ。階段から落下したはずみで割れてしまったようだ。しかし破片が残っている。国分は中指と人差し指を使って、その破片を慎重につまむ。破片も文字盤からはずれかかっていたので簡単に取り出すことができた。奈美の言っていたとおり本物のガラスを使っているようで、破折した面は鋭くなっている。角度を調節して擦りつければ刃物のように使えるかもしれない。ただ破片は文字盤の三分の一程度しかないので時間がかかりそうだ。

国分は二本指でつまんだ破片を、慎重に手首に食い込んだナイロンのひもにあてがった。そして鋭利な面を擦りつけてみる。破片は引っかかるような手応えを残しながらナイロンの上を滑っていく。そのたびにナイロンの繊維が少しずつ切断されていく感触が伝わってくる。

国分は思わず息を吐き出した。手首のひもさえ切ってしまえば腕が自由になる。あとはテーブル上のナイフを使って残りを切ってしまえばいい。

──映画やドラマなんかであるじゃない。恋人からもらったプレゼントが主人公の命を救っちゃうみたいなシーンが。

奈美の言葉が再びよみがえる。

今度はそう願いたいよ、奈美。

しかし小さなガラスの破片ではもう少しかかる。国分は必死になって破片をこすりつけた。途中、指が疲れて破片を落としそうになる。破片はこれ一つしかない。これを落としてしまったらもうここからは逃げ出せない。国分ははやる気持ちを抑えて慎重にひもを切断していった。

突然、前方から金属のはじけるような音が響いた。

国分は手を止めて音のした方を見る。ライトの逆光で気づかなかったが、カメラとライトの数メートル後ろに扉があるようだ。誰かがその鍵を外そうとしている。

まずい！

国分は慌ててガラスの破片をこすりつけた。ガラスの破片はナイロン繊維を切り裂きながら滑っていたが、途中勢い余って指からはじけ飛んでしまった。

国分の舌打ちと同時に鍵の外れる音がした。

国分は祈るような思いで手首に渾身《こんしん》の力を入れて引っ張ってみた。ナイロンひもはブチンと音を立ててはじけた。それとともに両腕が自由になった。同時に鉄製の扉がコンクリートの地面と擦れ合いながらゆっくりと開く。

間に合うか……。

国分はテーブルに手を伸ばした。扉に人の気配が現れる。国分は咄嗟《とっさ》に一番近くに置いてあるナイフをつかみ取ってそのまま手を後ろに回した。

同時に人影が入ってくる。国分はナイフを落とさないように柄《つか》を握りしめた。外からは二人の影が入ってきた。ライトの前に立つと彼らの姿がはっきりと浮かび上がる。二人ともシャツにジーパンの軽装だが、覆面で顔を隠していた。真っ黒なスキー帽をすっぽりと被って、ちょうど目の部分に穴を開けてある。

一人はひょろっとした華奢《きゃしゃ》な体型で、もう一人は短躯《たんく》だが筋骨隆々とたくましい体つきをしている。筋肉男が近づいてきて国分を覗き込んだ。国分はたった今目覚めたようなふりを決めて眩しそうに目を細めた。後ろに回したナイフのことは気づかれていないようだ。覆面で男の顔立ちははっきりと分からない。穴からのぞく瞳は冷えた光を帯びていた。男はその太い腕で国分の髪の毛を摑みあげる。頭皮がちぎれそうな痛みが走った。国分は思わずうめき声を上げる。黒い覆面の下からすすり笑いが漏れてくる。国分は背中のナイフを強く握りしめた。

もう一人の華奢な方は、カメラのファインダーを覗き込みながらアングルを調節している。カメラは国分に向いたまま怜悧《れいり》な視線を送っている。

敵は二人いる。筋肉男の方は今すぐにでも仕留めることができる。背中に隠し持っているナイフを叩き込めば一撃で倒せるだろう。これだけ近ければ外すことはない。しかし問題はもう一人の方だ。ここからでは距離がある。両手が自由になったとはいえ、身体の方は相変わらず固定されている。筋肉男を仕留めたあと、急いで残りのヒモを切断したとしても、いっときの時間はかかるだろう。その間に彼は攻撃をしてくるかもしれないし、外に逃げ出すかもしれない。後者なら他の仲間を呼んでくるだろう。そのすきをついて逃げ出すことができるだろうか。また彼が武器を持って向かってきた場合、応戦できるかどうか。どちらも微妙なところだ。ましてや一人目を仕損じたら話にならない。

筋肉質の覆面男は国分の反応を見ながら、テーブルの上の道具ひとつひとつをゆっくりと撫でていく。国分は男の指先を注視した。最初は何を取り出すつもりなのか。男は勿体ぶったような手つきでさらにゆっくりと撫でては国分の様子を窺う。やがてその指はピタリと止まった。

まずい……。国分は唾《つば》を飲み込む。

男の指先には何もない。その部分だけ空白だった。そこは国分が隠し持っているナイフが置かれてあった場所だった。男は考え込んだように何度もその空白を指でなぞり始めた。やがて顔を上げると国分を睨め付けた。そして警戒を露わにした目を向けながらゆっくりと後ずさる。

ばれたか！

そう思ったとき、国分は後ろに回してあった腕をふり回して男の顔面に叩きつけていた。豆腐を押しつぶすような手応えだった。握ったナイフの刃先は覆面男の眼窩《がんか》にめり込んでいる。男はすぐには反応しなかった。残された目で呆然と国分を見つめている。やがて火の粉を振り払うようにバタバタと両手をふり回し、顔面につき立ったナイフを探ろうとするがうまくいかない。国分はそっと柄から手を離した。男はひきつり笑いを上げながら、国分の周囲を千鳥足《ちどりあし》でさまよう。やがて事情を理解できたのか金切り声を上げた。ナイフの柄をつかもうと必死になっているが、両手は虚しく空を切る。やがて柄を探り当てたが、もはや引き抜く力は残っていなかった。男は両膝を地面につけると、両手で柄を引っ張ったまま前方に倒れた。

カメラを覗いていたもう一人の覆面男が顔を上げてこちらを見た。呆然といった風情で相棒の姿を眺めている。筋肉男は土埃《つちぼこり》の積もったコンクリートの床の上で痙攣《けいれん》を始めていた。くしゃくしゃと服と地面がこすれ合う音がする。

今だ！

国分は男に飛びかかろうとした。しかし体中のヒモが国分を椅子に引き戻す。椅子も床に固定されているので立ち上がることもできない。それをきっかけに男は我に返ったようだ。今度は国分をにらみつけてきた。しかし意表をつかれて混乱しているのかその揺れる視線に迷いが窺える。

国分は急いでテーブルからもう一本のナイフを取りだした。それで身体に巻き付いているヒモを切断する。しかし男の方からも目が離せず、思うようにはかどらない。そうこうするうちに男はゆっくりと後ずさりを始めた。

逃げる気だ。そして仲間を引き連れてくる。そうなってしまえば勝ち目がない。ここで仕留めなければ生きては帰れない。

男が国分に背を向けて出口に走ろうとした。

逃がすものか！

国分は握っているナイフを力いっぱい投げつけた。サクンと音を立てて、ナイフは男の背中にヒットした。男は背中に手を回してナイフを引き抜こうとする。身をよじらせながらナイフの位置を探っているが、どれもわずかに届かない。しばらく滑稽《こっけい》な格好のまま周囲をさまよった。しかしさいごは照明ライトにつかまるようにして倒れ込んだ。眩しい光を放っていたライトは派手な音を立てて崩れ落ちる。光源は落ちてあたりは闇に包まれた。

国分は耳を澄ましてみた。カメラが回っているのだろうか。モーターの音が静かに聞こえてくる。ライトが照らし出していた壁も天井の配管も闇にとけ込んで、目に入るのはカメラの電源ランプだけだった。

国分はテーブルに手を伸ばすと、手探りでナイフを取りだして、体中にからみついているヒモを切断した。引っ張った時はびくともしなかったナイロン製のヒモは刃先をそっと当てるだけで容易に切断できた。最後に足首のヒモを切断すると四肢《しし》が解放された。しかし左肩にえぐられたような痛みが走る。国分は患部を押さえながら立ち上がる。

国分はポケットを探ってライターを取りだした。ライターを点火させて周囲に向けてみる。周囲の輪郭が仄かに照らし出された。テーブルの足下には筋肉男の死体が転がっている。ライターを近づけてみるとナイフは眼球に深々とめり込んで、男はその柄を握りしめたまま息絶えていた。国分は死体をまたいで出口へ向かう。

ライターをかざすと鉄製の扉が浮かび上がった。ノブに手をかけてみるがびくともしない。何度も何度も乱暴に回してみるが、ガチャガチャと音を立てるだけだ。思い切り蹴飛ばしてみたが扉にはね返された。国分は舌打ちをした。ドアには鍵がかけられている。最初に入ってきたのは筋肉男で、次に入ってきたのはカメラマンをしていた華奢な方だった。そういえば彼は入ってくるとき扉の方を向いてなにやらドアノブをいじっていた。そのとき扉に鍵をかけたのだ。外から誰かが入ってきたり、国分が逃げ出すことを警戒したのだろう。

とにかく鍵は華奢な覆面男が持っているに違いない。その男はライトと一緒に倒れている。背中にナイフを突き立てた状態で。

国分は照明ライトのあった位置まで戻ると、ライターの炎で照らし出してみた。バラバラに砕けたライトの破片を見て血の気が引いた。

男がいない！

国分の鼓動が再び激しくなった。息苦しくなって立ちくらみを覚える。国分はライターをつきだして周囲を照らす。所詮、タバコに点火するしか能のないライターだ。明かりはそれほど遠くへは届かない。

男は死んでいなかった。いつの間にか黒い覆面とともに闇と同化してしまったのだ。この部屋のどこかに息を殺して潜んでいる。背中のナイフは抜けたのだろうか。もしそうなら相手はナイフを持っていることになる。そして何より重要なのは、その男がここを出るための鍵を持っていることだ。早くしなければ他の仲間がやって来るかも知れない。

気配を感じて国分はふり返った。しかしそこには誰もいない。気のせいか。だけどこうしている間にも男は着実に接近しているに違いない。そう思うと総毛立った。今、国分は何も武器を手にしていない。ふと思いついてズボンの裾を上げてみた。しかし何もなかった。拳銃は階段から転倒したときに落としてしまったらしい。こんな時、あの拳銃があればどれほど心強かっただろう。

国分はライターをかざして周囲を注意深く照らしてみる。ここからでは国分の縛りつけられていた椅子とテーブルの一部を視認することしかできない。こんな小さな炎では照らし出せる範囲はしれている。しかもこの炎は敵に自分の位置を知らせる灯台になってしまっている。

不利だと分かっているのに炎は絶やせない。オレンジ色の光と柔らかい揺らめきはこんな極限の中でも仄かな安らぎを投げかけてくれる。国分はどんな些細《ささい》な希望にもすがりつきたい心境だった。鼓動に合わせて炎が震えている。

国分はゆっくりと後ずさって壁を背にした。これで背後から襲われる心配はない。前方と側方だけを注意していればよい。国分はその状態でライターを左右に揺らして周囲を警戒した。しかし見えるのは足下の、砂埃で埋もれた地面だけだった。

チャリン……。

部屋の奥からコインが転がるような音がした。国分はとっさに音のする方を向いた。ライターをかざしてみるが、炎の光は濃い闇にかき消されてしまい届かない。それでも闇に目が慣れてきたのか、おぼろげながら部屋の奥の輪郭が浮かんできている。

チャリン……。

再び音がした。先ほどより微妙に位置がずれている。少しずつ移動しているのだろうか。音は右側に移動した。耳を澄ましてみるが、男の息づかいは聞こえないし、気配すら感じない。完全に闇と同化している。国分は左肩をかばった。ズキリと痛む。

チャリン……。

三たび音がした。今度はさらに右手から聞こえる。少しだけ移動したようだ。覆面は傷を負いながらも反撃のチャンスをじっとうかがっている。いつまでもこうしているわけにはいかない。彼らの仲間がやってくるかもしれない。一刻も早く覆面を仕留めて鍵を奪わなければならない。しかし覆面の姿はまだ確認できない。

チャリン……。

また音がした。今度は左手の方から聞こえてきた。さらに闇に目が慣れたようで音がした付近に何かが横たわっている影が見える。しかしそれが何であるのか分からない。

おかしい。

音のする位置関係が不自然だ。最初は音が右側に移動していた。それが突然、左の方から聞こえてきた。三回目と四回目の音の位置が距離にして三メートルは離れている。ずっと警戒していたこちらに気づかれずに、それだけの距離を移動したとは思えない。

トリックかもしれない。国分を攪乱《かくらん》するためにコインを投げる。国分は音のする方に覆面が潜んでいると思いこんでいた。しかし敵はまったく別の位置に潜んでいるのだ。奥の方に気を取られている間にかなり接近してきたかもしれない。

国分は慌ててライターを逆側へ向けた。そのはずみで炎が消えてしまった。あたりは再び闇に包まれた。しかし今度は目が順応しているので天井の配管や椅子やテーブルの輪郭がおぼろげに見えるようになっている。国分はライターをポケットに入れた。

国分は足音を殺してゆっくりとテーブルに向かった。相手はナイフを持っている。それに対してこちらは丸腰だ。武器がいる。周囲を警戒しながら手探りで武器を物色する。カチャカチャと音を立ててテーブルの上を刃物が転がる。

かなり近くに潜んでいるはずだ。そう思うと悠長に武器を選んでいる暇はない。国分が無造作に取り上げた武器はアイスピックだった。国分はアイスピックを突き出した状態で構えながら神経を研ぎすませた。

息づかい、鼓動、殺気、体温……。国分は五感の感度を最大限に上げてみたが、なにも感じることはできなかった。額の汗粒が重さにたえきれずこぼれ落ちてくる。椅子の下には筋肉男の死体が転がっている。つま先でかるく蹴飛ばしてみたが動かない。

ふたたび音のした方を眺めてみる。壁に横たわっている影もどうやら人間ではないようだ。やはりあの金属音はトリックに違いない。いったいあの男はどこに潜んでいるというのか？

国分は筋肉男の死体をまたいだ。

その瞬間、足下の影が動いた。右ふくらはぎに電撃のような疼きが突き抜けた。国分はあまりの痛みに呻き声を上げながら倒れ込んだ。アイスピックは手を離れて音を立てながらどこかに転がっていってしまった。足下ではナイフを手にした男の影がふくらはぎの肉をえぐっていた。

「ぎゃああああああ！」

鋭い痛みが足下から脳天まで突き抜ける。国分は叫び声を上げながら逆足で男を蹴飛ばした。男の影はナイフを引き抜くとそのまま国分の上にのしかかってきた。左手で国分の首を絞め上げて右手に握ったナイフを大きく振りかざしている。喉にかかる指の力が強まり国分の気道をしめつけた。国分は男の左手を両手でつかみ必死にほどこうとするが、男も全体重をかけてくるので外すことができない。

男は振りかざしたナイフを一気に振り下ろした。国分は左手一本で男の右手首を受け止めた。左肩に弾けるような痛みが走る。ナイフの刃先が目の前で止まった。受け止めることができなかったら顔面を直撃していただろう。

椅子の足下には筋肉男の死体が転がっていた。転がっているのは一人だけだと決めつけていた。その先入観が国分の認識を狂わせていたのだ。華奢な覆面男は、いつの間にか死体にへばりつくようにして潜んでいたのだ。二人の影は闇の中で癒合《ゆごう》して国分はそれを見抜くことができなかった。男はそこからコインを投げて国分を惑わせ、武器を取りにテーブルに戻ってくるところを狙っていた。見事にはめられたのだ。

男は国分の上に馬乗りになって、ナイフをそのまま刺し込もうとしている。国分は男の手首をつかんでなんとかしのいでいるが、少しでも力を緩めたら刃先は国分の顔面を貫くだろう。国分は歯を食いしばり左腕に全神経を集中させた。男を徐々に上へ押し返す。しかし彼はさらに体重を載せてきた。それに伴いナイフの切っ先は国分の目の前に迫ってきた。男の激しく乱れた息づかいが覆面から漏れてくる。穴からのぞく瞳はうつろな光を放っていた。

「きさまぁ！　奈美をどうしたぁ！」

国分の左肩に激痛が拍動した。国分はうめきながらも力を緩めなかった。あと一センチも下がったらナイフの先端は眼球を切り裂く。左腕が痺れはじめた。男がとどめとばかりにさらに体重を載せてきた。喉をしめつけられて思うように呼吸ができず、意識が朦朧《もうろう》としてきた。傷口の痛みも鈍くなっていく。

もうダメだ……。

そう思ったとき覆面男が激しく咳《せ》き込んだ。そして馬乗りになったまま苦しそうに身をよじらせる。国分の投げたナイフが思いのほか大きなダメージを与えていたようだ。やがて国分は自分にのしかかってくる力が弱まったのを感じた。

「うわあああああ！」

国分は雄叫びを上げながら渾身の力で男を側方へ投げ飛ばした。男は国分のすぐ近くにとばされてナイフを床に落とした。国分はむせ返りながらも必死に床を這《は》ってナイフを拾った。男が国分の足を引っ張り込む。国分は無我夢中で覆面男の顔面にナイフをたたき込んだ。

男は覆面の中からゴボゴボと音を立てながら、水中でおぼれる人のように手足を激しくばたつかせていたが、その動きは徐々に緩慢となりやがて動かなくなった。国分はライターを点火して男の死体を照らしてみた。ナイフの刃先は男の口元を直撃している。刃は前歯を突き破り、舌を切り裂いて喉まで達しているだろう。とても覆面をはいでみる気にはなれなかった。今度は男の衣服を照らしてみる。赤いチェック柄のシャツの胸元にはポケットがついていた。国分は中身を指でさぐってみた。案の定、鍵が入っていた。

国分は左肩を押さえながら立ち上がる。覆面にえぐられた右足にも痛みが走る。国分は満身創痍《まんしんそうい》の体を引きずりながら出口へと向かった。ライターでドアノブ付近を照らしてみると、そこに鍵穴が浮かび上がった。国分は鍵を差し込んだ。穴にぴったりとおさまった。

しかし国分は突然手を止めた。鍵を穴に差し込んだまま、片耳を鉄製の扉に押しつけてみた。外から人の声が聞こえる。そのうちドアがガンガンと響いて、ノブがガチャガチャと乱暴な音を立てた。誰かが外側からドアを開けようとしているのだ。

国分はゆっくりとドアから後ずさった。彼らの仲間がやってきたのだ。あと一瞬早く鍵を回していたら、彼らと対面する羽目になっていた。高揚しかけていた気持ちが熱湯に投げ込まれた氷つぶてのようにしぼんでいく。

国分は扉を前にして爪を噛んだ。外からは三、四人の声が聞こえてくる。二人までならともかく、三人以上ともなるとナイフ一本での突破は不可能だ。ましてや左肩と右足を負傷している。

建物の中はがらんどうで身を隠すような場所はない。暗闇に潜んだとしても懐中電灯で照らされてしまえばすぐに見つかってしまう。天井も配管が通っているだけで、脱出できるような出口は見あたらない。仮にそんなものがあったとしてもハシゴがないから上ることができない。部屋の窓は鉄格子が施されている上、板が打ちつけられて完全に塞がれている。

やがて鉄製の扉が大きな音を上げた。国分は思わず飛び退《の》いた。外の人間が扉に向かってハンマーか何かを叩きつけている。地響きすら伴う衝撃音が国分の肌を震わせる。それとともに金属製の扉は少しずつその形を歪めていった。

時間がない。いずれ彼らはこのドアをぶち破る。頑丈そうな扉だから、今すぐに破られることはないと思うが、それでも数分しか持たないだろう。

「考えろ、考えろ、考えろ、考えろ！」

国分は慌ただしく歩き回りながら自分に言い聞かせた。連中はあと数分で中に入り込んでくる。そしてすぐに異変に気づくだろう。照明ライトは倒れて、破片が散乱している。そして覆面の死体が転がっているのだ。国分は椅子の下に転がっている二人の覆面男を照らしてみた。一人は小柄ながら筋骨隆々としている。もう一人は対照的にスリムな体型だ。こちらは体格的に国分に近い。身長も体重もほぼ同じくらいだろう。国分は思いきって顔面に突き刺さったナイフを抜き取る。硬直した肉がからみついてくるような手応えがあった。抜いたあとも血の糸を引いている。国分は男の覆面を剝いでみた。ライターの炎を近づけて男の顔を確認する。中国人だろうか。肌はタイ人のように浅黒くない。髪は日本人と同じ黒色だ。顔面は口元から吐き出される血で汚されていて、目鼻立ちがはっきりしない。

国分は扉の方を照らしてみた。ゴッゴッと鈍い音を上げながら、先ほどよりさらに歪みを増している。思ったより早く破られそうだ。あと五分もつかどうか分からない。国分には反撃できるだけの力は残っていない。

国分は血まみれになった男の顔を見た。

「神様……ホント、いいかげんにしてくれよ」

第七章

赤シャツのサミーは、ハンマーを打ち下ろすスキンヘッドのたくましい肉体に妬《ねた》みを感じていた。自分は小柄で誰と並んでも貧相にうつる。タイ人の女性は小柄といわれるが、それでも最近は自分より長身な子が多いし、外国人の多いバンコクではさらに貧弱さが際立ってしまう。

そんな赤シャツの思いも知らずか、スキンヘッドはつるつるの頭に汗の粒を浮き上がらせながら、大型のハンマーを打ち込んでいる。あれから五分以上たつがいまだに扉は開かない。それでも金属製のそれは確実に歪んで、枠から外されそうにまでなっている。中に入れるようになるのも時間の問題だろう。

倉庫の中ではコクブという日本人のスナッフフィルムが撮影されているはずだ。あの日本人には特別の思い入れがある。ヤワラーでは尾行をまかれて、クラブでは拳骨を顔面に叩きつけられて、鼻の頭をへし折られた。おかげで顔に包帯が巻きつけられる羽目となった。息をするたびに鼻孔が疼く。できたらこの手であの日本人をなぶり殺してやりたかった。

撮影は筋肉バカのソヌサックと、いけ好かない華僑《かきょう》のワンが担当している。スナッフフィルムなのに、二人ともいっぱしのアーティスト気取りだからたちが悪い。彼らは拷問でも解体でも、一連の残虐行為に顔色一つ変えることはない。彼らはモデルを数日、時には数週間かけてじっくりとなぶり殺す。鋭利な刃物で一刺しするのではなく、刃こぼれのひどいナイフで痛めつけるやり方だ。モデルは口の中にゴム管を丸めたものを放り込まれるので、苦しさのあまり舌をかみ切ることもできない。

彼らはフィルムの最後の最後までモデルを絶命させない。モデルが早々と死んでしまったらフィルムの価値は低くなってしまう。スナッフはモデルの善し悪しはもちろん、殺され方によっても売値は大きく変動する。アーティスト気取りの彼らは、フィルムの出来映えにただならぬこだわりを持っている。気に入らなければ小説家が原稿用紙を丸めるように何度でもボツにする。そのたびにサミーたちは、めぼしいモデルを調達してこなければならない。

彼らは若くて、肌の白い美形の東洋人を好む。特にヤマトナデシコものは闇マーケットでは人気が高く、売値も青天井につり上がる。ワンやソヌサックによって誘拐されたモデルはその美しい肉体をキャンバスにして鮮やかな血肉で彩られていく。そんな彼らのファンは世界中にいる。彼らははるばるバンコクまでやって来て目もくらむような大金をつぎ込むのだ。中でもきわめつけは殺人生ライブだ。このショーにはかなりの大金が動くという。タイの警察や軍人にも顧客は多いと聞く。サミーには理解できなかった。こんなことに湯水のごとく大金をはたく人間たちを。

それ以上に分からないのが自分の属している組織のことだ。名前も本体も知らないが、言われたとおりの仕事をすれば決して少なくない金を手にできる。言われたとおりといっても汚れた仕事がほとんどだ。しかし今の待遇に不満はない。そしてこのつかみ所のない組織を抜けようとは思わないことにしている。組織を裏切るようなことがあれば必ず消される。連中はどんなに時間と経費をかけようと必ず居所《いどころ》を捜し出す。どういうシステムになっているのか分からないが、あらゆる方面にかなりのネットワークを持っているらしい。黒幕が誰で、どれほどの規模の組織なのかサミーにはまったく窺い知れないことだった。

「死にたくなければ興味を持つな」とよくスキンヘッドに言われていた。そのスキンヘッドも組織のことはまったく把握していないらしい。人を殺してその死体が上がっても、どうやら警察がもみ消してくれる。ただのチンピラの集まりとは違うのはたしかだ。

サミーはスキンヘッドとロングヘアーを後ろで束ねた若造のチャン、運転手のノックの四人で撮影の進捗《しんちょく》を確認しに来た。下手をするとまたモデルを調達してこなければならない。撮影中は鍵を閉めておくのが鉄則だが、こちらの合図に応答がないのはおかしい。ワンたちが返り討ちにあったのか。まさか。コクブはきつく縛り上げられていたはずだ。

突然、大きな衝撃音が辺り一面に響き渡った。扉を破ったようだ。周囲は閉鎖された工場地帯で今は人気がない。そこの倉庫を撮影スタジオに当てているのだ。辺りはすっかり暗くなっていて、通りを素通りする車さえ見られない。大きな音を出しても問題はない。もっとも目撃者が出たところで始末してしまえば済むことだが。

サミーたち四人は倉庫の中に入った。内部は闇が沈殿していた。生臭い空気が淀《よど》んでいる。サミーの鼻が疼いた。四人は懐中電灯を照らして周囲を探った。

赤シャツのサミーは目を疑った。照明ライトは粉々に砕けて、埃の積もった床には男たちが倒れている。サミーたちは倒れている男たちをひとりひとり確認してみた。筋肉男のソヌサックの眼窩にはナイフが深々と突き刺さっている。どうやら絶命しているようだ。ロングヘアーを後ろで束ねたチャンが首を横にふった。

サミーは一番奥に倒れている男の顔を照らし出して思わず顔を背けた。男の顔はメチャクチャに切り刻まれていて、目も鼻も口も分からない有様だ。頬が大きく切り裂かれて、その隙間から歯がのぞいている。白いポロシャツの大部分は血を吸い込んで男の肌にはりついていた。このポロシャツはワンのものではない。覆面もしていないからこれがコクブだ。サミーは顔をしかめた。何もここまでやらなくても。ワンとソヌサックはやはり異常だ。

「おい！　ワンは生きてるぞ！」

ノックが一同に向かって叫んだ。サミーたちの懐中電灯が一斉にワンの姿を照らし出した。ワンは覆面からのぞかせた目を眩しそうに細めた。彼は手をかざしながら立ち上がると、足をかばいながら扉に向かって歩き出した。サミーがワンの足に向かってライトを向ける。ワンのズボンのふくらはぎあたりが血で染まっていた。コクブの反撃を受けたのだろう。ノックとスキンヘッドがワンの両肩を抱えて、外に止めてあるワンボックスカーまで運んでいった。

若造のチャンはビデオカメラを回収する。ふたたびスキンヘッドがポリタンクを抱えて戻ってきた。彼は中身を倉庫の中にまき散らした。ガソリンの刺激臭でサミーの折れた鼻はまたもや疼いた。スキンヘッドに急かされながら倉庫をあとにすると、背後からオレンジ色の光が上がった。スキンヘッドが火を放ったのだ。やがて空気を詰めたナイロン袋が割れるような破裂音とともに、窓から炎が飛びだした。

スキンヘッドとサミーはワンボックスに乗り込んだ。スキンヘッドとチャンは一番後ろの席、ノックは運転席、サミーは覆面のワンと隣り合って真ん中の席に座った。サミーは乗り込むとスライド式のドアを閉める。それを合図に、車はタイヤをきしませながら発車した。

隣を見るとワンが窓ガラスに頭をもたれながらおとなしくしている。覆面からのぞく目は虚ろとしていた。無理もないことだ。これからセント・ジョーンズ病院に出向いて、ドクター・ラウにこの状況を報告しなければならない。彼の銀色の瞳は睨まれると思わず居《い》竦《すく》んでしまう迫力がある。ドクターは部下の失態を絶対に許さない。サミーだけでなく、ワンもここにいる他の連中もドクターのことは心底恐れている。それを思うと、いけ好かない男だが少しだけ同情心も沸いてくる。赤シャツのサミーはそんな彼に向かって、

「ワン。そろそろ覆面を取ったらどうだ。鬱陶《うっとう》しいだろ」

と声をかけた。

第八章

国分は隣に座っている赤シャツを見た。彼はタイ語で国分に話しかけてきた。手で覆面を剝ぐような仕草を見せているから、そうせよと言っているのだろう。国分は首を横にふった。

彼らは国分のことを仲間だと思いこんでいる。中国系の覆面男の顔を見分けがつかないほどにナイフで切り裂いて、身につけているものを交換して、自分の身代わりに立てた。一連の作業は酸鼻《さんび》を極めたが他に選択肢がなかった。それにここ一日で目の当たりにした猟奇の数々が、国分の感覚を麻痺させていたのかもしれない。そしてこの覆面が国分の命綱。これを剝がされたら終わりだ。

「ヘイ!」

隣の赤シャツが陽気な顔をして覆面を指さす。「鬱陶しいから取ってしまえよ」と言っているのが分かる。国分は適当に相づちを返しながら車内を見回した。出口となるドアは赤シャツをはさんで向こう側にある。武器は持っていないし、敵は運転手を入れて四人もいる。それにナイフでえぐられた右足の傷は深いようで、首尾よく外に出られたとしても、走ることはおろか歩くことさえままならない。シャワー室でえぐられた左肩からは血がにじみ出て、疼痛を通り越して麻痺し始めている。

後ろには屈強そうなスキンヘッドの男と、ロングヘアーを後ろでまとめた若い男が座っている。スキンヘッドは携帯電話で誰かに連絡している。おそらく仲間に状況を報告しているのだろう。前には運転手一人だけで助手席には誰もいない。

運転手は時折後ろをふり向いては愛想のよい笑みを送ってくる。車内はいたって和やかな雰囲気だった。とてもスナッフの現場処理をしてきた連中とは思えない。ラジオではDJがタイ語で何かわめいている。運転手は笑い声を上げていた。

国分は赤シャツをじっと見つめる。国分が潰した鼻に包帯を巻いた彼は、先ほどから笑顔を絶やさない。多くの人を地獄に送ってきたとは思えないほどに屈託のない笑顔だった。しかしいつまでも覆面を取らないわけにもいかない。国分が覆面を剝いだとき、彼の陽気な笑顔は凍りつくだろう。

「ヘイ、ヘイ、ヘイ」

なおも赤シャツは執拗《しつよう》に覆面を脱ぐよう言ってくる。スナッフフィルムの撮影現場からは何とか脱出できたが、それも一時的な延命に過ぎない。自分は敵のまっただ中にいるのだ。国分は笑顔でうなずいてみせた。しかし覆面を被っていては笑顔など何の意味もない。

武器もないし、ケガもしているし、敵に囲まれて身動きが取れない。そして何より、この状況を打破するアイディアが浮かばない。

絶体絶命……。

突然、後ろに座っているスキンヘッドが身を乗り出してきた。顔面が急に涼しくなった。気がついたときには覆面をはぎ取られていた。後ろで笑い声がする。どうやらふざけての行為らしい。女の子のスカートをめくるような感覚なのだろう。国分はあっけなく自分の素顔を晒すこととなった。

自分はどんな顔をして赤シャツと向き合っているのだろう。

終わった。これで俺も終わりだ。

国分は観念した。

もはやどうにもならない。不意打ちを食らわせてここを脱出したところで、この足では逃げることも叶わない。すべては終わったのだ。結局、奈美の姿すら拝むことができなかった。

しかし赤シャツは、国分の顔を見て愉快そうに笑い始めた。他の連中も笑っている。国分には彼らの笑いが理解できなかった。死んだはずの男が目の前にいるという驚きを通り越したときの笑いではなくて、それこそいたずらで女の子のスカートをめくったあとのように和やかなものだった。これには国分もただつられて笑うしかなかった。

赤シャツはスキンヘッドからタオルを受け取ると国分に投げてよこした。「顔を拭け」ということらしい。そして笑顔を残しながら正面へ向き直った。国分を押さえつけようという意志はないらしい。言われたとおり、国分はタオルを自分の顔に押しつけて軽く拭ってみた。真っ白なタオルには、赤い墨で描いた魚拓のように国分の顔が浮かび上がっていた。

血だ。

国分は血をたっぷりと吸い込んだ覆面をずっと被っていた。国分の顔は血で真っ赤に染められていたのだ。そしてここでも彼らの先入観が認識を大いに狂わせた。彼らにしてみれば今ごろ灰になっている国分がこんな場所にいるはずがない。だから血で染まった仲間の変わり果てた姿だと誤認したのだ。

国分は車窓を眺めるふりをして赤シャツに背を向けた。タオルを顔に当てる動作をしながら口元を隠した。

一難去った。しかし危険な状況にあるのは変わりない。一時的に命拾いをしたに過ぎない。国分の最期が少しだけ先送りされただけなのだ。外は墨汁をこぼしたようにまっくらだ。ヘッドライトに切り取られた一部の風景だけが流れていく。車は両側をジャングルに囲まれた一本道を疾走している。バンコクの中心から離れているのは間違いないだろう。このワンボックスカーはどこに向かっているのか見当もつかない。しかし目的地に着いてしまえばもうごまかしはきかない。国分が生き延びるためにはどうしてもこの車から脱出するしかない。

暗闇に奈美の笑顔が浮かんだ。結局、彼女はどうなってしまったのだろう。しかしここから逃げ出さないことには彼女の無事はありえない。自分が死んでしまえば誰が彼女を救えるというのだ。そのためには生きてここを脱出しなければならない。

国分は目の動きだけで車内の様子を窺った。後部席の二人はいつの間にか寝入っている。スキンヘッドは鼾《いびき》をかいていた。隣の赤シャツもうつらうつらと頭を揺らしている。

このまま赤シャツを乗り越えて、スライドドアから外に飛び出したとしても、負傷している状態では逃げることもままならない。目を覚ました彼らにすぐに連れ戻されてしまうだろう。連中全員に致命的なダメージを与えてなおかつここから脱出できる方法は……。

一つだけしかない。

しかし危険すぎる。

こちらも命を落とすかもしれない。

しかしこのままではいずれ殺される。賭けてみるしかない。

「当たって砕けろ……か」

国分はタオルで顔をこすった。口の中に血の味が広がった。タオルは赤く染まっている。

国分は運転席のコンソールパネルを覗き見た。スピードメーターは時速百キロをこえている。ワンボックスはまっすぐな一本道を快調にとばしている。

国分は運転席のバックミラーに視線を向ける。鼻歌交じりのご機嫌な運転手と目があった。男はしばらくミラーを通して国分を見つめていたが、その表情は徐々に強ばっていった。男の視線が前方とミラーを交互にさまよう。国分はミラー越しに運転手を睨め付けた。男は目を細めて国分を見澄ます。まだ混乱しているようだ。死んだはずの男が映っているのだから無理もない。

国分はミラーに向かって笑って見せた。男は目をむいたまま固まっている。そして大声を上げた。どうやら事態を飲み込めたらしい。運転に集中するべきか、国分をどうにかするべきか、彼の中で葛藤《かっとう》が生じているのだろう。後ろをふり返ったり、前に向き直ったりと自分の取るべき行動を決めかねていた。

国分は運転席に身を乗り出し片手でハンドルをつかんで、もう一方で男の目を塞いでやった。左肩に引き裂かれるような痛みが走る。車は大きく揺れたが、男が必死になってハンドルを立て直そうとする。国分は体重をかけて男の握っているハンドルを横に切ろうとする。タイヤがきしみを上げながら、車体は倒れそうなほどに傾いた。顔面に男の拳がとんできて、国分の鼻梁《びりょう》にヒットする。一瞬目の前に火花が散ったが、国分は手を離さなかった。お返しに肘うちを男の顔面に食らわせた。ハンドルを握る力が弱まった。国分はさらに体重をかける。後ろから誰かが足を引っ張った。赤シャツが目を覚ましたようだ。国分はもう一度肘うちを運転手に食らわせた。何かが砕けるような感触が伝わってくる。運転手はたまらずハンドルを離して鼻を押さえこんだ。

咄嗟にブレーキを踏んだようだ。タイヤのきしみはいっそう高まり車体は大きく左右に揺れる。国分は衝撃とともに前に投げ出された。顔を上げると目の前には中央分離帯が迫っていた。スピードメーターはこの時点で百キロをこえていた。運転手の引き裂くような叫び声が聞こえた。

国分はシートにしがみついて目を強く閉じた。破局的な衝撃はこの後すぐに襲ってきた。

第九章

「ふん。若いけど器量が今ひとつね。モデルにはちょっと使えないわ。ドクターもどうしてこんな子を連れてきちゃうのかしら」

白衣姿の中年のナースは不格好に太くて短い指で、子犬のように怯《おび》えている若い女の顎《あご》をつまみ上げた。女は青白い顔を向けて肩をふるわせている。スリップ一枚しか身につけていない。

「お願い……タスケテ……」

「どうする？　サユリ」

ナースは女のすがるような声を無視してサユリに言った。ナースの真っ赤な口紅を塗りたくった分厚い唇が底意地悪そうに歪む。サユリは床にうずくまっている女を見下ろした。手首は鎖でつながれて壁に固定されている。鉄格子の入った小さな窓が一つしかない小部屋に監禁されてもう十日を過ぎた。艶のない髪は乱れて、着衣にも汚れが目立つ。黒煙に晒《さら》したような煤《すす》けた顔には垢《あか》が浮いている。彼女のスリップも穴があいたり糸が解《ほつ》れたりして彼女と同様に消耗しているようだ。もともとシルクのようだったそれは体液を吸い込んで黄色や茶色が滲んでいる。

「この子、体格がいいわ。若いし体力がありそうね。『獲物』に向いていると思う。もうすぐ『密猟』があるでしょう、広子さん」

広子と呼ばれたナースは女の身体を眺めると納得したように頷《うなず》いた。部屋の中は薄暗く、アンモニア臭がつんと鼻を突く。天井と四方をコンクリートで固められた、殺風景な部屋の隅には便器が設置されている。仕切もトイレットペーパーもない。一つしかない出入りのドアには食事を出し入れする小窓がついている。頑丈なこのドアは外から鍵をかければ中からは開けることができない。この病院の地下には似たような部屋が無数に並んでいる。表向きは重症患者の病室とされているが、ここへ閉じこめられてから発狂した者がほとんどだ。

「そうね、サユリ。『獲物』がいい。この子ならハンターたちを楽しませてやれそうだわ」

広子はゆっくりと立ち上がるとサユリに向かって微笑《ほほえ》んだ。切れ長の瞼《まぶた》の奥で異様に小さな黒目が泥のように淀んでいる。顔はガマガエルだが瞳には邪悪が宿っている。きっと自分もそんな目をしているのだろうとサユリは思った。

「ねえ……。『獲物』ってなに？　『ハンター』ってなんなの？　あなたたち、あたしを一体どうするつもりなの？」

女の瞳から涙があふれ出した。目の下の大きなクマがぐっしょりと濡れている。涙には砂埃《すなぼこり》が混じって薄黒くなっていた。

「あんたさぁ。運が良いわよ。美人は得だって言うでしょ。でもここでは違うわ。きれいな女ほどひどい目に遭うの。あんたも、もうちょっと美人だったら今ごろ『加工』されていたんだよ。ブスに生んでくれたご両親に感謝なさい」

広子はそう言って下品な笑い声を立てた。女は絶望に顔を歪《ゆが》めるとそのままうなだれた。広子はそんな彼女を見て肩をすくめると、「お先に」と言い残して部屋の外へ出て行った。

狭い空間にサユリと女が残された。

「あなた……日本人なんでしょ？　どうしてこんなひどいことをするの？　どうしてよ？」

広子が出て行くと女はゆっくりと顔を上げてサユリを睨《ね》め付けた。サユリは女の攻撃的な視線を冷めた思いで受け止めた。

「世の中には二種類の人間がいるの。食う者と食われる者よ。あなたは食われるサイドの人間だった。ただそれだけのこと」

サユリの態度を見てこれ以上の議論は無駄だと思ったのか、女は反発的な視線を取り下げて媚《こ》びるような表情を向けた。

「ねえ、あたしたち同じ日本人でしょう。それも同年代よ。お願いだからここから出して。

なんでもするから。あたしの父親は大きな会社の社長なの。お金だったらいくらでも払えるわ。あたしのためだったら一千万でも二千万でも出すはずよ」

「悪いけどもっと大きなお金が動くのよ。桁が一つ違うわ。それにどんなにお金を積んでもあなたの運命は変わらない」

「なんなのよぉ、それ？」

サユリはすがりつくような女の視線に向かってため息を吐きだした。

「はいはい、分かったわ。あなたの今後を教えてあげましょう。あなたはもうすぐある島に送られる。そこで生き残ることができたら家に帰れるわ。そんななまった身体では厳しいわよ。出された食事はきちんと食べて、こんな汚いところだけど身体を鍛えるの。強い気持ちを持たなくちゃだめよ」

「島って？　生き残るってどういうこと？　さっきの『獲物』と関係あるの？」

女は怯えた目を向けてサユリに尋ねた。サユリは小さくかぶりをふったまま何も答えなかった。彼女はマンハンティングの獲物になる。後日、インドネシアの孤島に送られて放し飼いにされる。彼女以外にも、そんな男女数人がこの病院には監禁されている。その島に獣狩りに飽きたハンターが彼女たちを狩りにやって来る。もちろん獲物たちに武器はない。丸腰のまま森の中をさまようだけだ。絶海の孤島に逃げ場はない。そんな状況で生き残るなどありえないし、その前例はないと広子から聞いたことがある。彼女が家に帰ることのできる確率などゼロに等しい。

サユリは怯えるだけの女に苛立ちを感じた。

生きたいのならなんとか自分で逃げ切りなさい。頼りになるのは自分だけ。誰も助けてなんてくれないわ。

サユリはこみ上げてきそうになる言葉を飲み込んだ。絶望にうちひしがれる女に憐憫《れんびん》や哀れみを感じない。日ごとに心の中の陽の当たらない場所が広がっていく。すべてが闇に塗りつぶされるまでそれほど時間はかからないだろう。そのとき自分は本当の鬼になるのだ。

「ねえ、ここはどこなのよ?」

女の声が部屋を出て行こうとするサユリの背中に追いついた。サユリは顔だけ向けると素っ気ない声で答えた。

「セント・ジョーンズ病院よ」

「病院なの?」

「表向きはね」

部屋を出ると、廊下には広子が立っていた。

「彼女、父親が大きな会社の社長って言ってたわ。もし力のある人だったら大丈夫かしら?」

「問題ないわ。若い娘が旅行中に失踪することは珍しいことじゃないでしょ。それよりドクター・ラウがお呼びよ」

ドクターの名前を聞いてサユリの顔が強ばった。あの銀色の瞳を前にするだけで、何本ものカミソリを体中に沿わされているような気分になる。初めて彼を見たときは体が居竦《いすく》んでしまい逃げることが出来なかった。

「サユリ、急ぎましょ。殺されないうちに」

広子はサユリの思いをくんだのか背中を軽く押して言った。二人は地下室入り口の守衛に声をかけて階段を上った。一階に出ると消毒の臭いにあふれる清潔な病院の風景が広がった。ここの患者の多くは、自分たちや家族の病気を治してくれるありがたい病院だと信じて疑わない。今日も多くの患者たちであふれている。たしかにこの病院は多くの人間の命を救ってきたし、医療に熱心な医師も多い。しかし裏では少なからずの人間を地獄に陥れている。この白亜の建物には壁一枚、床一枚隔てて天使と悪魔が同居しているのだ。セント・ジョーンズ病院という天使の顔は、悪魔を隠すカモフラージュに過ぎない。

広子が部屋をノックして入ると、白衣姿の長身な男が窓の外を眺めながら立っていた。彼の周囲には、目には見えない禍々《まがまが》しい黒い霧が立ちこめている。

「ド、ドクター・ラウ」

広子がうわずった声をかけるとドクターはゆっくりと二人に向いた。ドクターの視線を受け止めてサユリは身をすくめた。銀色の瞳から発せられる冷えた眼光は鋭利なメスの輝きのように、突きつけられると身動きがとれなくなる。瞳の中で小さな生き物が泳いでいるように銀色の虹彩《こうさい》がうごめいている。

ドクター・ラウは広子と会話を始めた。タイ語なのでサユリには内容が分からなかった。だから広子の隣に立っているしかない。ドクターの唇がめくれて犬歯が姿をのぞかせる。乳白色のそれは獣の牙のように不自然に鋭く尖っていて大きい。邪悪な波動でみなぎった姿は魔人を思わせた。

「あの男の情報よ。アマリホテルで目撃情報があがったの」

広子がサユリに顔を向けて言った。「あの男」と言うときにどこか挑発的な目つきをした。ドクターもサユリの表情の変化を探るように見つめている。サユリはつとめて無表情を決め込んだ。

「捕まえたの？」

「いいえ。どうやら人違いだったみたいね。ドクターたちがかけつけてみたら全くの別人だった、みたいよ」

「もう彼は生きてないのかも。死んでしまったのかもしれないわ」

サユリはそう思っていた。

「あの国分という男を甘く見ない方がいいわ。あの男には死線をくぐり抜ける天賦《てんぷ》の才能を感じるわ。あれだけ我々とニアミスをくり返しておきながらいつも逃げられてしまう。きっと危険を察知するセンサーを持っているのよ」

「でもあれほどの事故で本当に生きてられるの？」

サユリはバンコク北部の村を通る国道の事故現場を掲載した雑誌を思い出した。両側をジャングルに挟まれた広い車道だった。ワンボックスは中央分離帯に激突して吹っ飛んだようで、残骸は獣の轢死体《れきしたい》のようにその原形をとどめていなかった。アスファルトには引きずって削られたあとがくっきりと残っていた。分離帯の鉄柱は飴のようにグニャリと曲がり、路面から土台が押し出されていた。アスファルトの傷は二十メートル以上も続き、車体はジャングルの中に突っ込んでいた。車内からはサミーたち四人の死体が見つかった。クライムマガジンと呼ばれるその雑誌は変わり果てた彼らの死骸を鮮明に掲載していた。タイの雑誌では珍しいことではない。

カーブのない、見通しのよい道路なのにどうして事故を起こしたのか。その後、車内からデジタルビデオカメラが見つかった。あの男——国分隆史のスナッフフィルムだ。カメラ本体もかなりの損傷を受けていたが、データが記録されているメモリは無事だったようだ。

しかしそこには思いもよらないシーンが記録されていた。国分が束縛から抜け出して、ワンとソヌサックを返り討ちにしてしまったのだ。カメラはずっと回り続けていたが照明が倒されてしまったので、画面は暗いままで音声だけが記録されていた。やがてサミーたちが入り込んできた。彼らのやりとりから類推《るいすい》するに、どうやら変装した国分をワンだと思いこんでワンボックスに乗せたらしい。疾走する車内でどのようなやりとりがあったか分からないが、事故は国分によって引き起こされたのだろう。現場にはサミーたちの死体が散らばっていたが、国分だけが見つからなかった。

ドクターたちは手を尽くしたが国分は姿を消した。国外に出た形跡はない。顔を変えてパスポートを偽造したという見方もあったが、それをするには裏社会を通さなければならない。そうすればどうしたってドクターの耳に入るはずだ。あれから一年が過ぎ、ようやく目撃情報が入ってきた。

「サユリ……。国分はもう一年も姿を見せない。おそらくどこかに潜んであんたのことを探っているわ。まさかあんた……。裏切るつもりじゃないでしょうね？」

広子がサユリの肩に手をのせて、意地悪そうに顔を覗き込んできた。ドクターも銀色の眼光を突きさしてくる。サユリは細い息を吐き出した。

あれから一年もたつのか……。

そう……ワンボックスカーの事故から一年がたっていた。国分が姿を消してから一年が過ぎていた。

「ばかばかしい。わたしには関係のない人間よ」

サユリは答えた。するとドクターが声をかけてきた。タイ語なので何を言っているのか分からない。

「国分はあんたの手で殺せって。組織の指令よ」

広子が通訳する。組織というが、名前すら知らされていないしその本体も見えない。広子はもちろん、ドクター・ラウですらその実体を把握していないようだ。サユリも彼らも、さらにはこの病院も末端に過ぎない。

「あんたはもう昔のあんたじゃないのよ。ほら、鏡で自分の顔を見てごらんなさい。あんただって昔の顔を憶えていないでしょ」

サユリは鏡に自分の姿を写しこんでみた。そこにはいまだ見慣れない女の姿があった。鏡に写るたびにまるで他人と向き合っているような気分になる。顎はカンナで削られたように尖って、目鼻は彫刻刀で彫りだされたようにシャープに整っている。瞳は冷たい光を放ち、笑っているつもりもないのに冷めた笑みをたたえている。すべてが作り物めいていてセルロイド人形のように体温を感じない。

心の中の魔の部分が広がっていくたびに体温が消えていく。最近は人の命を奪っても恐怖を感じなくなった。組織からこの顔と声を与えられてから半年がたつ。本来なら加工されるか殺される運命だった。しかし魔の道を選ぶことにより生きながらえることを許された。しかしそれは人間であることを捨てることに等しかった。

「わたしはサユリ……。若槻奈美はもう死んだわ」

サユリは耳たぶを揉《も》みながら、鏡に向かってつぶやいた。

＊＊＊＊

国分と離れた奈美は幼児を抱きかかえて人混みの中に入った。ヤワラーの路地は人でごった返し、交差点では行き交う人々の塊の中に強引に体を押し込まないと前に進めなかった。奈美は男の子が押しつぶされないようにかばいながら周囲を見回す。男の子の親らしい人間は見あたらない。十メートルほど進んで、今来たところをふり返った。雑踏《ざっとう》のカーテンがその景色をかき消している。国分の姿もまったく分からなかった。

迷子になったというのに男の子はご機嫌だ。無邪気に笑いながら奈美の髪の毛を触っている。どんぐりのような目がかわいい男の子に向かって微笑みながらあたりをさがした。こうやって男の子が目立つように抱きかかえて歩いていれば、いつかは親の目にとまるだろう。

時計を見ると国分と別れてから十五分たっていた。兄のマモルとの待ち合わせ時間がある。カオサンまでそう遠くないと思うが、それでもあと三十分前後でここを出なければならないだろう。かといってこの子を連れて行くわけにも、置いていくわけにもいかない。付近に警察署はないだろうか。もし間に合わないようであれば、そこに預けるしかない。

「あ……」

突然、からだが軽くなった。あわてて背後を見上げると、長身の男が幼児を抱きかかえていた。この男がいきなり奈美から子供を取り上げたのだ。男の子と同じ褐色の肌からして父親だろう。

「よかった」

奈美はホッと胸をなで下ろした。しかし子供は必死になって男の抱擁《ほうよう》から逃れようと、泣きそうな顔をしてもがいている。

奈美は男の目を見て居竦んだ。男の瞳は銀色だった。いつか映画で見た暗闇に光る狼の瞳に似ていた。凶暴と冷酷が同居した獣のような目。見つめられるだけで呼吸が苦しくなってくる。逃げだそうにも力が入らないし、国分の名前を叫ぼうにも声が出せない。男は薄い唇から牙のような犬歯を見せて笑うと、奈美の腰に硬い金属を押しつけてきた。恐る恐る見下ろすと、男と奈美の体に挟まれたそれは重苦しい黒の塊だった。実物を目にするのは初めてなのにそれが拳銃だと分かった。男の手の甲にはサソリのタトゥーが入っていた。奈美は男がこの子の父親でないことを確信した。

「お願い。子供だけは離してあげて」

奈美はやっとの思いで声をふりしぼった。すると男は抱いていた子供を地面におろす。男の子はゼンマイ仕掛けの人形のように、おぼつかない足取りで歩き始めた。そしてやがては人混みの中に消えていった。あの人混みの向こうには国分がいるはずだ。

「タカ、助けて……」

奈美は子供の消えた方に向かって何度も何度も強く念じた。

やがて男は体をさらに密着させて拳銃を周囲から隠した。そのまま進めと言わんばかりに奈美を前方へ押し出す。奈美は言われるがままゆっくりと歩き始めた。

大声で叫んで助けを呼ぼう。

しかし腰に押しつけられた拳銃が恐ろしくてそれもできなかった。冷たい銃口に体温を吸い取られてしまったかのように体中が冷たく感じる。下腹部あたりがしめつけられて尿意がこみ上げてきたがどうにもできない。気が張りつめてしまい涙すら出てこない。

奈美と男は路地の雑踏を抜けると大通りに出た。背後から国分が追いかけてくる気配はない。このままでは本当に誘拐されてしまう。奈美は襲ってくるパニックに必死に抗《あらが》った。落ち着け。落ち着け。

やがて奈美の目の前に一台の白いワンボックスカーが滑り込んできた。後部席のスライドドアが開くと中には数人の男たちが乗っていた。男たちは一斉に手を伸ばすと奈美の体を車内に引きずり込んだ。声をあげる間もなく奈美は車内に取り込まれた。それと同時に車は発進する。ガラス全面にスモークシートが貼りつけてあるので外からは見えないのだろう。誰も異変に気づかず通り過ぎていく。国分の姿も見えなかった。奈美の頭の中に絶望の黒い靄《もや》が渦巻いた。

これから一体何をされるのだろう、どうなってしまうのだろう。

やがて男たちに手足を縛られタオルのようなもので口を塞がれた。耐え難い恐怖から逃げ出したいという思いが、奈美の意識を気絶の闇に導いた。

どのくらい時間がたっただろう……。

目を覚ますとそこは薄暗い部屋だった。奈美は冷たい床の上にスリップ一枚で倒れていた。起きあがるとそこはコンクリートで密閉された部屋だった。広さは六畳ほどで、たった一つしかない窓には鉄格子が嵌《は》め込んである。部屋の隅にはタイ式の汚い便器が設置されている。電気はなく、窓からの月明かりだけが唯一の光源だった。よくみるとうっすらとした闇の中にもう一人、女が壁に背をつけて座っていた。奈美と同じようにスリップ一枚を身につけている。

「ねえ。ここはどこ？」

奈美はその女性に近づいて声をかけた。しかし女は何も答えない。奈美が顔を近づけてみると、女は視点の定まらない虚ろな目をさまよわせていた。どうやら彼女は日本人だ。ただならぬ場所に監禁されているが、同じ日本人女性の存在が安堵《あんど》感を呼んだ。

「わたしは若槻奈美。あなたは？」

女は相変わらず惚《ほう》けた表情で虚空を見つめている。視線は奈美のそれに交わらない。目の前の奈美に気づいていないようだった。目の下には大きなクマができて、髪の毛も艶がなくボサボサの状態だ。饐《す》えた体臭が奈美の鼻を突く。身につけているスリップも所々がすり切れて、汗染みが広がっている。長い期間ここに監禁されていたようだ。その間、シャワーも浴びさせてもらえなかったのだろう。

ときどきわけの分からないことをつぶやいては不気味に笑う。年齢は奈美と同じほどなのにその顔はまるで老婆に見えた。何度呼びかけてもまともに応じない。視線は彼女にしか見えないハエの大群をひたすら追っているように小刻みに振動しては、ときどきそのハエをつかみ取ろうと虚空に手を伸ばす。

腕には何回も注射を打ったような痣《あざ》がある。彼女の状態からして明らかに覚醒剤を打たれている。それもかなりの量だ。体は若い女性なのに、見た目は老婆で中身は幼女だ。いったい誰が彼女をこんな姿にしたのだろう。

鉄格子の窓と向かい合うようにして鉄製の扉が嵌め込まれている。奈美はドアの前に立ってノブを回してみる。案の定、外側から鍵がかかっているようでびくともしない。奈美は扉に耳を押しつけて外の様子をさぐってみた。情緒や理性が欠落したわめき声が聞こえてくる。

部屋の片隅にうずくまって途方に暮れていると、扉の鍵が外れる音がした。顔を上げると白衣を着た男女が入ってきた。男の瞳はこの薄暗い部屋の中でも銀色に光っていた。ヤワラーで奈美を拉致《らち》した男だ。もう一人の女は童話に出てくるヒキガエルの化身のような、醜く底意地悪い顔をしている。陰湿な目つきで奈美を見下すと真っ赤な口紅をゆがめて笑った。二人が立っている風景は怖い絵本の表紙のように見えた。

「ようこそ、セント・ジョーンズ病院へ。わたしはあなたの担当ナースよ。広子って呼んでちょうだい。それでこちらがドクター・ラウ。もうご存じよね」

広子と名乗ったナースは中年の日本人だった。ドクターの方は注射器を取りだして薬液を注射針から飛ばしている。そして足もとにうずくまっている女の腕に針を突き刺した。

「それ覚醒剤でしょ、なんてことするの！」

奈美が止めに入ったが、広子に髪の毛を乱暴に引っぱられた。でっぷりと太った広子は粘土のように顔に化粧を塗りたくっていた。香水のきつい臭いが奈美の鼻孔を刺激した。

ドクターは薬液をすべて注入すると乱暴に針を抜き取った。女の方は相変わらず惚けた表情をしている。

「あなたたちは一体何なの？　あたしたちをどうするつもり？」

奈美は涙声で広子を見上げた。広子はそんな奈美の反応を楽しむように見下ろしている。

「あんたたちがどうなるかは私たちの決めることではないから。どちらにしてもロクなことにはならない。それは保証してあげる」

広子が下品な声をあげて笑った。奈美は何が起こっているのかまだ理解できなかった。誘拐された自分がどうして病院の中で監禁されているのか。

「ここは病院でしょ？　病院って人の命を助けるところよね。あなたたちも医者やナースならどうしてこんなひどいことをするの！」

奈美の問いかけはわめきに近かった。親にもぶたれたことのない奈美にとってこんな仕打ちは考えたこともないことだった。

「表向きはホスピタルなんだけどね。ここが本当は何をするところか知りたい？　でも知らない方があんたのためだわ」

広子は太い体を揺すって笑った。笑い方のバリエーションの多い女だ。

「あたしたちは殺されるの？」

「その方がずっと幸せかもね」

広子は親指を立てて首を掻き切る仕草をしながらニヤリと笑った。やがて隣に立っていたドクターが広子に耳打ちすると、彼はそのまま部屋を出て行った。

「しばらくここがあんたたちの部屋になるから。汚いところだけど我慢してね。食事を一日二回、そこの小窓に置いておくわ」

広子は扉の下についている小窓を指さした。猫が一匹通れるほどの大きさだ。

「あんたたちの運命はおって通告するわ。言っておくけど今が一番幸せよ。じゃあ、ごゆっくり」

広子はさっさと部屋を出ると、扉を閉めて鍵をかけた。奈美はすぐに扉に飛びついたがびくともしなかった。外からは狂気じみた叫び声が聞こえてくる。

やはり自分は誘拐されたのだ。しかし誘拐した旅行者を監禁しておくセント・ジョーンズ病院とはいったい何なのか。あの二人も医療に携《たずさ》わる人間の格好をしていたし、この建物もおそらく重症患者の病棟だろう。

奈美は壁にもたれかかったまま座り込んだ。もう一人のルームメイトは完全に精神を病んでいる。毎日のようにクスリを打たれて情緒が壊されてしまったのだろう。先輩である彼女に、この病院や広子たちのアウトラインを聞きだそうにもまともな返答は期待できない。広子というナースは、しばらくここが奈美の部屋になると言っていた。そのしばらくが過ぎたら自分はどうなってしまうのか。奈美は窓を見上げた。鉄格子が絶望感をあおる。

ましてや便器など何の隔壁もなくむき出しのまま設置されている。シャワーどころか電気もなく、これでは昼間でも薄暗い。

タカは今ごろどうしているのだろう。ちゃんと警察にかけあってくれただろうか。彼らがここを突き止めるまで何日かかるのだろう。両親は、妹は、そしてカオサンで待っている兄は。きっと心配しているに違いない。自分はこんな所にいつまで監禁されるのか。

そんなことを考えると気がおかしくなってしまいそうだった。現に精神を病んでしまった女が目の前にいる。こんな蒸し風呂みたいな部屋で、彼女は寒そうに肩を抱いて震えている。ギラギラした視線は相変わらず薄い暗闇の中をさまよっている。

「ケンジくん……」

突然、彼女が虚空に向かってつぶやいた。

「ケンジくん？」奈美は彼女に近づいて腰を下ろした。そして寒そうに震えている彼女の肩をそっと抱いてやる。

「ケンジくんって誰？　あなたの彼氏なの？」

奈美は優しく話しかけた。しかし彼女は何度も「ケンジくん」とつぶやくだけで、奈美の問いかけには反応しない。それでも奈美は根気よく彼女に呼びかけた。一方通行の会話が何時間続いただろうか。

「マユ……ケンジくんに……会いたいよ……」

女が蚊の鳴くような声でつぶやいた。奈美は彼女を強く抱き寄せた。

「あなた、マユちゃんっていうのね。大丈夫、もうすぐ助けが来るわ。タカが必ずここを見つけ出してくれるから。絶対に」

奈美はマユに向かって強く言い聞かせた。奈美の言葉を理解したのかマユもぼんやりと頷いた。

突然、扉の方でガチャンと音が響いた。小窓が開いて食事が差し入れられた。一枚のトレイの上に黒ずんだ飯の入ったボウルと、妙な臭いのする汁が入ったお椀《わん》が置いてある。別に水の入ったピッチャーがあった。食事はとても二人分には足りない。さらにはフォークもスプーンも箸《はし》すらない。マユは一人では食事を摂取できそうもない状態だ。奈美は飯を手ですくってマユの口に運んだ。彼女はぼんやりと見つめるだけで口の中に入れようとしない。

「マユちゃん。ちゃんと食べるのよ。食べないとここで死んでしまうわ。負けちゃだめよ。ケンジくんに会いたくないの？」

奈美はそういって飯粒を彼女の口に押し込んだ。「ケンジ」という言葉に彼女が反応した。マユは口を動かし始めた。咀嚼《そしゃく》をしている。奈美は嬉しくなって、

「そうだよ。食べるの。ちゃんと食べるのよ。あんな人たちに絶対に負けないで。一緒に二人揃ってここを出る。それまで絶対に生き抜くのよ」

と彼女を強く励ました。同時に奈美の気持ちも鼓舞《こぶ》した。

「絶対に生きてここを出てやるわ」

奈美は飯を鷲づかみにして自分の口の中に放り込んだ。

＊＊＊＊

それから長い時間が過ぎていった。

窓があるので昼と夜の区別はつく。ただ時計がないので正確な時間が分からない。奈美にとって夜が憂鬱《ゆううつ》だった。部屋には明かりがないので、夜になると部屋中に深い闇が沈殿《ちんでん》する。近くや遠くで患者のわめき声が反響して、それを聞いているだけでこちらの情緒も狂わされてしまいそうだった。奈美はマユの肩を抱いてその声に耐えながら朝を待つ。そんな日が続くと夜に眠れなくなってしまった。外が明るくなってから埃の積もったコンクリートの床の上で浅い睡眠を貪《むさぼ》る。それから奈美には常に睡眠不足がつきまとった。

劣悪な環境は日ごとにエスカレートする。最初のうちは家畜の餌程度の食事を与えられたが、やがてメニューの中に虫やネズミの死骸が混ざるようになった。フォーク類も与えられないので、素手で雑多な死骸を取り除きながら食べるしかない。とにかく食べなければ命が続かない。

何度も何度も、昼と夜をくり返しながら日々が過ぎていく。最初はカウントしていた日にちも、一週間を過ぎたあたりから曖昧《あいまい》になってきた。熱帯の熱に燻《いぶ》されて一日中汗ばんでいる。身につけている下着も体液を吸い込んで変色してきた。文明から切り離されて家畜以下の生活を強いられる中で、当初抱いていた生への執着も日ごとに薄弱《はくじゃく》になっていくのを奈美は感じていた。それではいけないと思いながらも、劣悪な食事や排泄《はいせつ》をくり返すたびにその戒めも萎《な》えてくる。今はただこの生活に順応できるようになりたいという思いが強かった。

そんな日々がさらに続いた。

奈美は外のわめき声や足音、たまに入ってくるドクター・ラウとナースの広子、ゲテモノで彩られた食事のメニューに対して興味が薄れていった。気がつけばマユのようにぼんやりと虚空を見つめていることが多い。ここへ連れてこられた当初は、家族や友人たちとの思い出を必死になって思い巡らせていたのに、今ではその記憶も曖昧なものになっていた。両親や国分やマモルたちの顔もはっきりと思い浮かべることができない。霞がかかったようにぼんやりとしたイメージしか浮かんでこなかった。食事も今では口の中に入れて咀嚼するだけだ。いちいち確認しないので、それが何の肉かも分からないし興味がなかった。自分を救ってくれない国分や両親たちに対する、当初感じていた怒りや失望も薄れていく。物事を考える時間が日ごとに減っていった。

それでも奈美は思いついたとき、マユに声をかけて正気を保とうとしていた。マユがいなかったらとっくにおかしくなっていただろう。マユを励ますことによって奈美は一日一回、自分自身を奮い立たせていた。

しかし、さらに続く監禁生活はそれすらも崩壊させていった。その頃には奈美がマユに声をかけることはほとんどなくなっていた。マユに声をかけても返事が返ってくるわけでもないし、事態が好転するわけでもない。自殺も頭をよぎったが道具がないし、その方法が分からない。それを考えることすらも億劫《おっくう》になっていた。

さらに数日がたち、奈美の精神状態はいよいよ末期を迎えようとしていた。

ある日突然、白衣を纏《まと》った男たちが荒々しく入ってきた。男たちは金属製のストレッチャーを運んできた。そしてその上にマユを乗せて外に連れ出していった。

奈美が一人残された。奈美はマユが運ばれていく様子を座り込んだまま、ぼんやりと眺めていた。マユも抵抗することなく運ばれていった。奈美も男たちに取りすがることなく、ことの成り行きを眺めるだけだった。むしろ気遣う相手がいなくなっただけ楽になったような気がした。彼女がどうなろうと、もう排泄や食事の世話をする必要がない。

今では救出の願いを託していた国分や家族たちの顔や声も浮かんでこないし、彼らに会いたいという思いも消えていた。家族たちのことを思うことすら億劫だった。壁の傷を丹念に数えたり、天井にとまっているハエの動きを観察したりして時を過ごした。不毛な行為が奈美の一日を支配していた。無意識のうちに思考を止めていた。奈美は植物同然だった。

マユが連れて行かれて何日たっただろうか。ある日、奈美のもとにマユが戻ってきた。今度も白衣の男たちによってストレッチャーに乗せられて運ばれてきた。奈美は彼女が連れ出されたときもしていたように、耳たぶを弄《いじ》りながらその様子を漫然《まんぜん》と眺めていた。

しかし今度のマユは一回り小さかった。目の下にクマをつくって相変わらず視線が空を泳いでいるが、変わり果てた姿になっていた。奈美はその違和感の原因がすぐに分かった。

マユには手足がなかった。

頭部以外の体は包帯でミイラのように巻かれて、そのままの状態でオブジェのように壁に立てかけられた。マユは手足もないのに「指が痛い、指が痛い」と泣き始めた。

奈美はしばらくの間、惚けた顔をしてマユの姿を見つめていた。ダルマ女の話を思い出した。マユは芋虫のように床を這っている。まだ自分の体の変化に慣れないのかすぐに床を転がってしまう。一度転がってしまうとなかなか元に戻せない。マユは懸命に体をひねらせて再び地面を這う。そして奈美の方へ近づこうとする。

そんな彼女の姿を見て、本当に久しぶりに強い思いが体の奥底からこみ上げてきた。

いやだ、いやだ、いやだっ！

あたしはダルマ女になりたくないっ！

ただならぬ衝撃が沈黙していた奈美の情緒を沸騰《ふっとう》させた。マユの救いようのないほどに無惨な姿が、奈美の生きることへの執着を呼び起こしたのだ。奈美は這いずり回るマユの追跡から逃れようと部屋から飛び出したが、男たちによって取り押さえられた。それでも逃れようと喚《わめ》き散らしながら必死に抗った。突然、広子が部屋の中に入ってきた。暴れる奈美を一瞥《いちべつ》すると、いきなり頰を叩きつけた。広子の一撃で奈美は我を取り戻した。

「お、お願い……あ、あんな風にするのだけはやめて。ダルマ女にするくらいなら殺して。お、お願いよぉ」

奈美は広子にすがりついて涙ながらに訴えたが呂律《ろれつ》が回らない。声を出すことすら久しぶりのことだ。

広子は奈美の顎をつまみ上げると、

「なんでも言うことを聞くかい？」

と言った。奈美は小刻みに何度も何度も頷いた。

「ど、どんなことだってするわ。何でも言うとおりにする」

「本当の本当にどんなことだってするのね？　間違いないんだね？」

「約束するわ。だ、だから、お願い。助けて！」

返事を聞いた広子は満足そうに微笑んだ。

「あんた、本当に運がいいわ。本来ならダルマに加工されるかスナッフフィルムのモデルさんだけど、今回は特別にチャンスをくれるそうよ。いい？　滅多にないことなんだから感謝して」

「チャ……チャンスってなに？」

「とにかくわたしについていらっしゃい」

広子は手招きをして部屋を出た。奈美も後をついて行く。あれから何週間、何ヶ月たったのか想像もできなかったが、奈美は初めて部屋の外へ出た。陰鬱な廊下には奈美が閉じこめられていたのと同じ部屋がいくつも並んでいて、叫びや喚きが飛び交っていた。

「閉じこめられれば人間もケモノも変わらない。ここもちょっとした動物園でしょ」

広子は子供を連れて歩く母親のように愉快そうだった。

「か、彼らはどうなるの？」

「いろいろよ。マユちゃんみたいにオブジェに加工される人もいるし、臓器を摘《と》られる人もいる。人間の体と命はね、けっこうなお金になるのよ。それだけニーズが多いってことね。特殊な快楽に消費される場合もあるし、生体実験に回されることもあるし臓器移植のように切実なケースもある。人間の爪一枚、髪の毛一本とっても、欲しがる人がいるわけ」

「あなた方はいったい何者なの？」

「さあ、ついたわ。さっさと入って」

広子は奈美の質問には答えず、廊下の突き当たりにある部屋の扉を開けた。中は十二畳ほどの広さで会議室を思わせた。真ん中のテーブルにドクター・ラウが着席して二人を待っていた。広子はドクターに向かい合うように奈美を着席させると自身もドクターの隣に座った。そしてドクターに向かって何やら耳打ちしている。ドクターも広子の言葉に頷きながら奈美の方を見た。

「ちょっと見てほしいものがあるの」

広子はそう言ってテレビの方にリモコンを向けた。スイッチを押すとテレビがついてその下に設置されたＤＶＤデッキが動き出した。

テレビ画面にぼんやりと画像が浮かび上がる。

画面には家の中の風景が映っていた。奈美はそれをじっと見つめた。見覚えのある風景だ。その廊下を右に曲がるとトイレがあって、左に曲がるとリビングルーム。撮影者は忍び足で歩いているようにゆっくりと進む。突き当たりの壁に掛かっている絵が大写しにされた。フェルメールだ。カメラはしばらくその絵の前で止まっていたが、リビングの方に曲がった。そして物陰に潜みながらリビングの様子を映しだす。隠し撮りのように部屋の中へズームしていく。

テーブルに男一人と女二人が座っている。白髪の男は腕を組みながら難しい顔をしている。年配の女性は泣いているようだ。もう一人の若い女性は呆然とテーブルの上の料理を見つめている。リビングは重苦しい空気が充満していた。

「お父さん、お母さん……由加……」

画面には実家の風景が映っていた。久しぶりに見る家族の姿だった。長い監禁で彼らの記憶が曖昧になっていたので少しだけ混乱を憶えた。画面の左下に表示されている日付は、奈美が誘拐されて二週間ほど後だった。彼らは長女の突然の失踪に途方に暮れているのだ。カメラはじっと三人を見つめている。撮影者の息づかいもマイクを通して聞こえてくる。

「ねえ、広子さん。これ、誰が撮ってるの？　誰が撮ってるのよ？」

奈美は立ち上がって画面を指さしながら広子に問いかけた。広子も勿体ぶったように微笑んでいる。奈美は再び画面に向いた。いつの間にか場面が変わっていて、カメラは暗い階段をゆっくりと上っている。二階には妹である由加の部屋がある。奈美の心臓が鷲づかみにされる。カメラは階段を上って二階の廊下を進む。やがて突き当たりの部屋にたどりついた。画面に男の手があらわれた。撮影者の手だろう。手はノブを握ってゆっくりと回す。由加の部屋には鍵がついていない。ドアは音も立てずに開いた。カメラは彼女の部屋に入り込んでいく。まず最初に大きな熊のぬいぐるみが映った。壁にはレオナルド・ディカプリオのポスター。デスクの上にはノートパソコン、そしてケータイが充電器にさしこんである。カメラはケータイのとなりに飾ってある写真立てを映し出す。そこには奈美と由加が肩を寄せ合う写真が入っていた。二人とも幸せそうな笑顔をふりまいている。家族で北海道旅行をしたときの写真だ。バックには函館の夜景が広がっている。

奈美は体温が戻ってくるのを感じた。自分の体に温もりがあったことを思い出した。

画面はベッドを映していた。その上では由加が寝息を立てていた。侵入者に気づいた様子がまったくない。完全に熟睡しているようだ。奈美は画面の妹を起こすまいと息を殺した。ここで目覚めさせてしまってはカメラの男に何をされるか分からない。ふたたび画面に男の手があらわれた。その手にはナイフが握られていた。ナイフの刃先は由加の首筋をそっとなでる。奈美は自分の首筋に冷たい掻痒《そうよう》を感じた。由加は苦しそうに顔を歪めて寝返りをうった。悪い夢を見ているのだろうか。額には汗の粒が浮かんでいる。

「やめて……お願い……」

奈美は広子とドクターにすがった。二人ともそんな奈美の反応を観察するようにじっと見つめている。

「妹はまだ高校生なの。どうして？　彼女は関係ないでしょ」

奈美は立ちくらみをおぼえた。画面の手は、しばらくナイフを由加に押しつけていたが、彼女がふたたび寝返りをうつとそっと離した。カメラはゆっくりと後ずさりながら妹の部屋を出て行った。そこで映像が切れた。奈美は全身の力が抜けて、その場にしゃがみ込んだ。

「これで分かった？　我々の組織に国境はないの。電話一本であんたの家族は……」

「お願い！　家族には手を出さないで。あたし、なんでもするから！」

広子がドクターに視線を送ると彼は頷いた。

「本当になんでもするのね？」

「一体何をすればいいの？　何をさせるつもりなの？」

奈美は顔を上げて二人に向いた。ドクターは冷ややかな表情を崩さない。家畜扱いの長い監禁は奈美から反抗心を根こそぎ取っていた。突きつけられた理不尽な環境を受け入れて、隷属《れいぞく》することに甘んじる精神構造ができあがっていた。その成果に満足したように広子とドクターが目を合わせた。

「あんたはこれから我々の仲間になるの。名前も顔も声も変えて日本人スタッフとして働いてもらうわ」

「顔も名前も変える？」

「そう。あんたは若槻奈美という名前とそのかわいい顔を捨てるの。何度も言うけどあんたは運がいい。あのマユちゃんだって元々はうちのスタッフだったのよ。だけど我々を裏切ったわ。彼女、警察に駆け込んだの。警察なんかに逃げても無駄なのにね。組織を甘く見ていたのね。あっという間に捕まってあのざまよ。ダルマに加工されて生きたオブジェよ。それであんたがマユちゃんの後釜に選ばれたってわけ。本当ならあんたがダルマだったんだから。ダルマ女って高く売れるのよ。中国の富豪が大屋敷の地下室にコレクションしてるって話よ。虫酸《むしず》が走るわね」

広子は嬉しそうに話した。芋虫のように床を這うマユの姿を思い出した。奈美は手足の付け根に冷たいものがよぎるのを感じた。

「仲間ったって……。あなたたちのことなんてよく分からないわ」

「それでいいのよ。長生きしたければ知ろうとしないこと。わたしもドクターも実は何にも分かってないの。組織の実体のことは、ほんの一部の人間しか知らないのよ。わたしなんて名前すら知らないもの」

広子は自嘲気味に笑った。

「それとね。実はわたしもあんたのように誘拐されてきたの。運良くスタッフに選ばれて命拾いよ。そうでなければどうなっていたか、想像するだけでもぞっとする。誘拐されてから二十年もたつけど、日本には子供もいてね。隠れて連絡をとりたいって思ったことは何度もあったけどそれはしなかった。そんなことがばれたらわたしだけでなく家族も皆殺しよ」

「あなたもあたしと同じだったの？」

意外な思いで奈美は広子を見つめた。しかし彼女の表情に悲壮感は窺えない。彼女は昔話でも語るように遠い目をして言った。

「わたしは彼らに忠誠を誓った。しかたないでしょ。それしか道がなかったんだもの。でもね、しばらくして分かったことなんだけど、この仕事はわたしに向いていたみたい。他人を地獄に突き落とすのってなかなか爽快なのよ。美貌や経済的に恵まれた人間が惨《みじ》めに命乞いする。それを眺めるのは格別よ。どうせわたしは闇の世界で生きていくしかないんだから、それはそれで楽しまなきゃね。それから多く人命を奪ったわ。小さな子供にだって手をかけたことがある。気がつけばわたしは鬼になっていた。人を傷つけたり苦しめることに抵抗を感じなくなった。いちいち罪悪感を引きずっていたらやってられないもの。鬼には鬼なりの楽しみがあるわ。あんたも必ずわたしみたいになる。なれるわよ。なによりダルマ女にされるよりずっとましでしょ」

奈美は頷いた。

そうだ。あんな姿にされるくらいなら、その方がずっとましだ。鬼になればいい。妹を、家族を守るために自分は鬼になる。それに誰も自分を救ってくれなかった。こんなに苦しんでいたのに。警察も恋人も友人たちも誰も助け出してくれなかったではないか。

「分かったわ……。あなたたちに忠誠を誓う。人殺しだって誘拐だってどんなことでもするわ」

最悪の事態を回避するために最悪の選択をした。それは分かってる。長く理不尽な監禁生活で人格が壊れてしまったのだろうか。この決断にさほど迷いを感じなかった。むしろ高揚感すらあった。今まで無難に生きてきた自分を捨てて鬼になる。変身願望。それも悪くない。もう二度と、あんな暗く狭い隔離室には戻りたくない。

それからすぐに奈美はセント・ジョーンズ病院の地下にある手術室に運ばれた。後で知ったことだが、ここで誘拐された人間が加工されたり、使えそうな臓器を摘出されたりする。奈美は顔と声を変えられた。

包帯が取れたとき、鏡をのぞいた。そこに奈美の姿はなかった。微笑んでみてもまるで能面のように感情が窺えない。美形だが不気味な何かが宿っている。それでいいと思った。これからの人生に愛嬌や温かみなんて不要だ。不細工でないだけ救われている。

そして花弥《はなや》サユリという名前を与えられた。これで若槻奈美とは完全に決別した。しかし何の感慨《かんがい》もわかなかった。新しい名前も、顔も声もサユリにとって記号でしかなかった。自分自身の存在すら同じだった。闇の世界にとけ込むためにはおおくの感情を麻痺《まひ》させなければならない。人間性の欠落が多ければ多いほど、より深い闇に同化できる。

初めての指令は殺しだった。そしてサユリにとっての通過儀礼だった。

サユリは地下室の部屋に若い女と閉じこめられた。女はブロンドの美しい欧米人だった。事前に広子から彼女のプロフィールを聞かされた。彼女もマユと同じく組織を裏切った。母国の大使館へ駆け込もうとした直前で拉致されてきたらしい。もっとも駆け込みに成功したとしても同じ運命だったそうだが。

サユリの初仕事は彼女を処刑することだった。サユリの通過儀礼の生《い》け贄《にえ》となることが、裏切りに対する女への罰だった。手渡された武器はナイフ一本。それも錆び付いて刃こぼれのひどい状態だった。思いきり切りつけてもせいぜい擦過傷《さっかしょう》を負わせることしかできない。つまり一撃で楽に死なせてやることができないのだ。裏切り者にとって悶絶は避けられない。それはサユリにもストレートに伝わってくる。

狭い部屋に二人きりだった。出入り口は固く閉ざされて、指令通りに遂行されるまで開かない。与えられた時間はたった一時間だった。一時間たっても女が息をしていたらサユリの命はない。女は涙で顔を濡らして、サユリにすがりつきながら命乞いをした。英語なので詳細は聞き取れなかったが、自分に小さな息子がいて、彼のために死ねないと訴えていることは理解できた。

サユリは目を閉じて監禁されていたときの精神状態を呼び起こした。喜びや哀しみや慈《いつく》しみ……。感情のコードが一本一本切断されていく。体中の血が冷えていくのが分かる。やがて相手の女の体温すら感じられなくなった。目を開く。女の顔立ちがぼやけて見えてきた。

ただの肉の塊……。

サユリは肉の塊に握りしめたナイフを突き立てた。肉の塊は悲鳴を上げながら激しくうごめいた。サユリはスコップで穴を掘るように、肉の塊を切れ味の悪い刃先で何度も何度もえぐっていった。やがて肉の塊は血の沼の中で動かなくなった。

「二十五分。なかなかやるじゃない。あんた、素質があるわ」

部屋の中に広子が入ってきて腕時計を確認した。やがてぼやけていた視界が徐々に整ってくる。コンクリートの床には女が横たわっていた。顔面は無惨にもそぎ取られている。自分がやったと分かっていても実感がなかった。彼女を殺《あや》めた手の感触は、分厚い手袋をはめたときのように曖昧になっていた。

サユリはドクター・ラウにも認められた。それからサユリはドクターの手下たちとともに殺人や誘拐、拷問を重ねた。さまざまな年齢、性別、国籍の人間をさらってきては悶絶と死を与えてきた。人を殺すとき、最初は感情の遮断を必要としたが、やがてそれすらもいらなくなってきた。心の中の闇が人間性という空白を塗りつぶしていく。わずかに残された空白も滅多なことでは表出してこなかった。それが仄《ほの》かに表れたのは、子供に手をかけなければならないときだった。しかし彼女の闇はもはや一瞬のためらいを許すに過ぎなかった。

動かなくなった子供の体を呆然と眺めて、自分が人間としての一線を踏み越えたことを悟った。拉致されてから一年、サユリとして歩み始めてから半年がたっていた。兄マモルの死に様を広子から聞かされたが、異国のニュースのようにしか感じられなかった。今なら家族や友人たちにも手をかけることができる。それで心が乱れることはない。どす黒い自信をサユリは抱き始めていた。

しかしドクター・ラウへの畏怖《いふ》だけはずっとつきまとった。彼を畏《おそ》れているのはサユリだけではない。広子も含め、セント・ジョーンズ病院で闇に携わる人間すべてである。魔人然とした風貌だけで威圧感があった。彼は部下の失態を決して許さなかった。酷薄《こくはく》な獣のような銀色の瞳からは、感情の起伏がまるで読み取れない。指令を完遂できなかった者は釈明を許されず、隠し持っているメスで首を掻《か》かれた。人々が恐れるのはそれがいつなのか分からないことだ。即刻の場合もあるし、ある程度日がたってからの場合もある。それは何の前触れもなくやってくる。彼らは刑の執行を待つ死刑囚のような気分で過ごさなければならない。逃亡を図る者もいたが、組織の長い手からは逃れることが出来るはずもなく、人知れず惨憺《さんたん》たる最期をとげた。

ただはっきりしないのはサユリに指令を与えてくる組織の実体である。闇の象徴と思っていたドクター・ラウですらその全貌を把握していないらしい。彼もこの病院も末端に過ぎないのだ。その実体は暗闇の中でうごめく影のようにつかみ所がない。カルト教団とも違う。彼らのような教義や信仰は一切ない。あくまでビジネスだ。理解しがたい黒い欲望を実現する。それによって大きな金が動いているのは間違いなさそうだ。

警察や軍、政治家や役人たちにまでつながりがあるようだが、それも広子やサユリの憶測に過ぎない。ネットワークは巧妙かつ緻密《ちみつ》に張り巡らされているようで、凶行の痕跡が表に出ることはない。人を傷つけて殺めても警察から追われることもない。サユリたちの存在に不審を嗅ぎ取った刑事や記者がいたとしても、いつの間にかきれいに消されている。まるで自分たちの掘った穴を誰かがきれいに埋めてくれているようで薄気味悪く感じるときもある。

ダルマ女の話も国分から聞かされたが、あれも都市伝説の域を出ない。おそらく世間に漏れた情報は巧妙に歪曲《わいきょく》されて広がっているのだ。市井《しせい》に広がるころにはほどよく怪奇な味付けが加わって陳腐な怪談に成り下がっている。サユリはそう考えていた。

その組織が一人の男の行方を追っている。国分隆史だ。

彼が事故現場から姿を消して一年がたつ。殺人ライブを見た者を生かしておくわけにはいかない。ドクターたちは手を尽くしたが、彼らの網の中に引っかかってこなかった。事故の惨状から死亡という見方もあったが遺体が見つからない。

しかし国分がどうなろうと今のサユリにはどうでもいいことだった。

＊＊＊＊

サユリは小窓から部屋の中の様子を確認する。部屋の片隅でうずくまっているスリップ姿の女は、まるでゴミだめに捨てられ汚れた人形のように見えた。この部屋に閉じこめてから二週間が経過している。女の傍らには食事の盛られた皿がおいてあった。一応口には入れているようだ。

ここ数日、女は外からの刺激にほとんど反応を見せない。おそらく部屋の鍵を開けたままにしても、彼女はここから逃げだそうとはしないだろう。サユリも経験上それを知悉《ちしつ》していた。監禁されていた末期には暑さも寒さも感じなかった。呼吸と摂食と排泄をするだけの毎日。サボテンにも感情があるといわれているが、おそらくその程度の情緒しかない。

「あんな姿を見ていると、自分もそうだったんだって懐かしく思うときがあるわ。私も拉致されて長い時間監禁されたわ。それが何日なのか何ヶ月なのか今でもはっきりしないのよ。あの地獄のような時間の中で、自分の家族とか人生とか培《つちか》ってきた人生観とか価値観とか、さまざまなことを考えた。でもそれらを忘れていったのもあの時間よ。人生という期間を思えば、監禁された時間というのは一寸の光陰《こういん》に過ぎないんだろうけど、私にとっては多くを失った歴史的な出来事よ。だけどね、組織の連中には感謝をしている部分もあるの。甲斐性のない夫に出来の悪い息子、小うるさいだけの憎たらしい姑《しゅうとめ》に囲まれた私はずっとさえない生活を送っていた。夫は安月給の窓際社員で、私が働かないとてもやっていけなかった。姑はねたきりだったから、パートと家事をこなしてほっとする暇もなく、介護地獄が来る日も来る日も果てしなく続くの。収入は少ないし息子は反抗期で非行に走るし、夫は稼ぎも少ないくせに何から何まで私任せ。働いてもどんなに尽くしても暮らしはすさんでいく一方だったわ。私ってなんだろうなあって、そのことばかり考えてた。生活になんの潤いも楽しみもなく、こうやって残りの人生を消費していくしかないんだろうなあって。鏡を見れば化粧っ気もないやつれた女が映ってる。夢も希望もない不細工な女が絶望しているだけ。わたしは変わりたい、人生をもう一度やり直したいってずっとそればかり願ってた。私の願いをかなえてくれたのは連中よ。私は変わることができたわ。監禁された女を見ているとあの時のことを思い出すのよ。私が変わった時間をね」

　広子は遠い目をして言った。口元は自嘲気味に歪んでいる。

　サユリは女の姿に半年程前までの自分の姿を重ねた。しかしあの時の記憶の多くが欠落していて、おおざっぱにしか覚えていない。どちらにしても数日後にあの女は『密猟』行きだ。この病棟には、他にも獲物となる人間が数人監禁されている。

「さて……。表のお仕事に戻るわね」

ナース姿の広子が腕時計をちらっと見て言った。

「外来患者？」

「いいえ。入院患者よ。先週担ぎ込まれてきた顔に大やけどを負った患者。これから検温なの。命に別状はないけど皮膚移植が必要だってドクター・ラウが言ってた」

「主治医はドクター・ラウなの？」

「そうよ。笑うでしょ。午前中は他人の命を奪った人間が、午後からは人の命を救うのよ。まあ、ドクター・ラウは外科医としての腕も超一流だからその患者はラッキーといえるわね」

そう言い残して広子は廊下を小走りに去っていった。

サユリも時計を見る。一時間後には仕事だ。サユリも見習い看護師としてこの病院で「表の仕事」をしている。広子と同じく看護師という身分がサユリの隠れ蓑《みの》になる。この病院で勤務するほとんどの医師や看護師たちは純粋な職員だが、一部にサユリや広子のような闇の人間が紛れている。大多数の職員と患者がサユリたちのカモフラージュとなるのだ。もちろん他の職員に気づかれてはならない。もっとも病院の秘密を知った職員は地下に葬られることになるのだが。

＊＊＊＊

「どう。少しは慣れた？」

患者の血圧を測っていると渡辺がサユリに声をかけてきた。渡辺はこの病院に勤務している唯一の日本人医師である。彼は日本人旅行者や企業の駐在員を主に担当している。同じ日本人であり日本語が通じるということもあって、渡辺はなにかとサユリに声をかけてくる。

「ええ。血圧くらいならなんとかこなせるようになりました。だけどまだまだ勉強しなくちゃならないことが多いですよ」

「なあに。ゆっくり覚えていけばいいさ。僕だって採血を満足にできるようになるまで三年かかったんだ。石の上にも三年だよ」

渡辺はふくよかな体を揺らせながら相好《そうごう》を崩した。四十にもなって独身のせいか、白衣には皺《しわ》がよって襟元や袖口には汗染みがほんのりと広がっている。性格は見た目通りに気さくで、診察も丁寧なので患者たちからの受けがよい。学生時代はバックパッカーとしてったた世界中を放浪していたらしい。医師となった今も日本国内に落ち着くことができなかったようで、この病院に入り込んだ。ここへきて二年になるそうだ。

サユリが測定を終えると二人してスタッフルームへと戻った。他のスタッフは全員出払っている。

渡辺医師も大多数の職員と同じく、この病院の裏の顔を知らない。ここで行われているすべての行為が崇高《すうこう》なる医療であると信じて疑わない。目の前にいるサユリのことも健気《けなげ》にがんばっている看護師見習いとしか思っていないはずだ。

「先生は学生時代に世界中を放浪してたんですよね？　医学部は勉強が大変だって聞くけどそんな時間があったんですか？」

サユリは二人分のコーヒーを淹《い》れながら尋ねた。

「実にいい質問だ。おかげさまで僕は十二年間の大学生活を送る羽目になったさ。遠回りだったけど後悔はしてない。ああいう無謀なことは若いうちにしかできないからね」

渡辺は人のよさそうな顔を向けて言った。医学部は六年制である。渡辺はストレートで卒業していく人たちの倍在籍していたわけだ。

「日本が恋しくなるときってないんですか？　家族や友達に会いたいとか思いません？」

サユリは渡辺に尋ねたが半分は自問だった。やはり恋しいという感情は浮かんでこない。その質問に渡辺は首を傾《かし》げた。

「うーん、そうだな。時々はあいつどうしているのかなって思うときがあるよ。今や大学時代の知り合いたちは立派に医者をやってる。親の医院を継いで院長になったやつもいるし、大学病院の准教授になったやつもいる。こちらにいると連中にはなかなか会えないね。でもごくたまに知り合いに出くわすときもあるんだ」

「出くわすってバンコクで、ですか？」

「そうそう。バンコクで時たま学会が開かれるんだ。先日も整形外科医学会があっただろ。そのたびに大学の医局に残っている知り合いに会えるんだよ」

「そうなんですか。それは知りませんでした」

「学会だけじゃないよ。買春旅行にくるやつも結構いる。いいところ知らないかと連絡が来るんだよ」

渡辺は口を手で覆いながら声を潜めて言った。

「まあ。あきれた」

「そんなこんなで連絡は取り合ってるんだよ。そういえばちょうど一年くらい前かなあ。珍しいヤツにばったり出くわした」

「珍しいヤツ？」

「そう。カオサンでたまたま見かけてさ。知り合いに顔がそっくりだなと思って声をかけたんだ。案の定知り合いでさ。俺は留年をくり返したから最終学年で一緒になったわけなんだけど、出席番号が近かったからよく覚えていたんだ。とてもいいやつだったしね。卒業してからどうなったのか知らなかったけど、そいつは国試に受からなくてね。大学時代はラグビーにはまっちゃってさ。それで医者になれなくて日本を飛び出したというわけさ。そいつがカオサンの屋台で飯を食ってたんだ。話を聞くとそいつは医師免許を諦めてバックパッカー生活を送っているって」

サユリはめまいを覚えた。動悸が速くなる。明らかにマモルのことを話している。渡辺に悟られないよう笑顔を取り繕《つくろ》った。ほんの一瞬だけ渡辺が目を細めた。

「で、その人、今はどうしているんですか？」

「さあ。今は連絡がとれないんだ。バンコクに在住してる貴重な同窓生だから、なんとか連絡を取りたいんだけどね」

「取れるといいですね」

渡辺はマモルと同じ共和医大の卒業生だったのだ。父親が医者の世界は狭いと言っていたことを思い出す。しかし渡辺は、自分の目の前にいる女がマモルの妹であることも、マモルが殺されたことも知らない。まさかこの病院でマモルの知人に会うとは思いもしなかった。サユリは渡辺に対して警戒を強めた。

「サユリちゃんって耳たぶ小さいんだね」

渡辺がサユリの耳たぶにそっと指を触れてきた。

「やめてくださいよぉ。この耳のおかげでわたしは金持ちになれないんですから」

サユリはやんわりと渡辺の手を払った。

「ねえ。今夜あたり一緒に食事でもどうかな。美味い日本料理の店を見つけたんだ。店主はもちろん日本人だし、食材はすべて日本から空輸してくる。マーブンクロンみたいにタイ米の寿司を喰わされることもないよ」

「え、ええ……。またの機会にしましょう」

サユリがさりげなく拒否すると、渡辺の瞳には失望の色がありありと広がった。人のよさそうな笑顔はすっと消え、その表情は急変した。

「へぇ、そうなんだ。やっぱりダメか。サユリちゃんって好きな人がいるもんね」

「好きな人？　なんのことですか？」

渡辺の言うことにはまるで心当たりがなかった。先ほどまで穏やかで優しかった渡辺の声が刺々《とげとげ》しくなっている。

「隠さなくたっていいよ。分かってんだから。ドクター・ラウと地下室で密会してるよね。あんなところに階段が隠されているなんて変な病院だと思っていたけどさ。ああいう風に使われているんだ」

渡辺が投げやりに手のひらを宙に広げる。

「わたしたちの跡をつけたんですか？」

「ああ。ちょっとね。だけど安心してくれ。地下までついていったわけじゃない。すぐに扉が閉められて、鍵がかけられたから入り込めなかった。だから君たちが何をしてるかまでは把握してないよ。だいたい想像はつくけどね」

渡辺がサユリに嫌らしい視線を絡めてくる。

「想像つくって、別に変なことをしてるわけじゃありませんよ。妙な誤解しないでください」

サユリは声を尖らせた。

「冗談だよ。でもね、サユリちゃん。大きなお世話かもしれないけれどラウには気をつけた方がいい。たしかに外科医としては優秀だが、得体の知れないところがある。僕個人の興味でこの病院で手術を受けた患者の予後がどうなっているか、調べたことがあるんだ。そうしたらラウの患者が退院後に何人も失踪していることが分かった。それも一人や二人じゃない。あいつは絶対に何かを隠してる」

「あなたはそれで……ドクター・ラウのことを調べてるの？」

「ああ。今、あいつは顔面やけどの患者を担当している。先週病院に意識不明で担ぎ込まれた患者だけど、パスポートを持っていて福建省《ふっけん》出身の中国人なんだ。彼が退院したらすぐに追跡を始めてみるつもりだよ。患者たちをどうしているのか突き止めるつもりだ」

先週担ぎ込まれた顔面大やけどの患者……。先ほど広子が言っていた患者だろう。皮膚移植を施す予定だと聞いた。

「それにあいつの経歴も怪しいんだ。相手によって出身大学を変えて伝えている。本当の医師なのかどうかすら曖昧なんだよ。僕もこっそりと彼のことを調べてみたけど何も出てこないんだ。家族も親戚もいないし、出身すらあやふやだ。なのに病院側は何も言わない。そう思うとこのセント・ジョーンズ病院自体おかしい。患者どころか職員の失踪もごくまれだけどある。気づきにくい数だけど、やはり常識的に考えて微妙に多いんだ」

サユリは渡辺医師の勘の鋭さに危機感を覚えた。同時にこの男は始末しなければならないと思った。

「そのことは誰かに話してないの？」

「いや。君だけだ。僕と君だけの秘密だよ。まだはっきりとしたものを摑《つか》んだわけじゃない。だけどこの病院に何かがあるのは間違いないと思う」

渡辺が「僕と君だけの秘密」を強調させて声を潜めながら言う。まるでテレビドラマに出てくる探偵気取りだ。しかし他の人間に漏らしていないのならサユリたちにとっても都合がいい。

「失踪といえば……」

突然、渡辺が思い出したように人差し指をあげた。

「失踪といえばさっき話した同窓生も不可解だったな。若槻マモルっていうんだけどね。

あれから彼の宿に足を運んだことがあるんだよ。ハッピーカオサンホテルとかいったかな。だけどもう閉鎖されてたね。近隣の住民に話を聞いてみると実にミステリアスなんだ。そこにはマモルくんを含めて数人の客が投宿していたはずなのに、家具一切はもちろん、パスポートや現金を残して一晩で全員消えてしまったんだって。フロント係の女性まで消えたっていうから不可解だろ」

渡辺はさらに話を続けた。

「マモルくんだけじゃないんだ。かなりあとに知ったことだけど、彼の妹さんもこのバンコクで失踪しているんだ。妹さんがバンコクに来ていたはずだけど、彼は会えなかったとこぼしていたからね。もうその時には何らかのトラブルに巻き込まれていたんだろう」

その本人を目の前にして饒舌《じょうぜつ》に語る渡辺を見て、サユリはどことなく愉快な気分になってきた。渡辺の投げかけるミステリの真相を自分はすべて知っている。

「根拠はないんだけど、マモルくんたちの失踪もこの病院が関わっているんじゃないかなと思うんだ」

「なんですって?」

サユリは思わず聞き返してしまった。渡辺が意外そうな表情を見せたが、それも一瞬のことで再び深刻そうな顔を向けた。

「ドクター・ラウ、セント・ジョーンズ病院、ハッピーカオサンホテル。これらに共通するのは『不可解な失踪』というキーワードだ。ねえ、サユリさん。君はこの病院の地下を知ってるんだろ。あそこには一体何があるんだい？」

サユリは言葉に詰まった。拉致した人間を監禁したり加工したり、臓器を抜き取る部屋が並んでいるとはまさか言えない。

「それは……。私もよく分からない。廊下に部屋がずらっと並んでいただけで、中まで見てるわけじゃないから」

そう答えてサユリはすぐに後悔した。これでは渡辺の好奇心をくすぐるだけだ。案の定、渡辺は身を乗り出して食いついてきた。

「そこは重症患者の病室だと聞いたことがある。だけど本当にそうなのかな。僕はラウが誘拐してきた人間たちを監禁しておく部屋だと考えている」

何を根拠にそこまで言い当てるのか、サユリは渡辺に対してうす気味悪さを感じていた。まるで超能力者だ。しかし次の言葉はサユリを凍り付かせた。

「ところでサユリちゃんの……花弥サユリって名前は本名なの？」

いつの間にか渡辺の表情が変わっている。サユリの瞳の変化を読み取ろうとするかのように、じっと見つめてくる。突然のことだったのでサユリは動揺を隠せなかった。

「い、いったい何を言いたいの？」

「声が裏返ったね」

渡辺は厳しい表情のまま目を細めた。

「さっきから突飛《とっぴ》な話ばかりだけど、今のは冗談ですよね？」

サユリは笑顔を向けながら言った。しかし目は笑っていないと思う。

「君の実家はどこ？ 家族はどこに住んでいるの？」

「出身は東京です。でも家族はいません。小さい頃に両親を亡くしたので」

サユリは用意されていたプロフィールを伝えた。無意識に出るようになるまで何度も何度も復唱させられた。それにパスポートや免許証など身分を証明するものも用意されているので問題はないはずだ。しかし渡辺はサユリから厳しい視線を外さない。

「親戚は？」

「つき合いがなかったのでどこにいるかまではちょっと……。ねえ、先生。いったい何なんですか？」

「天涯孤独か。ラウと一緒だ」

「そんなの偶然ですよ」

「東京敬盟高校を卒業したって言ってたよね」

「ええ」

先日、渡辺との会話でサユリの出身高校について話題になった。花弥サユリの出身高校もあらかじめ設定されている。

「悪いけど調べさせてもらった。たしかに当時花弥サユリという生徒が在籍していたという記録はあった」

「調べたってどういうつもり?」

「さすがにバンコクからでは無理だから、日本に連絡して探偵に依頼したのさ。敬盟高校卒業の花弥サユリという人物について詳しく調べてもらった」

「なんでそんなことを」

「僕は君のストーカーだから。悪い?」

渡辺は悪びれずに答える。

「別にどうだっていいことだわ」

サユリはため息をついた。こうなれば最後まで話を聞くしかない。

「君の言うとおり、花弥サユリの両親は彼女が小さいときに交通事故でなくなっている。それから彼女は施設に入れられた。兄弟もいなかったし、親戚ともつながりがなかったから天涯孤独の身だ」

「彼女、彼女って言いますけど、先生の目の前にいるあたしなんですけどね」

サユリは鼻で笑ってみせた。

「まあ、聞けって。その彼女が数年前、日本を出たのを最後に行方不明になっている。もっとも親類縁者がいないから誰も気にとめなかった。もちろん捜索願も出てない」

「当たり前でしょ！　あたしはここにいるんだから。だいたい日本を出てから誰とも連絡をとってないし、一度も日本へは帰ってませんからね。あたしがここで働いているなんて誰も知らないでしょうね。やっぱりそういうのは行方不明っていうのかな」

「花弥サユリのことを知る者があまりに少ない。調べてみても何も出てこない。天涯孤独、誰も気にとめてない。印象の薄い空気みたいな存在。そう、ドクター・ラウのようにね。そこでこう考えた。本物のラウも花弥サユリも今は生きていない。彼らの人生の途中で誰かがすり替わった。その人物が彼らの身分を名乗って生きている」

「つまり先生はあたしが花弥サユリでない別人だと、こうおっしゃりたいわけ？」

サユリは渡辺の千里眼ぶりに感心した。花弥サユリはすり替わるのに絶好の経歴の持ち主だ。渡辺の言うとおり本物の花弥サユリはこの世の人間ではない。彼女がどんな風に処理されたのか、聞かされていないし興味もなかった。

「これを見てくれ」

渡辺はサユリに紙を手渡した。そこには女の顔写真がコピーされていた。

「当時の卒業アルバムからのコピーだ。調査を担当した探偵が送ってきてくれた。コピーだから見にくいかもしれないが花弥サユリの当時の顔写真だよ。これを見てどう思う？」

サユリはまじまじと写真を眺めた。初めて見る花弥サユリの顔だった。年数がたっているとはいえ今の自分とあまりにも似つかない。しかしなんとかシラを切り通すしかない。

「うわあ、懐かしい。あたしだわ、これ。わっかーい！」

サユリは写真を見てはしゃいでみせた。それを見た渡辺が一瞬ニヤリとした。

「本当に君かい？　今の君とは似ても似つかないねえ。これは間違いなく君なの？」

「そうですよ。もう何年もたったんですから変わりますよ。特に女はね」

「それにしても違いすぎるよね。どう見ても別人だ」

サユリも同感だ。しかし今はそれを認めるわけにはいかない。

「正直に言いますね。あたし、整形したんですよ。だから当時の面影はありません。当時のあたしを知る人が今の姿を見ても誰も分かりませんよ」

整形をしたのは本当だ。監禁から解放されたその日に無理やり顔をいじられたのだ。整形なら顔立ちに大きな変化があっても筋は通せる。

「ふうん。なるほど。整形をした、か。じゃあこちらの人物を知ってるかい？」

渡辺がもう一枚の紙を手渡してきた。受け取ってみると同じように女の顔写真がコピーされている。また違う女の顔だ。こちらは本物の花弥サユリより整った美しい顔立ちをしている。

「なんですか、これは？」

「その女性を知ってるかい？　君がよく知っている人のはずだよ」

サユリは写真をじっくりと眺めてみた。しかしサユリの記憶の網には引っかかってこない。本物のサユリの友人知人かもしれない。しかし年月が経過している。忘れていたということで通せるだろう。

「うーん。ごめんなさい。思い出せないわ。誰だったっけ？」

サユリの返事を聞いて渡辺が口元を歪めた。

「この写真が花弥サユリさん本人だよ。一枚目に見せた写真はまったくの別人だ。君がサユリさん本人ならまさか自分の写真を間違えるはずがない」

サユリは思わず舌打ちをした。

嵌められた。

もはや取り繕う術《すべ》も思いつかない。

「どうなの？」

渡辺がうつむいて固まっているサユリの肩に手をのせる。サユリは乱暴にふりはらった。

「あたしが花弥サユリでないのなら、あたしはいったい誰だと言うの？」

喉《のど》からしぼり出さないと声にならなかった。

「若槻マモルくんの妹……奈美さんだろ？」

渡辺が静かに言い放った。サユリは腰が砕けそうになった。この男は本当に超能力者なのかもしれない。そうでなければここまで真実を見通せるはずがない。

「若槻奈美さんだね？」

渡辺の問いかけに思わず頷きそうになったその時、彼の背後に影が近づいた。背後から突き出された腕は注射器を握っていた。その針は渡辺の首筋につき立っている。親指は注射器のピストンを押し込む。黄緑色の液体が泡を立てながら見る見るうちに注入されていった。

「あ……ああ……」

背後の腕が注射器を引き抜くと、渡辺は首筋を手のひらでかばいながらよろめいた。後ろに立っていた影が渡辺の背中をポンと押すと、彼はサユリの足下に倒れ込んだ。

「呼吸がだんだんできなくなる。まるで水に溺れてもがくようにね。苦しんで死ぬわ」

影は広子だった。いつの間にか渡辺の背後に忍び寄っていたのだ。広子の言うとおり足下では渡辺が喉をかきむしりながらもがいている。細かい呼吸を刻みながら、酸素ボンベの切れたダイバーのように床の上を這《は》いずり回る。

それにしても、とサユリは考える。あまりにも勘が鋭すぎる。この病院のことやドクター・ラウのことはともかく、サユリの正体までも言い当てたのだ。花弥サユリのことは丹念に調べていけば替え玉であることにたどり着くかもしれないが、そこから若槻奈美に結びつけるにはあまりにも飛躍しすぎている。

彼はサユリの正体に疑惑を持っていた。だから写真を見せてカマをかけたのだ。マモルの話を出したのもサユリの反応を窺うためだろう。そしてその疑惑は確信へと変わった。

しかしその疑惑も何らかの情報やヒントがなければわいてくるものではない。ましてや花弥サユリを面識もない若槻奈美に結びつけるなどできようはずがない。その発想の根拠は何だったのか。まさか超能力ではあるまい。この男は何らかの情報を得ていたのだ。

サユリは腰を落として、苦しみもがいている渡辺の両肩を摑んで揺さぶった。

「渡辺先生。聞いて。どうしてあたしの正体を知ったの？」

渡辺は青白く変色した顔を向けて、瞳を大きく見開きながら唇をわなわなとふるわせた。

「先生！」

サユリは渡辺の肩を激しく揺さぶって意識を呼び戻そうとする。しかし渡辺は口から泡を吹いて白目をむいた。サユリは渡辺の頰を強く引っぱたいた。

「広子さん！　解毒剤はないの？」

「ないわ。もってあと三十秒ね。テレビＣＭ一本くらい見れるわよ」

広子が腕時計を見て時間を計り始めた。彼女は人の死に目に立ち会うとき、必ずその所要時間を計る。

サユリはふたたび彼の頰に手のひらをぶつけた。一瞬、黒目が戻った。泡を吹く唇をパクパクと動かしている。サユリはあわてて耳を彼の唇につけた。

「こ……く……ぶ……」

それだけを言い残して最期の息を漏らした。サユリの腕の中で渡辺の頭が転がった。

「二十二秒か。もう少し粘るかと思ったのに。体格の割に脆《もろ》いわね。それで、なんて言ったの？」

広子が時計を確認しながら尋ねた。

「コクブ……って。それだけしか聞き取れなかった」

「コクブってあの国分のこと？　なるほど……。そういうことか」

広子が得心したようにうなずいた。

サユリにも疑問の答えが見えた。国分は姿を消したが、奈美の捜索を諦めなかった。そしてついに奈美を誘拐した男がセント・ジョーンズ病院のドクターであることを突き止めたのだ。国分はドクター・ラウの顔写真を持っていたはずだ。当時のラウは変装していたはずだができないことではない。

しかし国分が病院へ入り込むことは難しい。そこで渡辺にコンタクトをとったのだ。二人の間にどのようなやりとりがあったのかは分からない。マモルの取り持った縁で渡辺は協力する気になったのかもしれない。渡辺はドクター・ラウやその周辺の人物の素性を調べた。ラウはともかく、花弥サユリという日本人女性に不可解な印象を抱く。

国分は国分で花弥サユリの観察を続けた。やがてその女性が実は若槻奈美でないかと気づく。その根拠までは分からない。しかしやはり確信するまでには至らなかったのだろう。そこで渡辺が直接サユリに問いただした。しらを切るつもりが別人の写真という単純なトリックに引っかかって、自分の素性をさらけ出してしまった。

「まずいことになったわね、サユリ」

広子が舌打ちをして眉間にしわを寄せた。

「ええ。まずいことになったわ……」

サユリは抱きかかえた渡辺の体を床に下ろすと、そっとポケットに手を入れた。カッターナイフが指先に触れる。サユリは咳《せき》払いをしながらポケットの中でカッターナイフの刃を出した。頭上で大きな殺気が揺れているのを感じる。

サユリは広子に背を向けながらゆっくりと立ち上がった。背後で広子の呼吸が荒くなっているのを察知した。それとともにサユリの鼓動も激しくなる。

「ねえ、広子さん……」

サユリは振り向きざまにポケットに隠し持っていたカッターナイフを広子の喉元に目がけて刺しこんだ。十五センチほど飛び出ていた刃先は、とっさにかばおうとして広げた手のひらを突き抜けて頸部奥深くまでめり込んでいった。手のひらを頸部に縫い込まれた状態で広子は後ずさった。

「サユリ……あんた……」

広子は細い目を見開いてその場でよろめいた。彼女のもう片方の手はポケットに入っていた。その中に渡辺の命を奪ったものと同じ注射器が入っていて、いつそれをサユリに打ち込もうかと機会を窺っていたことは予想がついた。

「ごめんなさい、広子さん。国分に正体が割れているあたしをあなたが生かしておくはずがない。だからやられる前にやったのよ」

広子は呼吸を乱しながら床に尻餅をついた。案の定、手を突っ込んだポケットからは注射器が転がり出てきた。サユリがためらっていたら、その注射器はサユリの呼吸を止めただろう。

「バカね……。あんた、こんなことをして逃げられるとでも思ってんの」

「そんな風に思ってたらとっくに逃げてたわ。ただ今はこうするしか思いつかなかっただけ」

広子の呼吸が薄くなり瞳から光が徐々に薄らいでいくのが分かった。

「時間計って……。わたしが死ぬまでの時間よ。七十五秒。わたしの残りの人生だわ」

サユリは時計を確認した。多くの人間の死を計ってきた彼女の見積もりはきっと正確だろうと思った。

「広子さん。何か言いたいことはないの？」

「ふっ……ふふふ。鬼畜《きちく》の女にはふさわしい最期よ。あんたには感謝するわ。やっと楽になれる」

広子はサユリの手のひらに自分の手を置いてきた。サユリはその手をぎゅっと握りしめる。しかし広子の握り返しは薄弱なものだった。

「広子さん。安らかに眠って」

「地獄に堕ちるわたしに安らぎなんてくるのかしら。さあ……ちゃんと時間を……計って。あと二十二秒ね……」

サユリは広子の手を握りしめたまま腕時計を眺めた。そして時間ちょうどに広子は床に崩れた。

それと同時に廊下の方から口笛が聞こえてきた。口笛はこちらに向かってゆっくりと近づいてくる。スタッフの一人が戻ってきたのだ。サユリはあわてて部屋の中を見回した。しかし広子の遺体を隠しておける場所が見つからない。サユリは広子の足を引っぱって部屋の一番奥にあるデスクの下に隠した。こんなところではすぐに見つかってしまうだろう。しかしそれ以外にやり過ごす手段が思いつかなかった。

あとは渡辺の死体だ。こちらは広子と違って外傷がないので眠っているようにも見える。サユリは渡辺の太めの身体を、患者をベッドに移す要領でソファに寝かせた。

渡辺の上に毛布をかけてやったころ、若いナースのネイが口笛を吹きながら入ってきた。サユリと目が合うと、ネイは微笑みの国の住人らしいとろけるようなスマイルを送ってきた。小柄で愛嬌のある娘だ。

「ハイ、サユリ〜」

「ネイ」

サユリはネイに手を振って応えた。

ネイはソファの渡辺を眠っていると思ったようで、唇に指を当てながらそうっと入り口付近にある彼女のデスクに腰を下ろした。そしてファッション雑誌をめくり始める。

幸いその位置から広子を隠してあるデスク下は死角になる。しかし彼女がいる以上、広子を他へ移すことはできない。それにそろそろ他の医療スタッフもここへ戻ってくる時間だ。

逃げるしかない。しかしそれも無駄であることは分かっている。組織の長い腕は思いがけないところにまで伸びている。警察も空港も大使館も危険だ。

ネイは相変わらず口笛を吹き鳴らして雑誌をめくっている。彼女は闇の人間ではない。そんな大先輩である広子の死体がこんな近くに転がっているとは夢にも思わないだろう。

彼女は同じメロディをくり返し、くり返し口笛にしている。

そのメロディがサユリの脳髄《のうずい》を刺激した。小さな花弁がゆっくりと開くような甘美で繊細なメロディ。タイトルも作曲者も知らない。モーツァルトやショパンが奏でるようなメジャーな旋律ではない。しかし自分はこのメロディをたしかに聴いたことがある。それも遠い昔ではない。

切迫した状況で、こんなことに記憶をたぐっている場合ではないと分かっているのに、サユリはそれを中断することができなかった。このメロディがどうにも引っかかってくる。ネイの口笛を頭の中で何度もリピートしながら過去をさかのぼる。音楽の授業、母からもらったオルゴール、映画音楽、テレビドラマ、ケータイの着信音……。

やがてサユリの記憶の中にあるメロディとピタリと合致した。

ああ、思い出した！　そうだったわ！

「ネイ！」

サユリは思わずネイの名前を呼んだ。ネイは雑誌を閉じるとサユリの方を向いた。首を半分かしげてサユリの言葉を待っている。

「あなたの吹いているメロディだけどなんて曲なの？」

サユリは英語で問いかけた。タイ語でしか通じないスタッフも多いが、ネイは英語を話せる。

「この曲？　そういえば……。なんだろう？　分かんない」

「それはどこで聴いた曲なの？」

「どこでって……。どこだろう？　いつの間にか頭の中に残ってたって感じよ。あたし、無意識のうちに口笛にしてたんだわ」

そう言ってネイはもどかしげに微笑んだ。

「思い出して、ネイ。お願い。とても大事なことなのよ」

サユリが懇願するとネイは困ったような顔をして肩をすくめた。

「どうしたのよ？　サユリ。もしかして彼との思い出の曲なの？」

「え、ええ。そうなの。あたしが彼の誕生日にプレゼントした腕時計のメロディがそれだったの」

突然、ネイがパンと手をたたいた。

「腕時計？　ああ！　思い出した！　腕時計よ。患者さんの腕時計だわ。病室に行くたびにそのメロディが流れるの。大きな音じゃないからあまり気にしていなかったけど、何度も聞かされていつの間にか覚えちゃったのね」

「患者って誰？　どこにいるの？」

「先週運ばれてきたやけどの患者さん。顔に大やけどを負って意識不明の状態で運ばれたの。たしか中国人だったかな。スリムな人だけどあんな風になっては、イケメンだったのか区別もつかないわね」

サユリは胸元に手を置いた。その患者とは広子や渡辺の言っていた、顔に大やけどの患者と同一だろう。担当医はドクター・ラウだったはずだ。

その患者が国分にプレゼントした腕時計とおなじメロディを奏でる時計を持っている。あれはヨーロッパ製のアンティークだったはずだ。同じメロディがそうそうあるとは思えない。それに中国人というがその根拠は中国籍のパスポートを所持していたことだけだ。

顔が焼けているので、果たしてその患者が本当にパスポートの持ち主なのか判断はできない。中国人だって日本人だって髪の毛は黒いのだ。

サユリがネイを残してスタッフルームを飛び出そうとしたその時だった。

ドクター・ラウが出入り口に立っていた。サユリは思わず後ずさった。

ネイは慌てて雑誌を片づけて椅子から立ち上がる。そして、

「あたし、患者さんをみてきます」

と言うなり逃げるようにして部屋を出て行った。スタッフルームにはサユリとラウが残された。

ドクター・ラウはソファに横臥《おうが》している渡辺に目をやった。しかしすぐに異変に気づいたのか、毛布をどけると渡辺の首筋に指をおいた。指を離すと銀色の瞳はサユリに向いた。別段驚いた様子もなくその表情はほとんど変わらない。

サユリは足下の広子を見ないようにしながらドクターと向き合った。ドクターの立っている位置から広子は死角になっているはずだ。ラウは銀色の禍々しい視線をサユリに向けている。サユリの呼吸は無意識のうちに荒くなる。

「ドクター・ワタナベを殺ったのはお前か？」

ラウが静かに言った。彼の表情から感情は窺えない。

「い、いいえ。広子さんです」

ラウはサユリから視線をそらさない。まばたきすらしない。サユリは早くも目の奥が痛くなってきた。しかしそらすわけにはいかない。そらせばきっと減点される。減点が重なってある基準点を下回れば殺される。

「なぜヒロコがワタナベを殺す？」

「ワタナベが先生や病院のことを嗅ぎつけたからです」

サユリの言葉を聞いてラウは一瞬だけ目を細めた。妙に血色のいい唇から犬歯が顔をのぞかせる。

「ヒロコはどこにいる？」

「さ、さあ。見かけませんが……」

その直後、ラウの銀色の虹彩が生き物のようにじわりと動いた。彼の瞳の色が一瞬にして濃くなった。しかし表情は変わらない。何かよからぬことをするときの目だ。サユリはわずかに後ずさった。

「それは何だ？」

ラウがサユリの足下を指さす。ヒロコの死体はラウの死角にあるはずだ。サユリはおそるおそる床を見下ろした。それを見て気が遠くなりそうになった。ヒロコの傷口からあふれ出した血がうねうねと蛇行《だこう》しながらサユリのスリッパまで届いている。

終わった……。

サユリは全身の力が抜けてその場で腰を下ろした。デスクの下にはヒロコの死体が横たわっている。見開いた瞳はサユリを睨め付けていた。右手の手のひらはカッターナイフで首筋に縫いつけられた状態のままだ。そこから血があふれ出して外にまで流れている。

「オマエが殺ったのか？」

頭上からラウの冷ややかな声が降ってきた。サユリは小さく頷いた。もはや弁明しようがない。サユリの正体が外部に漏れる可能性がある以上、自分はここで消されるだろう。ラウがサユリの髪の毛を摑んだまま引っぱりあげようとする。

「や、やめて！　やむを得なかったの！」

髪の毛がブチブチとはじけていく。あまりの痛みに涙が出てきた。必死になってデスクの脚にしがみついているが、痩身のラウからは想像もできないほどの力がサユリを引き上げる。

「やめて……お願い……」

頭頂部《ずちょう》に熱い痛みが広がっていく。頭皮が引きちぎられそうだ。

その時、広子の死体の傍らに転がっている注射器が視界の端に入った。筒の中身は黄緑色の薬液で満たされている。広子がサユリを殺すために隠し持っていた注射器だ。

サユリは手を伸ばしてなんとかそれを摑もうとする。

しかしわずかに届かない。

サユリは思い切って体を注射器の方へ引き寄せた。髪の毛が激痛とともに引きちぎられる。なんとか注射器に指が届いた。

サユリは激痛に耐えながら注射器をたぐり寄せる。ラウは力を緩《ゆる》めない。サユリの長い黒髪を摑んだまま放そうとしない。しかしサユリの手先はデスクの下奥に伸びているため彼の死角になっているはずだ。その位置からではサユリがなにを拾ったのか見えない。

サユリはついに注射器を握ることができた。注射器を手のひらと手首で覆い隠すようにして逆手で握った。

熱い痛みとともに、何かが破れるような音がして生温かい滴が落ちてきた。額を伝った血が何本も支流を作って顔の皺にそって落ちていく。

サユリは観念したふりをしてラウの力に抗うのを止めた。注射器を握った手を腰に回して隠した。

薬液は即効性の毒物だ。渡辺も一分足らずで絶命した。ラウの体に打ち込むことができれば彼の息の根を止めることができる。

ラウは片腕でサユリを自分の目線の位置まで引っぱりあげて顔を近づけた。サユリは顔をしかめた。ラウの吐く息は血の臭いがした。

サユリはつま先立ちで痛みに耐える。しかしその痛みもやがて痺《しび》れに変わっていく。ラウはさらにサユリの体を持ち上げようとする。額から降ってくる生ぬるい血の滴が増えていく。それとともに意識も遠のきそうになる。

ラウの顔が滲んで見える。もう限界だ。

「死ねっ！」

サユリは右手に握った注射器をラウの頸部に叩き込んだ。針は手応えを感じさせる間もなく根元まで入り込んだ。

ラウが目を見開く。初めて意表をつかれたという表情を見せた。

サユリは親指をピストンに当てて力任せに押し込んだ。

黄緑色の薬液はまばたきをする間もなくその姿を消した。

サユリは注射器を引き抜いて床に投げ捨てた。

「ラウ……。あなたはあたしからすべてを奪った。これでも足りないくらいよ」

サユリはラウの顔に唾を吐きつけた。

しかしサユリを持ち上げるラウの力は弱まらない。銀色の瞳は濃度を高めてサユリを睨《にら》みつけている。

間違いなく薬液を打ち込んだのに効果が現れない。この男は本当の魔物なのか。不死身なのか。

ラウは目を見開いて尖った犬歯をむき出しにして笑った。瞳の色が銀から金に変わった。それはとても人間のものとは思えない。彼は、ポケットから取り出したメスの刃に反射した光をサユリの方へ向けた。サユリは恐怖と眩《まぶ》しさで顔をそらした。

「な、何なのよ、あんたは……」

もうだめだ。

この男には毒が効かない。この男は殺せない。

額から赤い雨粒がぼたぼたと降ってくる。もはや痛みも感じない。

その時だった。

突然、目の前が真っ暗になった。スタッフルームの風景もラウの姿も、無機質な光を放つメスも突然の闇によってかき消された。

サユリは何が起こったのか理解できぬまま、意識は闇の底に落ちていった。

＊＊＊＊

頬に痛みを感じて目がさめた。

目ぶたを開けるとネイが顔を覗き込んでいる。

「ああ、よかった。やっと目を開けてくれた」

サユリは視線を動かして周囲の風景を探った。蛍光灯がまたたく天井、スチール製の棚とロッカーが並ぶ壁。部屋の中はデスクとチェアーが雑然としている。

ここはスタッフルームだ。

サユリは部屋の片隅で気を失っていた。

自分は殺されたのではないのか？　自分はまだ生きているのか。

「サユリ、いったいどうしちゃったの？　部屋に戻ったら倒れていたからびっくりしちゃったわよ」

白衣姿のネイがサユリの頬を撫でながら言った。

「ごめんね。目を開けないから頬をつねっちゃった」

「あたし……どのくらい気を失っていたのかしら？」

時間の感覚がつかめない。数分しかたっていない気もするし、数日間だったような気もする。サユリは額を押さえた。頭の中がジンジンと痺れていて夢と現実の境界がうまくつかめない。

「ドクター・ラウが入ってきたときはサユリさんの意識はあったはずだから四十分くらいじゃないの？　その間誰も入ってこなかったのかな」

サユリは起きあがる途中、デスクの下を覗いた。広子の死体も見あたらない。ソファの上も無人だ。血痕もない。頭の痺れがさらに広がっていく。いったい何がどうなっているというのだ。

「ドクターはどうしたの？」

「それが見あたらないの。そろそろ七〇一号室の患者さんの処置を始める時間だから探してんだけど」

ドクターはどうしてとどめを刺さずにここを立ち去ったのだろう。それもご丁寧に広子と渡辺の死体まで処理してくれている。毒薬を打ち込まれたのに、サユリを生かそうと考え直したのか。やはり不可解だ。

それに気を失う瞬間、部屋の中が真っ暗になったような気がする。あれはサユリの生理的な錯覚ではなく、どちらかといえば部屋の電気が消されたような感じだった。部屋が暗くなった瞬間、ドクターの息をのむ音が聞こえた。それがサユリの最後の記憶だ。

「それで七〇一号室の患者って？」

「ほら。顔に火傷を負った中国人よ。腕時計のメロディがって言ってたじゃない」

そうだった！

「ネイ、どいて」

「ちょ、ちょっと、サユリ。どうしたの？」

サユリはネイを押しのけて、部屋の奥に備え付けられたロッカーに向かう。そして自分のロッカーからハンドバッグを取り出した。それを抱えて部屋を飛び出ると、エレベーターホールに向かった。しかしエレベーターは上にあがっていったばかりだ。待つのももどかしくサユリは階段をかけあがる。ハンドバッグはずしりと重かった。

七〇一号室。

サユリは部屋の前でハンドバッグを開ける。中に手を入れるとひやりと冷たく固い金属の塊に触れた。サユリはこれで二人の命を奪っている。使い方は覚えたが、名前も知らない拳銃だ。

部屋の扉を開けてそっと中に入る。ベッドでは、顔に包帯を巻いた男が座ってこちらを向いていた。サイドテーブルにはアンティークの腕時計が置いてある。見覚えのあるデザインだった。ただ文字盤のガラス板がなくなっていた。

「そろそろ来る頃だと思ってたよ」

男がさっと手を振りながら言った。

「自分で顔を焼いたの？」

「ああ。我ながら無茶なことしたよ」

サユリは顔に巻いた包帯の皺模様が苦笑したように見えた。気道を火傷したのか声も老人のように掠《かす》れている。

「あたしのことはいつから？」

「一ヶ月前。写真の男がドクター・ラウだと突き止めるのに一年近くもかかってしまった。あいつは付け髭や髪型を変えていたからね。僕は病院を監視した。君の存在に気づいたのはそれから間もなくだ。顔や声を変えても、癖は残るんだよ。小さな耳たぶを頻繁に弄る癖」

そう言いながら、男は包帯の隙間からはみ出ている自分の耳たぶを触って見せた。

なるほど。そういうことだったのか。

「それで渡辺先生に接触したのね」

「ああ。僕はとても病院内部までは踏み込めない。だからセント・ジョーンズ病院唯一の日本人医師である彼に声をかけた。マモルさんの同窓生とは奇遇だったけどね。しかしそれで彼を死なせてしまったんだ。申し訳ないと思ってる」

やはり渡辺は国分と通じていた。そしてラウやこの病院の裏の顔に興味を持った。サユリの素性については探偵を雇ってまで調べ上げた。もっともそれが彼の寿命を縮めてしまったのだが。

「あたしがラウに殺されかけているときに部屋の電気を消したのはあなたね」

「あのときはもう夢中だった。電気を消して背後から奇襲をかけたんだ。ヤツは化け物だね。滅多刺しにしてやっとだよ」

即効性の劇毒を打ち込んだのにラウは平気な顔をしていた。ラウが特異体質だったのか薬品に問題があったのか分からない。しかし死に対して耐性を持っていたのは確かなようだ。

「三人の死体を隠したのもあなたなの？」

「どういうこと？」

国分が包帯で巻いた首を傾げながら聞き返してきた。

「そう。別にいいの。気にしないで」

おそらく三人の死体はサユリが気を失っている間に組織の連中が始末したのだろう。その手際の良さにはいつもながら驚かされる。

「最後に聞かせて。この一年、あなたはどこに潜んでいたの？」

サユリが尋ねると、彼はベッドの上であぐらをかいて天井を見上げた。遠い昔を思い出すような目を包帯の隙間から覗かせていた。

「一年前、僕を運んだワンボックスが大事故を起こした」

「その事故はあなたが引き起こしたのね」

包帯の男は軽く頷いた。

「激突のショックで僕は、フロントガラスを突き破って外に放り出された。運良くそこは小さな池になっていてね。僕だけが奇跡的に助かった。他の連中はとても助からなかったと思う」

それは国分の言うとおりだ。サミーやチャンたちは即死状態だった。

「運良く通りかかった車が僕をバンコクまで運んでくれた。戻るところのなかった僕はそのままクロントイのスラムに転がり込んだ。しばらく乞食を続けながらスラムの住人となったんだ」

クロントイのスラムといえばバンコクで一番規模の大きいスラムだ。港湾《こうわん》の近くに広がる環境劣悪な街並みはまるで迷宮の様相を呈している。そこにすむ人たちは数十万人とも言われている。政府もその数を把握できていないほどなのだ。指名手配を受けている犯罪者や、国分のように追われている人間にとってそこは絶好の隠れ場所になる。さすがに組織も混沌《こんとん》とした巨大なスラムの隅から隅までは掌握《しょうあく》しきれていないようだ。

「そう。クロントイのスラムだったの。どうりで網にかかってこないはずよね」

サユリは窓の外を眺めた。病院前の大通りは相変わらず渋滞を引き起こして、トゥクトゥクやタクシーの列がまるでカタツムリの行進に見える。大気汚染は進行するばかりで、熱帯の太陽に燻された熱く淀んだ空気が風景をユラユラと揺らしている。

「奈美……。おそくなってごめん。やっと君にたどり着くことができた。そのために多くの人が犠牲になったんだ」

「それは知っているわ。だけどもう手遅れなの」

「手遅れ？　君は無事に生きているじゃないか」

サユリは首を横にふった。

「あたしは若槻奈美じゃない。花弥サユリなの。闇に生きる人間よ」

外の風景を眺めていたサユリは回れ右をして国分に向き直った。

「君に何があったのかよく知らない。だけどきっと昔を取り戻せるさ。帰ろう。一緒に日本に帰ろう。お父さんもお母さんも由加ちゃんもみんな待ってるよ」

包帯の隙間から覗かせる国分の瞳は真っ赤になって濡れていた。しかしその姿を見てもなんの感慨もわいてこなかった。

「あたしを見つけ出してくれたことには本当に感謝するわ。だけどもう本当に手遅れなの。今、あたしがしなければならないこと。それは組織の指令を遂行することなの」

サユリはハンドバッグを開けると中から拳銃を取り出した。

「なるほど。そういうことか……」

サユリは銃口を国分に向けた。国分は悲しそうな目でサユリを見つめた。

「君は誰がなんと言おうと若槻奈美だ。君は僕を撃てないさ」

国分はそう言って、ベッドの上でまるで切腹の介錯《かいしゃく》をうける侍のように居住まいを正した。強い意志をこめたような眼差しをサユリに向けている。

サユリはほんのりと笑顔を返した。

「それがね……。撃てるのよ」

第十章

「コップンカー（ありがとう）」

若槻由加は慣れないタイ語で礼を言って、運転手に金を払いトゥクトゥクを降りた。

目の前には大通りが走っている。由加は通りの入り口に立っていた。向こう側まで二百メートルはあろうか。道の両側にはゲストハウスや露店が並び、路上はトゥクトゥクやタクシーがひしめき合って、その隙間をバイクタクシーがくぐり抜ける。

「この風景見たことがある……」

そうだ、レオナルド・ディカプリオ主演の映画の冒頭に出てくるストリートだ。タイトルは『ザ・ビーチ』。

ディカプリオ命の由加はＤＶＤで何度も鑑賞している。

熱い風が街の熱気と喧騒《けんそう》の混じり合う砂埃を由加に吹きつける。

カオサン……兄マモルと姉奈美の手がかりになるかも知れない。そこへ行けば何か分かるかも知れない。

高校を卒業したばかりの由加は両親の反対をはねのけてカオサンまでやって来た。自分は納得できない。このまま真相も知らずに、姉や兄の安否を諦めるなんて絶対にできない。彼らに何が起こったのか。今はどこでどうしているのか。そしてタカさんは。それを見届けることもできずに、大人になんてなれないし、なりたくもない。

一人残った娘まで悪夢の地に向かわせたくないという親の気持ちは痛いほどに分かっていたが、由加は有り金をかき集めて家を飛び出した。幸い、二年前に姉と一緒に韓国に行ったことがあるのでパスポートは取得していた。

そして由加の眼前にはカオサンが広がっている。日本とは明らかに違う熱帯の空気と風景が、異国の地であるということを実感させる。歩道に沿って店舗が櫛比《しっぴ》している。旅行会社、インターネットカフェ、ドラッグストアー、コンビニ、歯科医院まである。歩道の道路側には露店が続く。そこを歩くと店舗と露店に挟まれて、まるでお祭りの縁日みたいだ。露店にはTシャツが山積みになっている。その隣では石鹸《せっけん》を花の形に彫刻したものをずらっと並べている。痩《や》せぎすのみすぼらしい老人が器用にナイフで石鹸を彫っている。

街は行き交う人々で賑《にぎ》わって、彼らもみんな陽気に微笑む。人間が忽然《こつぜん》と姿を消すような街のイメージとはかけ離れている。そんな魔が潜むような場所にはとても思えない。

由加は喫茶店に入って、鉛のように重くなった足を休めた。オープンカフェといえば聞こえがいいが、ただの青空喫茶としかいえない店で異常に甘すぎるコーヒーをすすった。

こんな店でも客は入っている。特に欧米人が多い。ホットパンツにTシャツ姿の若い女性バックパッカーも目立つ。

「ねえ、一人なの？」

気がつけば向かいに男が座っている。茶髪のロングヘアー、日焼けした小麦色の肌、耳にはピアスと由加がもっとも嫌うタイプの若者だ。年齢は二十歳前後だろうか、由加とそれほど変わらないように見えた。男は軽薄そうな笑いを浮かべてこちらを見ている。

由加はため息をついた。日本でも声をかけられることは多いが、この手の男は相手にしないことにしている。姉の奈美がつき合っていた男性を思い出す。タカさんはもっと理知的で素敵な男性だった。願わくば姉の後釜にとまで思っていたほどだ。

「もしもーし！」

若者はしつこく呼びかけてきた。由加はめんどくさそうに男を見つめた。

「いつからバンコクにいるの？」

「今日到着したばかりよ」

由加が答えると男は安っぽい笑みを浮かべる。ペンキで塗装したような不自然に白い歯がこぼれる。由加は顔を背《そむ》けた。

「それなら俺は君の大先輩だ。俺はここへ来てもうすぐ一年になる。カオサンは俺の庭みたいなもんさ」

たかだか一年でなにが庭よ。由加は口に出すのはやめておいた。

「もしよかったらさぁ、分からないことがあったら何でも俺に聞いてくれ。いろいろとアドバイスにのってやってもいい」

男はロングの髪を片手で弄《もてあそ》びながら言った。今時ロングヘアなんてはやらないし、だいいちこんな暑い街では鬱陶《うっとう》しいことこの上ない。

「ありがと。でも結構よ。ガイドブックがあるから充分事足りているの」

由加はガイドブックを男に見せつけるように持ち上げた。男はフンッと鼻で笑って天井を仰いだ。

「バックパッカーやるにはそんな本、何の役にも立たないぜ。泊るホテルの選別から料金の値切り方まで載《の》ってないだろ。穴場のホテルや屋台は現地の生情報が一番だ。あんたみたいな日本人の女の子一人だと、いいようにぼったくられるぜ」

「ご忠告ありがとう。でもバックパッカーしにここへ来たんじゃない」

「じゃあ、何しに来たんだよ？」

「人捜しよ」

「人捜しぃ？」

男は顔をしかめた。

「人捜しって、むかし生き別れになった父親とか？」

「バラエティー番組の見すぎよ。兄と姉とその彼氏」

男はひゅっと口笛を鳴らした。店の入り口で寝そべっている犬がだるそうに欠伸《あくび》をしている。由加は失踪についてのいきさつを詳細に話した。こんな男から有力な情報が得られるとは思っていなかったが、彼の仲間が何か知っているかもしれない。由加は話の最後に奈美の写真を見せた。

「へえ、君に似てなかなか美人だな。それでお父さんが雇った探偵までいなくなったって？」

「うん。お父さんはお金を持ち逃げしたと言ってるけど、わたしは違うと思っているの。きっと姉にたどり着いたのよ。だけど何らかの事件に巻き込まれたに違いないわ。兄も姉の彼氏もきっとそうだと思う」

話を聞く男の顔に先ほどの軽薄な笑いは消えていた。真剣な顔を向けている。こうしてみるとそれほど悪い面構えじゃない。

「何らかの事件って？」

「それは分からないわよ」

由加は肩をすくめた。

「でも君のお兄さんが根城《ねじろ》にしていたハッピーカオサンホテルの事件はよく知ってるよ」

「聞かせて」

男は両手を組むと身を乗り出してきた。

「そこのドラッグストアーの隣の路地に入って真っ直ぐ進むと、ハッピーカオサンホテルがあるんだ。俺たちバックパッカー連中の間でも超有名な安宿だよ」

男はタバコをくわえて火をつける。やがて紫煙を吐いた。

「それで?」

「うん。ある日、そのホテルに定住していた連中が全員、忽然と姿を消したんだよね。フロントの従業員まで一緒に」

「消えた?」

由加は目を見張った。

「そう、一夜にして。その中に鳥越研二郎、通称研さんっていうこれまた超有名なバックパッカーもいたんだけど忽然と姿を消したんだ。本当に不思議な事件だったよ。ああいうのを神隠しっていうんだろうな。警察も動いたらしいけどね」

「それでどうなったの?」

「ホテルは閉鎖されたままだよ。とにかく未だに全員行方知れずさ。巷《ちまた》ではカオサンミステリーって言われてるよ」

男の話は初耳だった。マモルや国分だけでなく、その研さんという超有名バックパッカーや従業員まで消えてしまったとはどういうことなのか。

「いろいろとお話を聞かせてくれてありがとう。わたしそろそろ行かなくちゃ」

由加はそう言って席を立った。男は名残惜しそうに頷く。

「気をつけた方がいいよ。最近バンコクでは、若い日本人女性の失踪事件が多いそうだ。手足ちょん切られて、どっかに売り飛ばされるって噂だよ」

由加はふり向いた。

「それってダルマ女でしょ。くだらない都市伝説よ」

男は肩をすくめた。そして手を振ると、潔《いさぎよ》く由加の前から姿を消した。

青年に教えてもらった薄暗い路地を進むと、小さな広場に出た。

由加は辺りを見渡す。周りはゲストハウスに囲まれていて、それらの入り口には宿泊料金の書かれた看板が掲げられている。どれも日本円で数百円程度だ。しかし建物は値段に見合っている。こんなホテルに宿泊するくらいなら野宿した方がましだ。

そのなかでもひときわ目立つホテルがあった。灰色に煤けた建物はもはや廃墟と呼ぶにふさわしい。窓ガラスの大半は割れて、中には暗闇が広がっていた。ブラックホールのようにおもての日の光を吸い込んでいる。近づくだけでひやりとする。熱帯の太陽が照りつける中、そこだけは心霊スポットを思わせる、ただならぬ冷気を背筋に感じる。

看板にはアルファベットで「ハッピーカオサンホテル」とあった。

これが件《くだん》のゲストハウスだ。

入り口は板で打ち付けられて、中に入れないように完全に塞《ふさ》がれている。一年ほど前、ここを出入りしていたマモルや国分を含めた複数の人間が忽然と蒸発したのだ。こんな所に立っていると自分も消えてしまいそうな気分になってくる。ホテルの中にはバミューダトライアングルのような異空間が広がっているのだろうか。

由加は玄関の前に立ち、建物の外観を眺め入る。とても女性の宿泊できるようなホテルとは言えない。営業していたとしても、玄関をくぐるだけでも勇気がいりそうだ。日本の公衆便所の方がまだ清潔にみえる。

マモルは三年間もこんなホテルで生活していたのか。ラグビーの夢をあきらめて医者にもなれず思えば気の毒な兄だった。しかし父親への当てつけとはいえ、こんなホテルに身を堕《お》としていったい何になるというのだろう。兄はここで何を学び、何を得たというのか。由加にはまるで理解ができなかった。もともと兄や姉の考え方には相容《あいい》れないところがある。これも世代のギャップというやつだろうか。

由加はホテルを後にした。まずはこれからの寝床を探さなくてはならない。

しばらく進んでもう一度ホテルの方をふり返ってみた。

ホテルから数十メートル離れていた。由加は目を細める。ホテルの玄関の前に女が立っていた。女はしばらくホテルを先ほどの由加がそうしたように見つめていたが、やがてしゃがみ込んで入り口に何かを置いている。小さい物らしいのでここからは分からないが、たしかに何かを置いた。女はそのまま立ち上がると、由加とは逆の方向へ消えていった。由加はその女性が置いていった物が妙に気になった。あんな廃墟に何を置いていったのだろう。

たいした物ではないという確信が強かったが、それを確かめたいという好奇心も強かった。

由加は回れ右をしてホテルに戻る。

ふたたびハッピーカオサンホテルの玄関の前に立った。

ほこりだらけの玄関の階段に金色に光るものが置いてあった。

由加はそれを拾い上げる。それはアンティークの腕時計だった。文字盤には天使の彫り物が飛び交い、長針にも短針にもツタが絡まるような彫刻が施されている。その奥では微細な歯車がまるで意思を持ったように回っている。精緻《せいち》ともいえるそのデザインは相当の職人の腕によるものだろう。

そんな物がどうしてこんなホテルの廃墟に置いてけぼりにされるのか。もしかしたらあの女性はこのホテルの住人と何らかのエピソードを持っているのかもしれない。それはマモルや国分への手がかりにつながるかもしれない。

由加は腕時計を握りしめると女の消えていった方へかけていった。

あとがき

みなさん、バンコクを舞台にしたガチンコスリラーをお楽しみにいただけたでしょうか。ああ、申し遅れました。私、作者の七尾与史でございます。宝島社主催の第八回「このミステリーがすごい!」大賞にて受賞はならずとも隠し玉という称号をいただき『死亡フラグが立ちました!』という作品でデビューさせていただきました。これが存外にヒットしまして、それがきっかけかどうか分かりませんが徳間書店の編集者の方に声をかけていただきました。

デビュー作がコミカルなミステリだったのに対して、本作はガラリと作風を変えて本気度百パーセントのスリラーです。前作を読んでいただいた読者の皆様の中には、前作のようなテイストを期待していた方もいたかもしれませんね。

私にもデビュー前のアマチュア時代が当然あって、その時は本作のようなシリアス系ばかりを書いておりました。コミカルな作品は実は『死亡フラグが立ちました!』が初めてなのです。特にデッドリミットの伴うサスペンスを好みまして、そういうジャンルのストーリーが多かったですね。

今回は徳間書店様にあとがきを書く機会をいただいたので簡単に自己紹介をさせていただいた

だきます。昭和四十四年、静岡県は浜松市生まれ。地元・浜松西高等学校を卒業。その後、豊橋市の河合塾を優秀な成績で卒業します（笑）。当時の僕は医者になることを目指してました。「お医者さんになって病気で苦しんでいる人たちを救ってあげたい！」

もちろんこれはタテマエで、本音は「かっこいい」とか「女にモテそう」とか「ベンツに乗りたい」とか「手塚治虫のブラック・ジャックに憧れた」とかそんなところだと記憶してます。医者になりたい人の動機の九割以上がこの四つに収まるという厚労省の調査結果が出てますね（嘘）。

しかしですね。いかんせん頭が悪かった。小説家なんてやってるくらいだから文系脳なんですね。特に数学が苦手でした。簡単な計算ができない。難しい計算なんてもっとできない。微分積分なんて宇宙人の暗号かと思ってました。というわけで国公立大学の医学部は無理。私立の医学部なら何とかいけそうだったんですが、こちらは経済的に無理。さすがに両親に数千万円も出せなんて言えません。実家が破綻してしまいます。

しょうがないので歯医者の道に進みました。国公立大学だったので、授業料は安かったから親孝行ができたかなと思います。医者も歯医者も同じようなもんだと思ってましたが、なってみるといろんな意味で似て非なる職業なんですね。これはまた別の話ですが。

小説を書き始めたのは三十歳を過ぎてからです。それまで小説家になろうなんて思ったことは一秒もありませんでした。それほど読書家でもないし、職業柄文章を書くという経験もほとんどなかったですし。きっかけはある公募作品を集めた一冊の本を読んだことです。これはいわゆる「怖い話」を集めたアマチュアの作品集なのですが、最優秀作品を読んで、

「こんなんだったら俺でも書けるわ」

と生意気にも思ったのです。

そんなわけですぐに取りかかりました。原稿用紙十枚程度のショートショートなので小一時間で書けました。思えばこれが人生初めて書いたまともな小説です。これが見事に最優秀に選ばれまして、少なからずの賞金を手にしました。

有頂天になった僕は、いきなり原稿用紙六百五十枚の長編を書きます。今思えば無謀な挑戦なんですが、僕は有頂天になると意外な能力を発揮するタイプの人間なんです。これが某ビッグタイトル文学新人賞の最終選考までいきました。典型的なビギナーズラックですね。残念ながら受賞はなりませんでしたが、これをきっかけに「小説家になろう」と決めました。他人の口の中をいじっているだけの人生なんてつまらないと思っていた頃です。

しかし、小説家の世界はそんなに甘くありませんでした。その後、何度か文学賞に投稿するも最終選考に到達することができません。この世界では、せめて最終選考に駒を進めないと評価の対象にすらならないのです。三百近く集まる作品の中で残るのはわずかに五つ前後。熾烈な生き残りゲームなのです。

結局、僕は筆を置いてしまいます。五年ほど新作をまったく書かなくなりました。でも

夢を捨てたわけではありません。僕はその間、狂ったように映画を観まくりました。そうやって面白い物語の研究をしていたのです。

そして五年ぶりに書いた小説が『死亡フラグが立ちました!』です。これは前述したように受賞はできませんでしたが、宝島社様のご厚意により刊行していただけました。本当にありがたいことです。小説家になるにはこういう運の助けも必要です。さらにその作品が半年足らずで二十万部を超えて、このあとがきを書いている現在でも売れ続けているとのことです。実に恵まれたスタートとなりました。

そして本作が僕のデビュー後第一作となります。

僕と妻はどういうわけかタイという国が好きでして、二人でよく旅行しました。特にバンコクは楽しいですね。文明と宗教が混沌とからみ合う街、そこに息づく人々はたおやかに微笑む。外国人観光客も多く、陽気で躍動的で魅力に満ちあふれています。その魅力に取りつかれてこの街に「沈没」してしまう日本人も少なくありません。そんな人たちの多くがバックパッカーの聖地と呼ばれるカオサン付近に生息しています。

でも僕はこの街を怖いと感じたことがあります。一見陽気なこの街の裏に「闇」とか「魔」といった邪悪な何かが潜んでいるような、そんな感じがしたのです。それは一時的に妻とはぐれてしまったときです。異国だから言葉も通じないし地理も分からない。その数十分間の間、街の風景が禍々しく見えました。日本では見慣れないトゥクトゥクも寺院や僧侶、肌の浅黒い現地の人間たちに至るまで目に映るすべてのものが自分に向けられた悪意のように思えました。日本なら迷子なんて別にどうってことはないのですが、これが異国の地になると自分の無力さを思い知るほどに不安と恐れに苛まされます。もっとも妻はそんな僕の気も知らずに、暢気にショッピングを楽しんでいたわけですが。

この経験が着想のきっかけとなりました。もし自分の妻が本当に誘拐されてしまい、大使館も警察も取り合ってくれなかったら。一分一秒が彼女の気配を遠ざけ、脈動を弱めていくのです。自分はどこまで彼女に迫ることができるでしょうか。想像するだけでもぞっとします。この戦慄が物語を膨らませて『失踪トロピカル』になりました。

さて、実は次回作の用意もあります。これは刊行されるかどうかわかりませんが（徳間さん、出してくれますよね！）。こちらも本作と同じでバンコクのカオサンが舞台です。似たようなキャラや安宿が出てきますからある意味、パラレル的なストーリーかもしれません。『失踪トロピカル』はスリラーでしたが、こちらはオーソドックスなミステリです。バックパッカーミステリってありそうでないんじゃないかな。新機軸ですよ！

というわけで、また皆さんにお会いできる日を楽しみにしております。駆け出しの作家でありますが七尾与史をよろしくお願い申し上げます。

二〇一一年一月

この作品は徳間文庫のために書下されました。

なお、本作品はフィクションであり、実在の個人・団体などとは一切関係がありません。


徳間文庫をお楽しみいただけましたでしょうか。どうぞご意見・ご感想をお寄せ下さい。

宛先は、〒105−8055 東京都港区芝大門2−2−1 ㈱徳間書店「文庫読者係」です。

徳間文庫

失踪《しっそう》トロピカル

2011年2月15日 初刷

著者 七《なな》尾《お》与《よ》史《し》

発行者 岩渕徹

東京都港区芝大門二—二—二〒105—8055

発行所 株式会社徳間書店

電話 編集〇三(五四〇三)四三五〇
販売〇四八(四五一)五九六〇

振替 〇〇一四〇—〇—四四三九二

印刷 株式会社廣済堂

製本 ナショナル製本協同組合

ISBN978-4-19-893309-8 （乱丁、落丁本はお取りかえいたします）